JN101387

遊びをせんとや

古田織部断簡記

羽鳥好之
YOSHIYUKI HATORI

早川書房

遊びをせんとや　古田織部断簡記

目次

登場人物

古田織部
諱《いみな》は重然《しげなり》。千利休の亡き後、茶の湯者の頂点に立って「武家式正茶」を確立する。大坂の陣の直後、徳川家康により切腹させられた。懐石膳の器に変革をもたらし、その指導で生まれた茶器はいまも〝織部〟の名で人気を博す。古織公《こしょくこう》と敬称された。

毛利秀元
織部を信奉する数寄大名。甲斐守《かいのかみ》。毛利の支藩主だが、一時は本家の継嗣となり、関ヶ原の戦場では指揮を執った。大幅減封となった毛利の改革に手腕を振るい、江戸に常駐して幕府との折衝を担う。将軍二代の「御伽衆《おとぎしゅう》」として重きをなした。

徳川家康
関ヶ原に勝利して江戸に幕府を開いた後、大御所となって駿府で天下を睥睨《へいげい》した。大坂の陣で豊臣秀吉の遺児、秀頼を滅ぼす。死後は東照大権現、神君と称された。

徳川秀忠
二代将軍に就いて新しい世を開こうと尽力するも、実権を駿府の大御所家康に握られたままだった。その死後、自身も大御所となって良く大名を統制した。台徳院。

徳川家光　三代目の〝生まれながらの将軍〟として武断政治を敢行し、朝廷との関係回復も図って、幕府に安定をもたらした。祖父家康を崇敬し、壮麗な日光東照宮を造営。

英勝院　家康の側室で、十一男頼房の養母。聡明さを愛でられ、駿府城の奥向きを差配した。家康没後も、春日局と連携して家光の大奥を支える。関東の名将太田道灌の末裔。

永井尚政　二代将軍秀忠の年寄として幕政を担い、家光の代には淀藩主となって上方差配の中核となった。茶の湯名人としても知られ、秀元ら諸大名との交友も深い。信濃守。

大久保忠隣　将軍秀忠の最側近として絶大な力を揮ったが、大坂の陣を前に、突如、大御所家康によって改易される。幕府総奉行の大久保長安を配下に置いていた。相模守。

土井利勝　家康の信任が厚く、秀忠、家光二代の年寄となって幕府を支えた名臣。大炊頭《おおいのかみ》。

酒井忠勝　家光の傳役《もりやく》から年寄となって幕政の中枢を担った。初代の若狭小浜藩主。雅樂頭《うたのかみ》。

柳生宗矩　柳生新陰流《しんかげりゅう》の剣豪。家光の兵法指南役、初代の幕府大目付として辣腕を揮った。

立花宗茂　柳川藩主。武勇無双、関ヶ原で改易された大名の内、唯一、旧領を回復した。家光から敬愛され「御伽衆随一」とも謳われた。茶の湯ほか諸芸にも通じる。飛騨守。

丹羽長重　関ヶ原で敗れたが大名に復帰、奥州白河藩主となった。父の長秀とともに築城の名手で知られ、江戸の北の守りとして堅牢な小峰城を築く。家光の御伽衆となった。

白菊　葭原（吉原）の太夫。歌の道にも優れ、諸侯から愛されるも、秀元を一途に慕う。

武兵衛　葭原の揚屋「伏見屋」主人。白菊の後ろ盾。伏見の妓楼主だったが、江戸で開業。

伊達政宗　仙台藩六〇万石の太守。戦国生き残りのカリスマ的存在で、豪放な性格を将軍家から愛され、諸大名からも尊敬を受けた。和歌にも通じる。通称は独眼竜、仙台黄門。

島津家久　薩摩藩主。名将島津義弘の子で、当主義久の婿養子となって島津家を継いだ。勇猛な武将として知られ、関ヶ原の戦後交渉では、家康と渡り合って領国を死守した。

毛利秀就　防長二州を領す毛利本家当主。長門守。幼くして藩主の座につき、支藩主である秀元の後見を受けたが、その後は反発し、二人の対立は生涯にわたって続けられた。

小堀政一　通称遠州。伏見奉行。織部の跡目を襲って天下一の茶匠となり、その茶風は〝きれい寂び〟と讃えられた。築庭家としても名をなし、多数の名園を今に遺している。

細川忠興　家康の天下獲りに大きく貢献し、豊前小倉で大領を得る。息子忠利の代に、肥後熊本へ移封された。利休七哲、隠居して三斎と号し、大名茶人随一を謳われた。越中守。

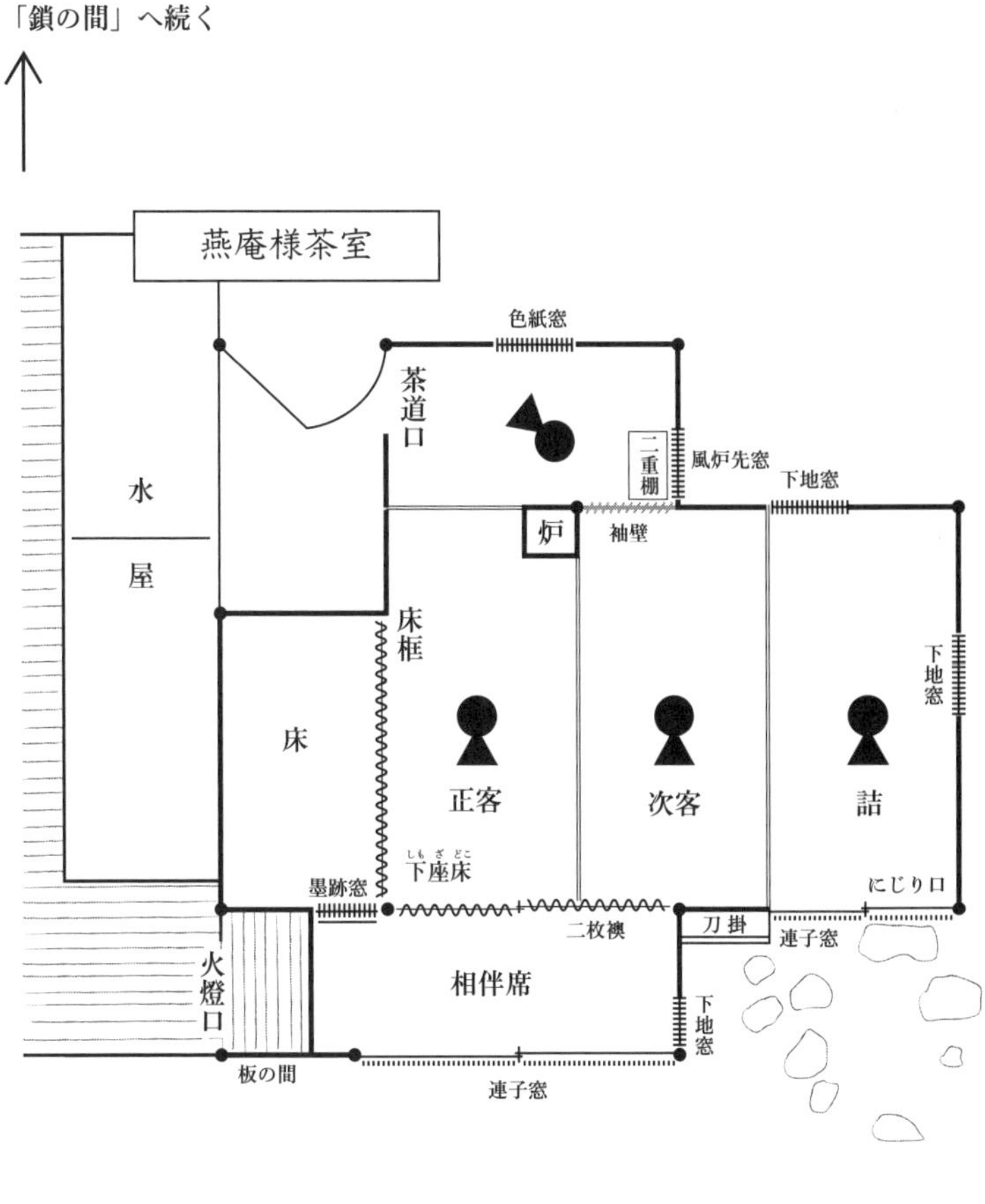

「鎖の間」へ続く
燕庵様茶室
色紙窓
茶道口
二重棚
風炉先窓
下地窓
水
屋
炉
袖壁
床框
床
下地窓
正客
次客
詰
下座床《しもざどこ》
墨跡窓
にじり口
二枚襖
刀掛
連子窓
火燈口
相伴席
下地窓
板の間
連子窓

（藪内家「燕庵」より）

序

王城《おうじょう》が江戸に移されて十余年、慶長二十年（一六一五）六月十一日のことだった。

伏見の街をおおう空は朝から荒れ模様で、夕刻に至り、墨を流したような空を稲妻が幾度も切り裂いた。やがて、叩きつけるような雨が大名屋敷の甍《いらか》の波を白く染める。あたかも、何か不吉なものを洗い流そうとするかのような激しさだった。太閤秀吉の在世に繁栄を極めたこの城下も、世の移ろいに徐々に栄華の色を失いつつあった。

この夜、雷鳴の中で「数寄者《すきしゃ》」の頂点にたつ男が自裁して果てた。時の権力者の命を受けて、毅然《きぜん》と死出についた男は、古田《ふるた》織部《おりべ》の名で呼ばれていた。

死を命じた天下の主、徳川家康はこの日を遡《さかのぼ》るひと月前、太閤秀吉が築いた巨城と豪奢な町並を灰にしていた。その戦さにおいて古田織部は確かに家康方であったはず、それがなぜ、腹を切らされることになったのか、織部と深い親交のある多くの大名たちでさえその真相を知ることはなかった。命じたのが絶対権力者であってみれば、それを詮索することはおろか、公の場で口にすることすら憚《はばか》られたのだった。

いつしか大坂城内への内通を伝える風説や、禁裏を巻き込んでの幕府転覆の企ての噂が、まことしやかに流布されていった。織部を知る者たち誰ひとり、これを信ずることのないままに――

この時から十八年を経た寛永十年の暮れも押し迫る頃。江戸は虎ノ門外の大名屋敷で、ひとりの男が畳に広げた掛け軸を前に、黙然と端座《たんざ》していた。その目は軸に書かれた文字を追うようで、その実、何も見ていないのは明らかだった。何かの難問に心を奪われ、深い想念の中にいる。外は、糸引くような雨がもう半刻も、大名屋敷地を閉じこめているのだった。

数日前、男の茶の湯仲間の豪商がこの茶掛を持ち込んできた。丁寧に表装された上下二枚の料紙に書かれているのは、茶の湯の道具類や懐石膳の献立で、紙幅をはみ出すほどにこと細かに記されている。亭主が茶堂あたりに命じた茶会の指示書の類だろうか、仔細に眺めると、上段には末尾に、

――あそびをせむとや

とある。

そして下段に目を移すと、細々とした指示の末尾、やや間を空けた場所に一言、

――これにて仕舞い

そう、走り書きされていた。床の軸に仕立てられるには異様な、明らかなる文字の乱れが見られた。

問題は、まず、この文字そのものだった。男の目から見て、古田織部その人の手に、おそらく間違いない。伝統に裏打ちされた名筆とはかけ離れているものの、書き手の躍動する精神を感じさせる奔放な筆致は、余人には真似のできぬ勢いと味わいがある。これを持ち込んだ豪商とも、その点で意見が一致している。

さらには、下段の冒頭には、六月十一日、昼、と大書されている。こちらは男にとり、より重大な問題であった。

そこから推測されることは、ただ一つ。

これは、切腹を命じられた古田織部が最後に催した茶会、信頼する茶の湯仲間に、最後の別れを告げるために開いた席の指示書ではないのか。単なる数寄者の茶会記なら、あえて表装するに値しない。天下の茶匠の最後の茶会ゆえ、その価値を知るものが後世に伝えんとしたものではないのか。

だとすれば、この二席には一体だれが招かれ、どんな会話がなされたのだろうか。かの古織公《こしょくこう》は、なぜ死出に旅立たねばならない仕儀に至り、どんな思いを最後に口にしていたのか。客となった人物は、必ずや、その答えを知っているはずである。

知りたい。否、弟子のひとりとして知らねばならない、なんとしても。男はその一念に囚われたまま、加えて、同じ伏見にありながらその二席に招かれなかった嫉妬に身を焦がしつつ、もう一刻も、身じろぎもせず座しているのだった。

千利休亡きあと「数寄」の世界を主宰した男、三畳台目《さんじょうだいめ》においては天下人さえ意のままに操った茶匠への追慕の情が、男の大きな身体、その奥深く沸き起こって膨らんでゆく。

いつしか雨はあがり、雲間から冴え冴えとした月が顔を見せる頃、男は小姓を呼び寄せ、件の軸を手にするよう命じた。大柄な前髪の美男が指示のまま軸を胸の高さに掲げる。その刹那、男は傍らの長刀、将軍家拝領の備前長光をするりと抜き払い、軸を横一文字に薙ぎ払った。腰を抜かす小姓の手には、両断された軸が握られていた。

書き遅れたが、男の名は、毛利《もうり》宰相《さいしょう》秀元《ひでもと》といった。

第一章　遊びをせんとや

（一）

毛利秀元の朝は早い。夜の明ける前、七つ半には床を離れ、冷水で身を清めるのを常とした。近習が日ごと、愛宕山《あたごやま》の湧き水を求めて山内の井戸に足を運んでいた。

この日も奥女中の手を借りて髭をあたり身支度を終えると、凍るような水を手桶に汲んで数寄《すき》屋《や》を囲む露地《ろじ》へと向かう。七草の節句を終えたとはいえ、いまだ、正月気分は屋敷のそこかしこに残っている。

茶の湯を好み、その道で名を馳せる秀元は、親しい間柄では朝会《あさかい》と決めていた。

この朝、秀元が招いた客は二名、奥州白河藩主の丹羽長重《にわながしげ》と、筑後柳川藩主、立花宗茂《たちばなむねしげ》である。歳は宗茂の六七を頭に、長重の六三、秀元の五五とやや離れているものの、ともに三代将軍家光の「御伽衆《おとぎしゅう》」として馴染みの間柄であり、また、茶の湯を好む「数寄者」としても、親しみを抱く仲であった。

秀元の屋敷は愛宕下、江戸城虎ノ門に近い場所にある。防長二州を領する本藩の毛利家はお堀に近い外桜田に屋敷を与えられている。いわば外様の一等地であり、周囲は仙台の伊達や薩摩の島津など、大藩の豪勢な屋敷が居並んでいる。

秀元は毛利の分家、長門に四万七千石余を領する支藩主に過ぎなかったものの、朝廷での位階は三位《さんみ》、徳川家康の養女を継室《けいしつ》に迎えていたこともあり、相応の広さを幕府から与えられていた。隣接するのは備前足守《びぜんあしもり》の木下家、さらにその先には細川忠興《ほそかわただおき》の隠居屋敷もあった。

夜がぼんやりと白むころ、宗茂と長重の到着が告げられた。長重の屋敷はさほど遠くない赤坂溜池脇だが、宗茂が住むのは外神田である。ここまで、ほぼ半刻（一時間）ほどもかかるだろうか。それでも、宗茂もまた、朝会を好んでいた。

数寄屋は屋敷地の奥まった場所、表書院に連ねて設けられている。表門から入ると、塀で囲った露地へは敷石をつたえ、入口には簡素な門を構えて引戸を立てていた。

秀元は暗いうちから茶室に連なる「鎖《くさり》の間」に入り、道具類を検めた。気持ちを整え、客を迎える用意を万端すませて中門《ちゅうもん》まで進み出ると、二人はすでに外露地に設けた腰掛で談笑していた。頬を刺す寒さはまだ残るものの、春の訪れが数寄者の心を明るくしているようだった。

秀元も笑顔で二人を出迎えて、茶室にいざなう。長重、宗茂の順に入室し、床の墨蹟《ぼくせき》をゆっくりと眺めて着座した。

「このごろは、陽の登る五つに始まる朝会もあると聞くが、やはり暁時《あかつきどき》がよいな」

長重が口を切ると、秀元が得たりと応じた。

「利休居士の客入りは七つ、まだ真っ暗いうちだったと聞く。私もかくありたしとは願うものの、当節、それでは客が寄りつかぬ」

秀元が左の口角を上げて苦笑しつつ、酒の燗づけの用意に入る。秀元は茶の釜とは別に、やや大ぶりの釜を酒のために用いる。手を休めることなく続けた。

「ふたりはどう思うか、私には、利休の茶はどこまでも町人の茶だったように感じられる。武家の茶とは肌合いが違う」

長重が、異な事を聞く、そんな顔をした。

「茶の湯を政事《まつりごと》に持ち込んだのは太閤殿下だった、違うか？」

長重が、歳の近い宗茂に賛同を求める表情を向けたが、宗茂はわずかに笑みを浮かべただけだった。ややあって、長重が続けた。

「それがしの父は総見院様のもと、茶の湯が天下を左右する様を、まざまざと見せられたというぞ」

長重の父、丹羽長秀は織田家の次席家老として信長の天下布武を扶《たす》け、安土城の普請奉行も勤めた。その功により若狭一国を与えられ、織田家中では誰よりも早く国持大名となっている。

「一国より茶道具がほしい、か」

「それは大袈裟《おおげさ》にしろ、親父殿はこんな話をしていたものよ――」

ふたりのやり取りは続くが、それには少し説明が要る。

「天下布武」を掲げて上洛した織田信長は、東アジア一の貿易港となっていた堺に手を伸ばした。鉄砲と弾薬を独占するためだった。当時、諸国の大名に武具を売る堺の財力は桁違いで、町の周囲を堀で囲い、武力も備えて自治を守っていた。しかし、信長はそれを凌ぐ武力で堺を包囲し、自治の中心となっていた「会合衆《えごうしゅう》」の切り崩しを謀る。

これに従ったのが、津田宗及《つだそうぎゅう》、今井宗久《いまいそうきゅう》、そして千宗易《せんのそうえき》（利休）であった。信長は三人を取り込むとともに、会合衆が熱をあげていた「茶の湯」に目をつける。彼らが垂涎《すいぜん》する名物茶道具を京、摂津、大和周辺から強引に狩り出すと、宗易らを茶堂に茶会を開き、堺の会合衆のみならず、京や畿内に巣食う諸勢力を懐柔していったのだ。

こうして信長の唱える天下布武に茶の湯が確かな役割を果たしてゆく。その席で用いられる茶道具、茶壺や茶入、茶釜、茶碗、或いは床に掛かる軸などが高値で取引されるようになり、中でも「大名物《おおめいぶつ》」と称される逸品は、一国に匹敵する価値をもつとまで言われるようになっていった。

給仕口から懐石が配膳される中、長重が父からの聞き伝えを話し続けている。

「そもそもが、古びた茶道具にさしたる価値などなかったのよ。闘茶《とうちゃ》が流行ったのは北山に将軍家がいた頃のこと。応仁の大乱以降は、幕府にそんな余裕などなかった。懐具合に困った室町第《だい》は、遣明船に乗って舶来した名物道具を、京や大和の町人たちに法外な値で売りつけた。それが始まりじゃな」

「金にしわい町衆が、よく大金など出したな……いや、われら同じ穴の貉《むじな》か」

秀元が宗茂に顔を向けつつ笑った。燗のついた銚子を長重、宗茂の順に差し向ける。

長重が猪口を口に運びつつ、話を続ける。

「じゃがな、総見院様は、家中の者が勝手に茶会を開くことはお許しにならなかった。代わりに、大功あったものには名物道具を褒美とし、それをもって茶会を許すとしたのだ。親父殿に言わせると、それこそが重要だったとなるのだが――」

ここまで、黙って話を聞いていた宗茂が、話に加わった。

「まず道具を下賜されたのは惟任《これとう》日向守（明智光秀）、次が太閤殿下だったという話ですな。それがどれほど誇らしかったか、殿下から、直にうかがったことがある」

宗茂は太閤とは因縁が深い。九州の名門、大友氏に属していた立花家は、太閤の九州征伐に従い、その功によって豊臣大名となっていた。その後、肥後国人一揆や朝鮮渡海戦でも奮戦し、太閤から「西国無双」と讃えられて、好遇を受けてきた。

長重が宗茂に向け大きく頷いた。

「そうした逸話もあってな、領国より茶道具、そんな話になったわけだ。じゃがな、思ってもみられよ。戦さの血で贖《あがな》うのが城地でなく茶道具とあっては、臣下が納得するわけもない。戦国生き残りの二人なら、それが道理であろう」

「では、なぜ？」

「まず、なぜ、総見院様は勝手な茶会を禁じたのか。茶の湯が、人と人とを結ぶ場となることに気づいたからじゃよ」

秀元と宗茂が、続きを促すよう長重に視線を送る。長重が得意顔をつくる。

当時、恩賞を惜しんだ信長が茶道具でごまかした、そんな話も囁かれた。だが、それは間違いだと長重は断ずる。信長が恐れたのは、家臣同士が茶会を開いて心を通わせることであり、また、家中以外の人間と深く交わるようになることだった。それにより、家臣たちは世の情勢を知り、自身の置かれた立場を正しく摑むことになる。それは信長にとって必要のないことだ。家臣どもはただ、己の指示に従っていればよい。

信長は武将たちを軍団に編成し、その司令官に信頼する有力者をあてて、四方に勢力圏を広げてゆく。その有力者だけが茶会を催すことができたのも、まさに茶の湯が情勢をさぐるための強い力となるからだった。だから、織田家中にとっては名物道具が知行地に等しい価値を持ったと、長重は話を結んだ。

「総見院は連歌に代わる政事の場を見つけた、そういうことなのか」

宗茂がひとりごとのように口にした。

「連歌？」

秀元が聞きとがめた。

「歌がどうした」

「私が生まれた筑前の岩屋城は、大宰府天満宮を護持していました。天満宮は歌の神、近辺では武将たちにも連歌会《れんがえ》が盛んでした。城には、他国からの連歌師なども寄り集っておりました」

もちろん大宰府近辺だけではない。京の東山に花開いた文芸の嗜みが地方に伝わり、各地で連歌会が盛んに催されていた。二手に分かれて歌の優劣を競うことからも武将たちの心をとらえ、そこに賭け物を持ち寄ることで、さらに熱を帯びていった。

また、優劣を判ずる著名な連歌師が招かれることで、諸国の情勢がその口から伝えられた。或いは、武将同士の遣り取りに連歌師が使われることもあり、敵を調略する手だてともなった。

宗茂が続ける。

「総見院は学問や文芸を好まなかったようですな。連歌にも関心を示すことはなかったでしょう。代わって目をつけたのが」

「茶の湯だというわけか！　いや、どう思う、五郎左《ごろうざ》は」

秀元から水を向けられた長重は、しばし思案した後、やや首を傾けるようにして言った。

「織田家の先代、信秀公は連歌会を好んだというが、敵将を招いて仕物《しもの》にかけることもあったらしい。総見院様はこの父と肌が合わなかったから、飛驒守のいうようなこともあったかもしれぬのう」

秀元が感慨の籠った口調でこれに続けた。

「将たちの交わりの場であった連歌会が、茶の湯にとって代わられた。総見院はさまざま世を変えたとされるが、これもそのひとつであろうか」

話はそのまま、信長在世の頃の天下争乱に移ってゆく。武将たちの酒の肴は、それに若《し》くものはないようだ。

頃合いを見た秀元が、炭手前を始めた。大柄な体軀が流れるように手順を進めてゆく様は、風格を備えて美しかった。

朝会の懐石は簡素を旨とする。一汁三菜が選りすぐりの器で供されていたが、それら季節の彩りが秀元の口から語られることはなかった。話は利休の茶の湯へと戻ったものの、なぜ、それが町人の茶なのか、秀元から詳しく語られることもなかった。他に何か語りたいことがある、秀元はそんな顔つきをしていた。

後席《あとせき》で茶の振舞いが始まる前に、秀元が誇る数寄屋の設《しつら》えを見ておきたい。

古田織部の筋目を重んじ、三畳台目《さんじょうだいめ》に相伴席《しょうばんせき》を備えた、いわゆる燕庵様《えんなんよう》である。畳三枚に亭主の占める半畳を加えただけの間取りで、障子二枚の仕切りを隔て、控えの間が付属していた。

全体に窓が大きめに切られているため、室内は明るい。ことに、秀元が背にする色紙窓《しきしまど》は、上段の連子窓《れんじまど》が壁一杯に広がり、茶を点てる亭主の姿がよく見える造作になっている。秀元の自信がはからずも垣間見られるようだ。

峻厳な世界を求めた利休が狭小かつ寂《さ》びた空間を好んだのに対し、織部は小間の味わいを残しつつも、窓を多く設けて明るさを取り込んだ。また「躙り口《にじりぐち》」を窮屈と感じる貴人達のために、気楽に入室できる別口を新たに設けた。小間に隣接したこの一畳ほどは、時にお供の控えの間となり、客が多数に及ぶ際には、障子を取り払って小間を広げる役目も果たした。

織部はさらに大胆な変革を進める。戦乱の世を生き抜いた武将達には、狭い場所での長居は時に厭わしいものだ。そうした気風に沿うように、数寄屋に隣接して書院風の新たな部屋を設け、より寛いだ時間を過ごす場とした。そこには、季節を問わず釜が釣られて、自由に茶を楽しむよう設えられた。「鎖の間」の創案であった。

利休の追求した一座建立の精神を受け継ぎつつも、武士の気風に合う茶の湯へと、織部は大きく舵を切っていった。天下人秀吉の後ろ盾のもと、天下一の茶匠として登り詰めてゆくのだ。

呼び出しの銅鑼《どら》が鳴らされ、客の二人が数寄屋に戻る。

常ならば、床には軸に代わって花入が飾られる。だが、この日は前席を飾った宗園の墨蹟に代わり、表装を終えたばかりの新たな軸が掛けられていた。入ってすぐに気づいた二人が顔を見合わせ、無言のままでしばし眺めてから、それぞれの席に腰を据えた。

「今日の掲題は、ちと、難解じゃな。飛驒守に口切りをお願いしたいものだ」

長重が笑みを浮かべて宗茂に言った。難題を解《ほぐ》しかねるというより、この日の話題に俄然、興味が湧いてきた、そんな表情だった。

宗茂が応じる前に、秀元が口元を和ませて言った。

「私にも難題で、もうひと月あまりも、これに頭が一杯なのだ。将軍家の上洛が迫っているのに、この軸のことで気もそぞろ。いささか困り果てているあり様よ。友ふたりに知恵を借りるしかないと、観念した次第なのだ」

この夏に控えた三代将軍家光の上洛、空前絶後の態勢で臨む西上に際して、秀元は密かに重大な画策をしていた。そのことを、長重も宗茂も、それぞれの人脈から耳にしていた。

宗茂がやや軽い口調で言い放った。

「名筆ならいざ知らず、この曲がりくねった癖字はちょっと……」

秀元は、両断した織部の断簡を別々に表装し直し、この日は下段の一幅、〝これにて仕舞い〟を披露していた。

「いや、飛州（宗茂）ならば、これが誰の手かは知れようもの。なぜ、私がこれを持ち出したか、それを思案しているのであろう」

宗茂が苦笑したのは、図星だからだろう。長重が宗茂に向けて顔をねじり、早う、早うと催促する。宗茂が観念するように短く言った。

「織部助殿であろうか……」

長重が目を見開き、何か口にしようとする先、秀元が言った。

「さすが、目が高い。持ち込んできたのは……博多の宗湛《そうたん》翁だ」

神谷宗湛――。言わずと知れた西国きっての豪商であり、秀吉の庇護のもと、戦乱で荒廃した博多の街を復興した大人物である。一方、茶の湯名人の数寄者として名高く、天下人を始め、数々の大名との交友で知られていた。この年、齢、八十四。

「南蛮の風を京へと届けた大商人《おおあきんど》にも、はや黄昏が迫っていてな。一期の挨拶がわり、こんな謎を投げてきた。知っての通り、古織公とわれ等、茶の湯を通じての古い付き合いなのだ」

後代、古田織部の茶の湯を語る代名詞となった「へうげもの」、ひずんだ沓形《くつがた》茶碗が使われたことを記す最初の史料は、この宗湛の「茶会記」である。そして、招かれていた客のひとりが誰あろう、この毛利秀元なのである。

戦雲湧きおこる伏見で開かれた織部の茶会であった。慶長四年（一五九九）二月二十八日、前年の夏、太閤秀吉が世を去る。このとき、朝鮮半島では多くの将兵が苦戦を強いられており、また、それを巡って豊臣家を支える大名の間に深刻な争いを生んでいた。戦場働きを得意とする武将たちと、天下取りを施政面で支えてきた奉行衆の対立であり、主人を喪ったことで、両派は一触即発の状況となった。

加えて、後を継ぐ秀頼が未だ七歳であってみれば、新たな天下人を巡る動きが生じることは、乱世を生き抜いた武将たちには明らかなことだった。幼主を抱き込む石田三成らに対抗するため、武将派と呼ばれた加藤清正、福島正則らは五大老筆頭、太閤がただ一人敬意を払っていた徳川家康のもとに寄り集まってゆく。この動きに懸念を深めた豊家の重鎮、前田利家は家康の排除を画策するが果たせず、慶長四年に入り、家康との間で一応の和解が図られたのが、この茶会が開かれた二月のことであった。

天下の帰趨《きすう》が明らかにならぬまま、諸大名は多数の軍兵を伴い、大坂、伏見に在留していた。

五大老の一翼、毛利輝元の養子であった秀元も、伏見にあって必死に天下の形勢を探る緊張の日々だった。

そうした中での古田織部からの招きである。

天下の茶匠となった織部は、文禄から慶長にかけて茶の湯を好む諸大名との間に深い関係を築いていた。そのつながりは東国の伊達、佐竹から、西国の黒田、島津まで諸国に広がり、徳川配下の武将達にも及んでいた。諸将は大坂、伏見の屋敷に織部を招いて茶の湯の指導を仰ぎ、織部が見立てた茶道具をわれ先に求めた。秀吉に近侍したとはいえ、その立場は微禄の「御咄衆《おはなししゅう》」にすぎない。だが、イエズス会士が本国に送った報告書には、織部のもとには茶の湯指南を通じて巨万の富が集まり、その額は徳川家康に匹敵すると記されている。富とともに、情報もまた集まってくるものだ。時に織部五五歳、人生の爛熟期にあった。

この朝会でのことを、秀元は生涯、忘れることはないだろう。伏見、大坂の動きについて、織部の片言も聞き漏らすまいと屋敷に入った秀元だが、その目に映ったのは織部入念の数寄屋「凝碧亭《ぎょうへきてい》」の斬新さ、そして茶道具類ひとつ一つが発する力、いわば己の主張の激しさだった。利休居士が求めた調和ある空間、ひとつの境地に向かってすべてが奉仕する研ぎ澄まされた世界とは異なり、茶入や花入はおろか、羽箒《はねぼうき》ひとつまでが存在感を放っていた。まさに魔物の宿る世界だった。

その空間にあってひときわ異彩を放ったのが、薄茶に使われた瀬戸黒の沓茶碗であった。全体が傾《かし》いでいるうえ、口周りはうねるように歪み、おまけに胴には大胆なヘラ跡を残しているために、恐ろしく均整に欠けている。その癖、大ぶりで厚手に作られているから、どっしりした重みがあった。どこか、修験者たちが崇める巨石を思わせる威厳があった。この空間あってのこの茶碗だと、秀元ははっきりと感得した。

傍らの宗湛が、茶碗に見入ったまま、呆けたように動きを止めていた。博多ではまだ、伏見で流行りの美濃の茶碗は目に新しかったのだろう。長く茶の湯に親しんできた宗湛がこの席をどう感じたか、明日にも、自邸に招いて聞いてみようと思った。織部の茶を恋うる秀元の旅はここから始まり、そしていまも続いている。


茶友のふたりは、この話は何度か聞かされていた。

長重がふたりに遅れまいとする口調で割って入った。

「織部助殿の手であることはわかった。されど、見たところ、ただの茶会用の走り書きではないのか」

なにが謎なのかと、いかにも訝し気である。宗茂が手探りをするように、少し控えめに口にする。

「道具類に膳の献立、まあ、ことに変わったことも書かれてはいないように見えますな。ただ……」

「ただ」

秀元が先を急がせるように宗茂に迫る。

「冒頭の日付が問題なのでは？　しかも〝これにて仕舞い〟とある」

秀元がゆっくりと首を縦にした。宗茂、それから長重へと視線を流し、この男ならではの腹の底から押し出すような太い声で言った。

「六月十一日は、師が腹を切らされた命日なのだ」

長重が低いうなり声を発した。

かつてない繁栄の世、その象徴であった大坂城が焼け落ちたのは、慶長二十年五月七日であった。翌八日、助命嘆願が叶わなかった秀頼、淀君以下三十余名が命を断って豊臣家は滅びた。

その後の残党狩りは徹底していた。長曾我部《ちょうそかべ》盛親《もりちか》ほか、主だった将士が続々と捕らえられる中、伏見の自邸で閉門中と噂されていた古田織部が、幕府上使の命を受けて自裁して果てる。

報せは、京、伏見の街を瞬く間に駆け巡った。詳しい事情は幕府から明らかにされず、ただ、将軍秀忠に仕えていた嫡男の重広が囚われ、他の男児も、孫を含めてことごとく死に追いやられたことから、古田家に何か重大な落ち度があったことが推察されるばかりだった。大坂落城から一月あまり経っていた。

毛利軍を率いて本国から大坂に馳せ参じ、枚方《ひらかた》口の攻略に奮戦して大国の面目を守った秀元は、この日の衝撃をよく覚えている。奮闘した将士の論功に目途をつけ、骨休めに茶の湯でもと思案した矢先、敬愛する師の訃報に接したのだった。六月十二日、早朝のことだった。

「佐竹よりの急な報せは短いものでな。右京大夫殿もよほど驚かれたと見え、のたくるような自筆は半ば掠《かす》れて、どこで師が腹を切ったのか、場所すら判然としないあり様だった」

この話に、やはり秀忠の幕僚として戦陣にあった宗茂が、何か、思い出すように付け加えた。

「確か、織部助殿が右京大夫殿を陣中に訪ね、危うく命を落とすところだった……」

「そう、それは前年の冬の陣でのことだ」

秀元が応じた。

常陸の佐竹義宣は、数寄の道を求めて古田織部に深く師事していた。関ヶ原に際し、恩義のあった石田三成から同調を求められた義宣は、東西いずれに加担するか家中をまとめきれぬまま、居城の水戸で事態を静観していた。そこで、徳川家康の指示で関東に下った古田織部の説得を受け、密約のあった上杉景勝との連携を思い留まったとされる。真偽ははっきりしないものの、そうした噂が流されるほど、二人は親しい仲だったのである。関ヶ原の荒波を家康に従うことで乗り切った織部は、戦後、大和の地で七千石を加増される。それまでの領地八千石は息子たちに分知し、自身は加増分に父の遺領の三千石を併せて一万石の大名となった。

佐竹氏が秋田に移封された後も親交は続き、大坂冬の陣に際し、織部は陣中に義宣を見舞った。しばし、茶の湯で歓談をと考えた織部は、茶杓用の竹を求めて敵陣近くに至り、その際、流れ弾が頬をかすめて傷を負った。

その夜、大御所家康から織部に膏薬《こうやく》が届けられた。その話が諸将の陣に流れてくる。ことほどさように、織部を茶の湯の師と仰ぐ武将たちが多かったのだ。

「まさか師が腹を切らされるとはな。急ぎ、右京大夫の屋敷を訪ね、一体、何があったというのか、二人の知恵を寄せても一向に埒《らち》が開《あ》かない。そもそも、誰の命で腹を切ったのか、大御所なのか、将軍家なのか、それすら伝わっては来ないのだからな」

「蟄居《ちっきょ》の身だったのは知らなかったのですか？　もっとも、処分を受けたのは戦さが始まる直前だったようだが」

「私はまだ萩にいて、それどころではなかったのだ」

宗茂が秀元に向かって頷いた。

それでも諦めのつかぬ秀元は、やはり伏見に居残っていた細川忠興に使いを送り、面談を請うた。織部と同じ利休の高弟であり、また、幕府内に幅広い人脈を築く忠興ならば、この間の事情を知っているに違いないと思ったからだ。

「ところがな――」

「面談を断られた、かな?」

秀元の言葉に被せるようにして、今度は長重が言った。

「ご推察の通りだ。あまりの素っけなさに、何か非礼でもあったか、慌ててわが身を顧みたほどだ」

「利休の茶の湯を慕う越中(忠興)と、利休を慕いつつも、新しい茶の湯を求めた織部助だからな。利休七哲とはいっても、ふたりは心中、相容れない思いがあったと思うがな」

長重が解説をしてみせる。それに思い至らぬ秀元、宗茂ではなかったし、まして、宗茂は忠興とは親しい仲で、ことに茶の湯に関しては、互いに道具の貸し借りまでするほどだった。その宗茂がぽつりと言った。

「それでも、織部助殿の死に関心のないはずはないでしょうな……死の謎を知っていたか、さもなくば、触れたくない理由があったか――」

秀元が宗茂をじっと見つめている。しかし、それに続く言葉はなかった。

自裁から半月程が経ち、やがて、織部謀反の噂がどこからともなく流れてくる。曰く、古田家の家宰、茶人でもあった木村宗喜が不逞《ふてい》の輩を集めて暗躍し、家康と秀忠が二条城から出陣する隙をとらえ、京の街に火を放つことを計画していた――。さらには、豊臣家に織部息男の重行が仕えていたことから、織部が城内に徳川方の動きを流していた、そんな話も流れていた。

　秀元からすれば、いずれも一笑に付すべきものだった。大坂城を取り巻く十重《とえ》二十重《はたえ》、三十万にも及ぶ軍勢に対し、京に集まった不逞の輩ごときに何ができようか。大坂方への内通説にしたところで、そもそもが古田家は豊臣恩顧であり、織部の子息は、秀頼の小姓だった重行の他は徳川家に仕えていた。要するに、豊臣方、徳川方にかかわらず、幅広い武将に対して茶匠として信頼厚かったに過ぎないのだ。

　秀元は、真相に触れる話が一向伝わって来ないことに苛立ったものの、なす術はなかった。やがて、人の口に織部の死がのぼることもなくなっていった。

　あれからもう、二十年近い歳月が流れたことになる。利休の茶の湯に代わる武家の茶、将軍家の支持のもと一世を風靡した織部の茶の湯は、その死後も廃れることはなく、元和から寛永にかけて、武家社会の隅々に浸透していった。

　秀元から、丁寧に練られた濃茶がまず供された。長重、宗茂の順に口にし、秀元のもとに戻されたとき、床の間の下地窓を通して朝日が差し込んできた。床にかけた軸に光が弾け、改めて、そこに書かれた文字を浮き立たせる。

「これにて仕舞い……そうか、織部の最後の茶会、そういうことか！」

　長重がようやく腑に落ちたという表情で声を上げた。育ちのよいこの宰相は、少し血の巡りが遅いところもあるが、そのぶん、石を積むような堅実さが諸将から信頼も得ている。

　秀元がひとつ間をおいて言う。

「最後の茶会はどんなあり様であったのか、道具立てや懐石膳には、ことに変わった様子はないのだ。私は古織公の茶会記を隅々まで当たっている。問題なのは、誰がこの席の客であったのか……」

「そして、そこでどんな話が交わされたのか」

宗茂がこの男には珍しく、秀元が言葉を終えぬうちに口を挟んだ。秀元が口を開いたままで頷き、後を続けた。

「生涯を締めくくる茶会に誰を招くか。あの古織公ならばどうするか、思いめぐらすだけで、夜も眠れぬ。飛州よ、ここには誰が呼ばれたと思う？　師が最後に語りたいと願った男は誰なのか、それを知りたいとは思わぬか？　なあ、助けてくれ！」

秀元が顔をゆがめて悲痛な声を発した。流れるような手前で知られる秀元の手が止まっていた。人に弱みを見せることが嫌いな男の意外な姿だった。立花宗茂はやや俯いて身じろぎもしない。丹羽長重がそんなふたりを交互に見つめていた。

「安芸宰相も、飛驒守も、よほど織部助に思いが強いとみえるな。人間、それほど日々、真面目に生きておらぬのではないか？」

長重が本気とも茶化すともわからぬ口調で言い、さらにつけ加えた。

「最後の茶なら、それは内室と過ごしたに違いなかろう。或いは、刺し違えたご子息か。いや、愛妾かもしれぬな」

宗茂が吹き出すように笑った。つられて秀元も苦笑したが、その表情には不安な影が残されたままだった。敬慕する師を想う、ただそれだけではなく、何か自身にかかわる懸念もあるのかもしれない。

鎖の間に場所を移し、三人はやや寛いだ様子を見せている。秀元自慢の道具類も、本人から話が出されることもなく、淡々と薄茶が準備された。

慶長の末から大坂陣へ、豊臣滅亡に向けて世情が一気に慌ただしくなったあり様が、それぞれの口からぽつりぽつりと語られた。秀元は幼い本家を補佐して藩政に忙しく、長重と宗茂は、敗者からの再起を期して幕府への奉公に必死であった。家康が仕掛けた戦国最後の大戦を引きずる余裕など、当時の三人にはなかったのである。

秀元の懊悩を救うような話は糸口もないままだった。それでもこの席が行き着いたのは、織部の死の謎を知るには大御所家康の意向を知る以外にはない、その一事だった。

（二）

丹羽長重、立花宗茂を迎えての朝茶を終えた午後、秀元は数寄屋の露地周りをじっくりと検《み》てまわった。やはり気になるのは手水鉢だ。大石を土中に埋め込んでいたが、穿《うが》たれた水受けの穴が、石の露出に比してやや小さかった。穴をより大きく穿つか、さもなくば石をもう少し埋めるべきか。

――さっき、飛州に意見を求めるべきであった。

秀元は小さく舌打ちをしたものの、その胸中をずっと占めているのは、二人との別れ際の会話であった。

宗茂が言う。

『織部助殿の一件、大久保相模殿（忠隣《ただちか》）が突然改易された一件と、何か関わりがありはしないかという気がしている』

詳しいことはわからぬが——そう、前置きして宗茂が語ったところでは、その折、二代将軍秀忠に近侍していた宗茂は、忠隣の改易に幕府が揺れる中、駿府の大御所家康と江戸の将軍家の間に深刻な意見の相違があるやに感じた、と話す。それもそのはず、忠隣は秀忠を支える譜代衆の中核であり、外様大名にも幅広い人脈を築く大物だったからだ。片腕を失った将軍秀忠の失意は、傍目にも明らかだったというのだ。

そして、この時期、将軍家に大きな影響を与えたもう一人の人物が、古田織部だった。幕府譜代衆でもなく、さしたる禄高もない織部であったが、茶の湯を通じて将軍秀忠の心を摑み、その新たな治世の象徴たる存在にも映っていた。大久保忠隣もまた、織部の熱心な信奉者であった。

だが、大久保忠隣の改易と織部の自裁に何か関わりがある、秀元はその考えにつゆ、思い至ったことはなかった。二つの事件には時間の隔たりがあったし、そもそも徳川家における重みには雲泥の違いがある。

——いや待て、大久保相模の改易は慶長十九年の年明け早々であった。

それから一年も待つことなく、大坂冬の陣が催されることになる。江戸を中心に新しい時代が築かれようとする一方で、前代を象徴する城を攻め滅ぼす新たな戦雲が、徐々に動きを早めていた。その中心にいたのはむろん、駿府の大御所家康である。

——ならば、飛州のいう大御所と将軍家との対立は、大坂をめぐる意見の相違に根ざすことなのか。そのあおりを受けて、相模は改易の憂き目をみたのだろうか。

一方で、改易の沙汰が下る前、忠隣の配下にあった大久保長安、一時は家康の厚い信任を得て幕府総奉行とまで言われた代官頭が、死後に不正蓄財が発覚したとして、一族あげて重い処罰を受けていた。忠隣はその責任を取らされたという声があった。

——そう、もうひとつ囁かれた理由もあった。長崎のポルトガル船撃沈だ。

秀元が回想するこの事件は、通称、岡本大八事件と呼ばれるものである。

岡本大八はかつて長崎奉行の配下にあったが、当時は、駿府の家康側近、本多正純に仕えていた。事件は、肥前の有馬晴信が長崎港外でポルトガル船と交戦、これを撃沈したことから始まった。これは前年、晴信の送った朱印船がポルトガル領マカオで騒ぎを起こし、マカオ総司令官によって鎮圧されたことで、有馬側に多数の死者が出たことへの報復であった。晴信は事前に家康から攻撃の許しを得ており、それを検分するために長崎に派遣されたのが岡本大八であった。

事件後、晴信と大八は同じキリシタンという関係もあって交わりを深める。大八は、晴信が旧領への復帰を望んでいることに付け込み、今回の件の恩賞として、幕府に復帰を歎願してはどうかと持ち掛けた。大八が仕えるのは実力者本多正純である。正純の支援をほのめかされた晴信はこれを真に受けて、多額の工作資金を渡してしまう。やがてこの詐欺は発覚し、両者は江戸で厳しく断罪されることになった。

問題はこの裁定が大久保長安邸でなされたことだった。長安が幕府総奉行の地位にあったからだが、世間は別の見方をする。長安を背後から支えているのは大久保忠隣であり、岡本大八が仕えるのは本多正純である。将軍家側近の忠隣と大御所側近の正純、方《かた》や武功派、方や吏僚派、実力者二人の勢力争いはよく知られたことだった。結果は大御所近くにあった正純に軍配があがり、忠隣の改易に繫がったとする見方が、広く江戸の大名屋敷で囁かれたのである。

大久保長安の一件と岡本大八事件、それに続く大久保忠隣の唐突な失脚は、いずれも大坂の陣の直前、慶長十七年から十九年にかけてのことだ。これと古織公の自裁とが、どうかかわると言うのだろうか。

いまさらながら、宗茂をそのまま帰してしまったことを秀元は悔いていた。萩で新たに焼かせた茶碗でも自慢し、伏見の銘酒でも出して、考えを聞き出すべきであった。秀元がひとりごつ。

「蹲踞《つくばい》などにかまけている折でなし」

新春とはいえ、まだ陽に暖かさの欠ける昼下り、秀元が向かうのは、山城淀藩《やましろよどはん》十万石、永井信濃守尚政《ながいしなののかみなおまさ》の上屋敷である。

虎ノ門から城内に入ると、左手前方、小高い一帯には筑前福岡の黒田家、その先には芸州広島の浅野家と、外様雄藩の広大な屋敷地が広がっている。さらに進み、桜田門の手前右手には上杉弾正忠《だんじょうのちゅう》家の屋敷塀が長々と続く。足早の武家奉公人の他は行き交う人の姿もまばら、大名屋敷街はひっそりとしている。

桜田門を入って番小屋を過ぎ、西の丸下に広がる譜代大名の屋敷街を抜けて行く。亡き大御所秀忠の最側近だった尚政の屋敷は桜田濠際の角地にあたり、一帯で一番の広さを占めていた。約束の八つ刻に表門に至り、訪いを告げて簡素な屋敷内に入る。どっしりした構えの主殿玄関に出迎えられた。

駕籠を降り、案内に導かれて奥に進む。書院に面した庭は枯山水、まだ冬色の残る侘びた佇まいが気持ちを引き締める。小堀遠州の作庭と聞いていた。永井尚政は数寄者としても諸侯から一目置かれる存在である。

待つことしばし、すぐに尚政は現れた。数寄大名として、これも高名な秀元とは、深い親交を結ぶ仲である。加えて、尚政の長男、永井尚征《なおゆき》に秀元の娘が嫁いでおり、両家は縁戚でもあった。

この日は尚政よりの声がかりであった。急を要することもあって面談のみとする旨、事前に断りが入れられていた。おおよそ、話の中身に想像がつく秀元も、飲食抜きで突っ込んだ話がしたいと思っていた。

秀元が挨拶をかねて口を切った。

「一昨年の台徳院様（秀忠）ご不例の折には、連日のご登城、この屋敷にも戻れぬ日々でありましたろう」

「年が明けてからは予断を許さぬ状況が続きましたゆえな。目と鼻の先でも、西の丸に宿直《とのい》することも度々でした」

「とてもとても、茶の湯どころではありませんでしたな」

ふたりに同時に笑顔が広がった。秀元が九つばかり上になるが、その差を超えて互いに親しむ場がいくつもあった。茶の湯しかり、また、観能や連歌会で同席する機会も多かった。

少しの間があって、尚政が切り出した。

「わざわざおいで願ったのは他でもない、昨日、御朱印改《ごしゅいんあらた》め奉行を拝命致しました」

秀元がゆっくりと頷いた。この男には珍しく、緊張の面持ちで口元を引き締めている。

「新たな知行《ちぎょう》宛行状《あてがいじょう》が手交《しゅこう》されるのは、おそらく、今夏のご上洛の折となりましょう。ご本懐を遂げられるのは、その時しかない」

秀元がもう一度、深く首を折る。尚政がその目をとらえたまま、背筋を伸ばした。

いま、諸国の大名が支配している領地は、関ヶ原の後、徳川家康により領有が認められた。武家の棟梁たる征夷大将軍の権限に基づくものだった。しかし、それを証する正式な文書の類を、家康は発給することができなかった。大坂の豊臣家を憚《はばか》ってのことだった。江戸幕府が正式に領国支配を認める「知行判物《はんもつ》」や「知行朱印状《しゅいんじょう》」を発するのは、家康が亡くなった後、その支配を受け継いだ秀忠の代になってからである。元和三年（一六一七）のことであった。

それから十七年、秀忠の死を受けて親政を開始した三代将軍家光により、領国支配を認める新たな文書が与えられると噂されていた。いわば、新しい時代の幕開けを天下に示す一大事、それがこの年の上洛と、三百諸侯への知行宛行状の発給なのだった。

「この度は、どのような手順となりましょうか」

秀元が慎重な口ぶりで問う。

元和三年、秀忠による朱印状が毛利長門守秀就《ひでなり》、つまり毛利本家の藩主に対して与えられている。周防《すおう》及び長門の二カ国、三十六万九千石の一円支配《いちえんしはい》が改めて認められた。その秀就から、四万七千石余が秀元に分け与えられた形になっており、これによって、秀元は長府毛利家の藩主として認められるのである。幕府は大名家から一万石以上を分け与えられた分家について、将軍家と直接主従関係を結んだ場合は、これをその大名家の支藩と認めた。江戸城内においても大名として遇していた。

その支藩主に過ぎない秀元が本家に並ぶ三位宰相の地位にあり、尚政のような幕府中枢と親交を結んでいることについては、少々の説明が要るだろう。

豊臣政権の五大老となった毛利輝元には、長く男児が誕生しなかった。太閤がそこに目をつけ、甥の秀秋を養子に送り込もうとする。それを察知した毛利一門の小早川隆景は、即座に手を打つ。早くから英邁さが謳われていた一族の秀元を本家の養子に据え、自身が秀秋を養子に迎えたい旨、太閤に陳情したのである。これが、後に天下に汚名を残す小早川秀秋、その人である。

毛利本家の養嗣子となった秀元は、その知勇を秀吉から愛され、その養女（大和大納言秀長の娘）を正室に迎えると、翌年には正三位・参議にのぼる。さらに、慶長の渡海戦では右軍の総大将に任じられるなど、毛利家当主への道を邁進しつつあった。

ところが、そこにきて、輝元に待望の男児が誕生するのである。御家騒動も懸念されるなか、事前の取り決めがあったこともあり、秀元は潔く身を引いた。代わりに別家が認められ、長門一国ほか十七万八千石が与えられることになったのである。一門大名として、依然として、毛利家を牽引する別格の存在でもあった。

そうして迎えた天下分け目の関ヶ原で、秀元は毛利一統の采配を輝元から預かったものの、一門の吉川広家が密かに家康側に内通、決戦の地に毛利の大旗を進めることなく撤退せざるを得なくなる。結果、毛利家は防長二ヵ国に大幅減封となり、秀元もまた、支藩主に甘んじることとなったのである。

こうした経緯を、むろん、尚政はよく知っている。

「ご先代よりの知行判物を、甲斐守殿は見ておられるのか？」

「いや、見た覚えはござらぬ。その当時、幕府との折衝は福原越後が担っておりました。まだ、岩国が力を持っていたゆえ」

岩国とは、毛利領の東端に、これも四万石ほどを分け与えられた吉川広家である。参戦するか傍観するか、関ヶ原の決戦の地でいがみ合った秀元と広家は、新たな藩政が始まっても対立を繰り返す。当初、藩の執権は、福原広俊とその後ろ盾であった広家の手に握られていた。

「奉行衆から、まず、先般の判物の写しを求められるでしょう。そこに知行宛行についてどう書かれているか、われ等はその確認を行うこととなります」

「どう書かれているか、とは？」

「御家《おいえ》のような支藩の場合、通例、本藩の支配を認める文言の後に、内、何万石ぶんについては、誰それ之を進退すべし、そう、但し書きが付記されているはずなのですが……」

尚政があいまいさを感じさせる口調で説明した。

「誰それ、これを進退すべし——。わが名がそこにあるはずだと……」

秀元が、何かもの言いたげな口ぶりで言い添えた。

秀元はあえてこの場では口にしなかったが、この知行判物には大いに言い分があった。かつて本家跡継ぎの立場にあり、その後は別家した大名として、その地位を家康から認められていた秀元である。さらに言えば、防長二カ国のうち、周防を輝元に、長門を秀元に与えるというのが、当初、家康が下した判断だった。それでは多くの家臣を抱える本家がもたぬ、そう考えた秀元が身を引き、いまの体制となった経緯がある。本家から領地を分け与えられたとするのは、少し筋が違うであろうとの思いを、心中ずっと抱いてきたのだ。

「ただし、いまだ書式も整わぬ時期のこと、大名家により文面には違いがあるようなのです。さて、ご本家への判物には何とあるのか、まずはそれをご確認いただくことが先決かと思われます」

　秀元が一瞬、苦い顔つきを見せた。

「ご教示、かたじけなく存ずる。ご本家に、御判物を確認させてくれるよう掛け合ってみます」

　そこでやり取りがいったん途切れた。二人がしばし沈黙したのは、本家と長府毛利家に揉めごとがあり、そのことは尚政には話してあったからだ。

　揉めごととは秀元と秀就の諍《いさか》いである。幼くして藩主の地位についた秀就は吉川広家や秀元の後見を受けた。ことに、大坂の陣の失態によって広家が身を退くと、毛利家は秀元により主導されることになった。早くから表舞台で活躍し、また、茶の湯や能狂言に通じていた秀元は、将軍秀忠から厚く信頼され、また、土井利勝や永井尚政といった将軍家側近と親しく交わることで、幕府との関係を良好に保つ力となってきたのだ。

　しかし、本家の秀就からすれば、いつまで後見を続けるつもりかという話になる。いわば〝毛利の顔〟としての秀元と、時を追うにつれて本家の自覚を深める秀就とに、やがて埋めがたい溝が広がるのは当然のなりゆきであった。この一、二年、秀元は本家の門を潜っていない。

　そのあたりの事情を、親しい仲である尚政は充分に理解していた。それゆえ、この日こうして、秀元にいち早く内情を伝えているわけである。

　密談は一区切り、その後、諸国大名家の内情やら、西国の海域に出没する異国船やらに話が及んだ。秀元が披露する話が多くなるのも道理、大御所付き年寄を退いた尚政の新たな役割は、いわば西国探題となって、将軍家の目となり耳となることだった。

ことに、西国周辺へ外国船の到来が後を絶たず、また秀忠時代から始まっていた海外への渡航を制限する政策が、家光親政によってさらに強化されることになった。キリスト教の厳しい禁令、そして海外との交流の大幅な制限が、この後、加速してゆくことになる。鎖国の真の始まりだった。

きな臭い話が一段落すると、自然、話題は茶の湯になる。このときを待っていたかのように、秀元が改まった様子で口を切った。

「話は変わりますが、ちと、うかがいたいことがありましてな……信濃殿は、大久保相模殿が改易された一件は、どうお考えであろうか」

「相模殿の改易？」

当然ながら、尚政の顔に不審の色が浮かんだ。

この突然の改易は、表向き粛々と進められた。大久保忠隣が幕府に断りなく婚姻関係を進めたことが理由とされたが、その実、幕府内部を大いに揺るがしたことは容易に推察された。大坂攻めがにわかに現実味を増した時期であり、大御所家康の意向が背後にあるのは明らかだった。にもかかわらず、この一件が深い闇に包まれている印象をいまに残すのは、老いを深める大御所が多くを語らず、その真意を確かめることは、将軍秀忠にすら難しくなっていたからである。その思いは幕府中枢に近い人間ほど強かった。尚政もそのひとりであった。

「少し、剣呑な話ですな。して、その真意は？」

「こんなものが舞い込んだのです」

秀元は脇に控える小姓から風呂敷包みを受け取り、ゆっくりした手付きで二幅の軸を取り出した。一方を尚政に手渡すと、視線を合わせた。検分を求めているようだ。

尚政が真田紐の結わいを解き、するすると軸を開いて膝前に据える。のたくるような躍動感溢れた文字があらわれた。やや腰を傾けた尚政が、じっと文字に見入る。

「古織公であろうか。だれがこんなものを？」

「博多の宗湛翁」

尚政が頷いた。

三代将軍家光の親政が始まっても、茶の湯の流行は衰えを知らない。大名屋敷への将軍家「御成り」がますます頻繁となり、そのもてなしに茶の湯は欠かせないものとなった。諸侯の間ににわか茶人が多く生まれ、自然、古田織部が確立した大名茶の湯はその志を見失い、単なる柳営《りゅうえい》儀礼へと堕落の道をたどりつつあった。ふたりにはそれが許せない。秀元と尚政の師への敬慕の念は、一種、血盟の様相を帯びている。

「驚きましたな。日付は死を賜った六月十一日だ」

「元和と改元されたその年、慶長御陣が終わった直後と思われます」

もう一幅は、秀元自ら結わいを解き、尚政の前の軸に並べた。

秀元が目顔で示した場所に、尚政が視線を遣る。そこには茶掛として太閤の遺児、豊臣秀頼の墨蹟が指示されていた。その年の正月茶会、大坂冬の陣が講和に至り、戦陣がいったんは治まった直後の茶会において、織部が好んで掛物にしていたものだった。

『右大臣（秀頼）は御身《おみ》にふさわしい雄渾《ゆうこん》な字を書かれる』

秀元の脳裏に師の言葉がこだまする。折も折、その言葉が災いを及ぼしはしまいか、冷や汗をかく思いであったことも思い出される。

二幅の軸をじっと眺めていた尚政が、深い息を吐きつつ言った。

「いや、貴重なものを拝見しました。ただ、まさか貴殿、これを茶掛に使うつもりではないでしょうな」

「それはないが……」

秀元が瞬時、ためらいをみせた。軸に向けていた視線を、まっすぐに尚政に向けた。

「古織公が自裁した訳を知りたい、改めて、そう思いましてな」

尚政にふたたび不審の色が浮かんだ。

この話題に関しては、当然、これまでもふたりの口の端にのぼることはあった。だが、そこにはおのずと自制と遠慮が働いていたのも事実だった。ぽつり、ぽつりとした会話は、やがて世間一般に語られた結論に至るのが常だった。

――織部に謀反の咎《とが》あり――

これをあえて否定し、真の理由を求めて探索を進めれば、おそらく、大御所家康の意向に突き当たるだろう。それを論《あげつら》うことは幕臣には難しい。

さらに言えば、冒頭で秀元が口にしたのは、大久保忠隣の改易だったはずだ。そこから織部の死に至る話がどこに向かおうとするのか、いかに親しい友とて、その真意には警戒感を抱かざるをえないだろう。

それを察した秀元が、立花宗茂と丹羽長重を招いてこの断簡を見せた経緯を話した。併せて、宗茂が漏らした言葉を明かす。宗茂もまた、茶の湯を通じて尚政とは親しい仲であり、永井家から継嗣の正室を迎えていた。断りなく話を伝えたとしても、怒るようなことはないだろう。

「そうですか、立花飛騨守が。飛騨守はその頃、将軍家の厚い信頼を得ていました。奥州で大名に復帰したのも束の間、すぐに大幅な加増を受けて、駿府への随行も命じられるほどでした。私はいまだ見習い出仕の身、名将の誉れ高い飛騨守がまこと眩しくみえたものです」

尚政が若き日々を懐かしむかのように表情を緩めた。秀元がやや苛立ちを見せ、発言を迫る。

「その飛州の見立て、信濃殿はいかが思われるか。つまり、師の一件と相模殿の改易にはつながりがあるのか、否か」

秀元にすれば、尚政の口が重くなるのはわかるが、大坂の陣から十五年の時を経て、三代将軍の御世となっている。幕府はかつてない威勢を誇り、朝廷との積年の綱引きに決着をつけるべく、この夏には三十万の軍勢を従えての上洛に及ばんとしている。その中枢にあり、上方支配の中核たる重鎮をして、何を恐れることがあるというのだろう。

それでも尚政はまだ沈黙している。さらにややあって、

「甲斐守、本日はお互い、余裕をもっての面談でありましたな。ならば、薄茶でもいかがでござろうか」

秀元がにやりとした。尚政の表情に、何かをふっ切ろうとする気配が見て取れたからだ。少なくとも、シラを切り通すような真似はすまい、そう感じられた。

「お気遣い、痛み入る」

尚政の用意が整うまでの間、秀元の思いは自然、古田織部へと向かう。

徳川の世となり、人びとの目が駿府へ、江戸へと移りゆくようになっても、師、織部の茶の湯は一層、輝きを増すように感じられたものだ。

その輝きは、茶道具に顕著に現れた。茶の流行が幅広い層に広がってゆくと、道具類もまた、新物《あらもの》が必要となるのが道理である。その求めに応じるように、織部は伊賀や美濃、唐津や信楽といった古くからの焼き物の地で、新しい茶道具や懐石膳の器を次々と焼かせ、それを誰はばかることなく茶の湯の席に持ち込んでいった。

伊賀で焼かせた花入れ、出来損ないのように歪んだ口辺に梅が一枝差し入れられているのを見たのは、関ヶ原の翌年、慶長六年の霜月の茶会に招かれた折のことだ。秀元は一瞥《いちべつ》、あやうく声を上げそうになった。かと思うと、美濃で焼かせた茶碗はひしゃげているばかりか、釉薬をかけ残してそこに奇怪な文様が描かれていた。次はそう、懐石膳に鮮やかな彩りを持ち込んだ器の数々。扇形の向付を初めて見せられたのはいつの茶事であったか。招かれた客たちは感嘆し、そして口々にその驚きを語り合った――

秀元は織部の作り出す一場、その勢いに魅了された。いや、息を呑みつつ、抗いがたい力で心と身体を支配されてしまった。その変化に富んだ新しさ、それによって作りだされた華やかさの前では、師、利休居士の茶の湯は、いかにも息苦しく感じるようになった。

では、師、織部は創作茶陶一辺倒であったか。もしそうであったなら、将軍家指南役とはならなかったはずである。

織部は新物を大量に作らせる一方で、唐物や名物を多数所持する諸侯たち、とりわけ天下の大名物をかき集めていた徳川家を慮り、自身が創案した「鎖の間」に名物道具を飾り立てて見せた。利休が創作茶道具を用いて以降、ともすると影が薄くなっていた名物だが、これで息を吹き返した。唐物名物で飾り立てられた書院風茶室、室町由来の武家の茶を、新たな姿で甦らせて見せたのだ。この臨機応変な柔らかさこそが、織部を織部たらしめたといえる。

天下が移り変わっても、織部はこの新たな茶の湯を引っ提げて、勇躍、江戸に乗り込んでいった。それが二代目将軍秀忠からも高い評価を受けて、晴れて幕府の式正茶となった。それは元和になっても続き、今日もなお、大名茶の湯として武家社会を律し、潤しているのだ。

いつしか、秀元の中でも名物茶器への思いは憑き物が落ちたように鎮まり、その姿がより正しく眺められるような思いがするではないか。名物もいい、だが、それに劣らぬ素晴らしさが新物《あらもの》にもある、それが織部の茶の湯を追いかける中で生まれた率直な思いとも言える。

――それを理解しない堅物、名物一辺倒の朴念仁《ぼくねんじん》がいまも……

永井家の家人から声がかけられて、秀元は我に返る。その先導で書院から連なる数寄屋へと向かう。

通い口から入室し、床に目を移す。宗圓《そうえん》の墨蹟である。しばし眺めて客座に腰を下ろす。

「即席にてご勘弁願いたし。精々、釜だけは秘蔵の品とさせていただいた」

尚政が釜をにじらせつつ口を切った。秀元が、炉に据えられた真形《しんなり》の古釜に眼をやる。ずんぐりした姿はいかにも心落ち着かせる風情である。蓋は合わせて作らせたもののようで新しかった。

「来歴をうかがってもよいでしょうか」

「大和大納言（豊臣秀長）が郡山城に入った折に狩り出したものだそうです。南都あたりの寺にあったものでしょう。大納言から利休居士に渡り、その後、神君の手へと移りました。父が伏見に在番していた折、神君より下賜されました」

「それは、それは、まさに御家の重宝ですな。肩の張り具合が、実によい」

秀元の褒め言葉に尚政が表情を緩めた。

その後、掛物の話に移り、しばし名物談義となった。

秀元から、織部が所持していた無準師範《ぶじゅんしばん》の墨蹟の話が出された。「帰雲」と雄渾《ゆうこん》に横書きされたそれは、織部好みに表装されており、秀元には垂涎の品だったと話す。小堀遠州に招かれた席で目にしたのが最後だと悔しそうに語るから、遠の昔に将軍家の所持となって、幕府の名物庫深くに眠っていることだろう。

茶を泡立てる軽やかな音が響き、それにあわせて会話が途絶えた。たっぷりと茶を盛った井戸茶碗が秀元の前に置かれ、尚政が改めて切り出した。

「古織公の最後と大久保相模殿の変事に、何かかかわりがあるのかどうか。台徳院様の側近く仕えていた身であっても、これはなかなかに難問ではあります。いずれの処断も、神君のみぞ知る天下の裁き、私ごときが言及してよい話でもございますまい——」

「それを言うなら、外様の私なぞ、話題とするだけでも厳罰かと」

「いや、お待ちください。あえてお引止めしたのは、私なりに意を決してのこと。お尋ねの答えになるかどうかは別にして、甲斐守殿にこの際、ぜひ聞いてほしいことがあるのです」

「聞いてほしいこと……古織公に関して、ですか？」

「いえ、台徳院様、亡くなった大相国秀忠公《だいしょうこく》に関して、です」

やや前傾の姿勢だった秀元が、のけぞるように背筋を起こした。尚政の思いつめたような表情が、この能吏にひどく似つかわしくない。意を決したとは、一体、何が始まるというのだろう。

しばしの沈黙の後、尚政が視線を宙に投げたままで言葉を継いだ。

「台徳院様のあの折のご無念、ご遠行《えんこう》されたいまとなっては、誰かが語り遺さねばなりますまい。そこには古織公も深くかかわっておられます」

秀元の大きな喉仏が上下する。がっしりとした顎がこわばって見えるのは、知らず奥歯をかみしめているのだろう。

「大久保石見《いわみ》（長安）の一件は覚えておられましょうか」

尚政が、秀元に視線を合わせてからゆっくりと言った。秀元がそれを受け止めて小さく頷いた。

大久保長安は勘定方としての力量を家康から高く買われ、後には幕府総奉行の名で呼ばれるほど辣腕《らつわん》を揮《ふる》った人物だった。もと武田家に仕えて甲州で金鉱の採掘に携わっていたが、武田家滅亡後、多くの旧臣とともに徳川家に仕えた。

とにかくこの男、知恵も度胸もあって仕事ができた。徳川家が甲斐を手中にするや、早々、その復興を執り仕切る。築堤や新田開発を進める一方、荒れ果てていた金鉱山を復活させ、高い技術をもった職人を集めて産出高を大幅に増やしてみせた。採掘を進めるために必要な道や橋が盛んに作られ、人夫や商人が寄り集うことで、甲府はかつての賑わいを取り戻す。

それからは、家康の高い期待を担って財政面で力量を見せる。ことに関ケ原以降、諸国の金山銀山を握った家康のもと、石見銀山、佐渡金山、伊豆の金山等で増産を図り、徳川家の懐を大いに潤すことになったのだった。

そして、この極めて特異な能力をもった人物を配下としていたのが、大久保忠隣であった。

「蓄財の才にたけて、石見自身も大層な羽振りでしたな」

「幕府にとってはまさに金の生る木でした。ところが、その石見が中風《ちゅうぶう》を患い、あくる年に世を去った。とたん、金銀をくすねる不正を働いた咎で子息七人は死罪、親しくしていた幕府譜代の衆も、多数処分を受けることとなりました」

「いや、たしかに驚きの裁定だった。その与力親は大久保相模殿でしたな」

尚政が頷いた。

「つまり、それが改易の真の理由だったのでしょうか？」

矢継ぎ早の秀元の問いかけに、尚政がわずかに逡巡する。視線がやや下がったように見うけられた。

「そうした声も、あの折には確かにありましたな。ただし、神君が石見がごとき、たかが勘定方の件で、相模殿を改易に処することなどあり得ません。大久保家は御家の主翼を担う一隊ですからな。それは、徳川家の人間なら誰でも承知しております」

秀元が頷いた。

「石見のことをもちだしたのは、相模殿を失ったお上の無念、その深い落胆をお話しするには、相模殿と石見が本当は何をしていたのか、それをお話しする必要があるからなのです。その様を、私は真近で見せられていた」

そう語る尚政の目は、視線が右に左に揺らいでいる。いまだ逡巡を消し去れてはいないのだろう。いかに過ぎたこととはいえ、幕府の中枢で起こった政変であり、軽々に外様の前で口にしてよいことではない。

それでもなお、尚政の背中を押しているのは、殉死も辞さないほどの恩を受けた大御所秀忠、その死なのだろう。語らずには死ぬるまじ、そう、その目は語っていた。

「大久保石見の一件があったこの年、慶長十八年は、お上の思いが頂点に達した年でした」

尚政がようやく口を開いた。

「秀忠公の思い？」

「そうです。二代将軍としてのご覚悟、いや、そんな生やさしいものじゃない。父の軛《くびき》から逃れんとする決死の思いです」

尚政の、それこそ決死の述懐が始まろうとしていた。秀元の喉仏が、また、鳴った。

慶長十年に将軍宣下を受けたとはいえ、江戸の秀忠のもとに伺候するのは関東の譜代大名、それに伊達、佐竹、上杉といった東国の外様大名に過ぎなかった。豊臣家がいまだ大坂で健在なうえ、京の朝廷もこれと結んで、江戸に対抗せんとする姿勢がはっきりと見てとれた。

自然、駿府の家康の目は京や畿内の動きに向けられ、豊臣家や朝廷を牽制することに力が注がれていた。尚政の父、永井直勝は武人としての功を重ねていた一方で、早い時期から宮中儀礼に精通するよう家康からの指示を受けており、京に目を注ぐことが最大の使命だったと、尚政は語る。

では、この時期、将軍秀忠の役目は何だったか。慶長九年ころから始まっていた江戸城の大修築、いわゆる天下普請の監督であり、もうひとつが、東国武士たちの束ね、鎌倉以来の武家の棟梁としての地盤を固めることであったという。思えば、関ヶ原で秀忠が率いたのもこの東国武士団、関東に割拠する徳川家譜代衆とその周辺の大名たちだったのだ。まだ、江戸は全国政権の都ではない。

それが、徐々に変化の兆しを見せるのが慶長十四年の頃であった。

尚政がここで話を区切り、再び、茶の用意を始めた。茶入は唐物の肩衝《かたつき》、亡き台徳院からの拝領品でもあろうか。

「琉球の尚寧王《しょうねいおう》が上府した折のことは、ご記憶であろうか」

「よく覚えています。同道した、というより連行してきた薩摩守の得意満面が、いまも目に浮かびます」

慶長十四年、薩摩の島津家久は琉球王国に侵攻、これを勢力下に置いた。琉球は明王朝に朝貢してその支配下にあったが、明が満州族の侵入を受けて混迷する隙をついて、薩摩がこれを併合したのである。

家久は即座に駿府の家康に報告し、翌年、尚寧王を引き連れて駿府、さらには江戸へと上り、家康、秀忠の引見を受けている。この年、秀元は藩主秀就の後見役として、江戸に在府していた。

「お上は薩摩の支配にお墨付きは与えたものの、琉球王を諸侯に列して十万石格をお許しになった。これは駿府のご判断ではありません。尚寧王に同情をお寄せになった、お上独自のご判断です」

翌十五年の正月には、将軍秀忠は中国、西国、北陸の大名よりの年頭拝賀を受けた。これをもってようやく、将軍としての面目が立ったことになる。江戸の指令があまねく諸国に伝わり、将軍秀忠の権威に群雄たちがひれ伏す体制へと移行させてゆく、それが大御所家康の意図であったという。それを肌で感じた秀忠の昂り、江戸に新しい時代を開こうとする強い意欲を、尚政は言葉を尽くして語ろうとする。

偉大な父からの期待に応えようとする思いから、この時期、秀忠は諸国の大名に対して数多くの書状を発して、関係の構築を図ろうとしたという。その努力たるや痛ましいほどで、夜を日に継いで筆を執り、祐筆に指示を与えていた。琉球の尚寧王との謁見も、島津家久との駆け引きも、将軍秀忠にとって合戦にも等しい戦いの場であったというのだ。

尚政がひと息つくように間を置き、つぶやくように言った。

「こうしたお上の姿勢を強く支えたのが、大久保相模殿だったのです」

秀元が大きく頷きつつ、尚政の昂りを鎮めるかのように口を挟んだ。

「関ヶ原の後、神君は跡継ぎを誰にしたらよいか、主だった配下に諮った、台徳院様を強く推したのが相模殿だったそうですな」

「真偽のほどはわかりませんが。ともかくこの時期、相模殿と石見、ふたりを非常に頼りとされていました」

「相模殿の役割とは、実際、何をしていたのですか？」

「江戸と西国大名との繋がり、それを深めようとされたのです」

おおよそ予想された答えだった。本家の後見役として幕府に向き合う秀元には、大久保忠隣との付き合いは重大事であった。

「私も茶の湯を通じた交わりがございましたから、お話はよくわかります。相模殿とは同じ織部の門下、茶道具も、せっせとやり取りしました。そう、相模殿からはご本家宛、奥州の黒鹿毛をいただいたことがありましたな」

「そこなのです。相模殿は仙台や盛岡と深い繋がりがあったゆえ、奥州の名馬を多数、小田原に抱えていた。西国衆はまず駿府に寄り、それから江戸に向かう。途中、小田原城で相模殿から名馬を贈られて江戸に引いてくるのです。これが評判とならぬはずがない」

尚政が、ふとため息をついた。何かを悔いている様子にも感じられた。これから進む剣呑な話にためらいを感じているのか、或いは、その後の忠隣の運命に対する憐憫なのか。

秀元が話をついだ。

「それもこれも、西国衆を手なづけ、将軍家の新しい治世を支えるためであったと」

「しかりです。ただし、いかにも目立ちすぎた」

「しかし、いかに派手であろうとも、将軍家の嘉《よみ》するところなら、何ら問題ないのでは？」

「ご指摘の通りでありましょう。ただし、それを駿府はどう感じるか」

「大御所のご機嫌を損ねた？」

「いや、神君は気にも止めなかったでありましょう。神君のお側近くあった者たちがどう思ったか」

この当時、駿府には多彩な人間が集められていたと、尚政は話す。側近の本多正純や駿府旗本衆の他、外様の藤堂高虎、禅僧の金地院崇伝や儒者の林羅山といった知恵袋たち、さらには豪商の茶屋四郎次郎からイギリス人の三浦按針に至るまで、その人脈は多岐に渡っていた。

ただし、仮に江戸の姿勢に異を唱えるとしたら、中心は本多正純であろうかと、秀元は思った。

父親の本多正信は江戸にあって、将軍家の監視役をつとめていた。大久保忠隣の動きは逐一、駿府に伝わった。

本多父子と大久保忠隣が相容れないことは、当時から、秀元の耳にも入っていた。長崎を舞台とした岡本大八の一件は、江戸で知らぬ者のない騒ぎとなっていたからだ。やはり、大久保忠隣の改易には本多父子が嚙んでいたということなのか。

秀元が探るような口調で問う。

「相模殿のような大物が相手となれば、そこは本多上野《こうずけ》か、さもなくば藤堂和泉《いずみ》か。口さがない向きは、本多殿と大久保殿の争いを言い立てておりましたが、改易の背後に、そこらあたりがあるのかどうか……」

尚政が小刻みに首を上下させたが、秀元の指摘を首肯したというより、そんなこともあったと、確認するような表情だった。語りたいのはどうやらそこではないようだ。

尚政はしばらく口を閉ざしていた。讒言《ざんげん》ごときで、御家の柱石を外すような愚かな神君ではない、そんな顔をしている。

茶碗が秀元の前に置かれた。秀元がゆっくりと手にとり口に含む。細やかに練られてはいるものの、苦味が強く口に残った。名人にしてはぬかりあると感じた途端、思い当たった。心の揺らぎが茶に顕れている――

幕府内の権力争いが理由でないとするなら、一体、何を打ち明けようとしているのだろうか。

尚政は大久保長安のことから語りだした。長安に関して、不正蓄財のほかに問題があったということなのか。視線を落としたまま口を閉ざしている尚政に、しびれを切らした秀元が口を開いた。

「石見の派手な暮らしぶりにはとかくの噂がありましたな。彼奴《かやつ》の握る金脈は、相模殿の金づるでもあったはず。小田原のばら撒きを大御所が耳にしたら、やはり無事には済まなかった、そういうことなのですか？」

「石見の派手な暮らしぶり、そんな些細なことに神君は関心など持ちません。仮に、あの男が目に余る蓄財をしていたとして、それに勝る富を徳川にもたらすなら、それでよし。神君にとっては、人は役に立つか立たぬか、それ以外にはあまり関心がない。そうした意味では公平な目をもっておられたと思います。論功に偏りがあったという話も聞きません」

「確かに、関ヶ原でも、武功のあった太閤恩顧の諸将へ、大領が与えられました。そのぶん、譜代には分け前少なく、それに不満を唱える向きもあったとか」

尚政が頷いた。その筆頭がかの井伊直政であり、そのことを強く諫めたのが永井直勝だった逸話はよく知られていた。

「神君が配下の蓄財に気づかぬはずはなく、それでも有用であったゆえ、さして気にも止められなかった。ただし、亡くなってしまえば、後は、蓄えた財を没収するだけのこと。甲斐守は石見が所持していた黄金の茶道具はご存知ですか？」

「噂には」

「あれはいま、幕府の金蔵に収まっています。いずれは鋳つぶされて大判に替わることでしょう」

尚政が薄く笑った。

秀元は心中秘かに衝撃を受けていた。幕臣にとって、いや、誰にとっても神であるはずの東照大権現に対し、尚政がかくも冷静に語ることが、深い驚きだったのだ。確かに、この男なりの思いが何か、秘められている。

見ると、尚政が膝においていた拳を強く握りしめていた。俯きかげんの額には太い青筋が立っている。またしても長い沈黙が続いた後、尚政が顔を上げ、疲れ果てたような表情で口を開いた。

「甲斐守殿、礼を失することながら、今日の席はお開きとさせていただけまいか。この続きはいずれ、私のほうで機会を設けさせていただくつもりです」

秀元も息を抜くように肩を落とした。

「いや、当方こそ、はや退散すべきところ、大変に失礼仕《つかまつ》った」

秀元は深く頭を下げた。知行宛行状に関する話は早々に済ませ、古田織部の死の謎を求めて、幕府の闇に頭を突っ込もうとしている。肝胆相照《かんたんあいて》らす仲の尚政だからよいようなものの、相手を間違えていたら、ただではすまないだろう。頭を冷やすためにも、ここはいったん引くべきだろうと、秀元も思った。

玄関先で見送りを受けて表門へと向かう。ふと梅の香を感じて目を転じると、門脇に紅梅が一本、凛とした姿を見せていた。中太の幹のしなりが女人の踊る姿を思わせ、伸びた枝先には、薄い桃色の花がほころんでいた。

――今宵あたり、あの女のもとに忍ぼうか。

秀元は気分を入れ替えるように歩みを早めた。

（三）

月が改まった二月二日、秀元は六つ半（午前七時ころ）に登城し、衣冠束帯《いかんそくたい》に身を整えて本丸大広間に着座していた。前月から続いていた大御所秀忠の三回忌法要が終わり、この日、勅使《ちょくし》、院使《いんし》以下、朝廷から遣わされていた公卿や門跡たちを饗応《きょうおう》する猿楽《さるがく》が催されることになっていた。猿楽は今日の能楽であり、室町幕府以来、武家社会の正式な祝宴には欠かせないものである。

御三家以下の大名、高位旗本らが総出で定められた場所に着く中、秀元は家光が出座する大広間下段近くに座を占めている。秀元、宗茂、そして有馬豊氏《とようじ》の三名については、御伽衆として将軍家側近くに控えるよう、事前に指示を受けていた。

続いて、朝廷からの使者が入室してくる。勅使の三条大納言実秀、知恩院門跡《ちおんいんもんぜき》良純法親王、前関白の九条幸家らが、下段に続く二の間に顔を揃えた。それを待っていたかのように、五つ（八時）すぎ、将軍家光が姿を現す。色白の頬豊かな顔をやや青褪めさせている。ゆっくりと腰を落とすと正面に顔を向けた。

家光が視線を向ける先には豪華な能舞台があり、晴れ上がった青空を背に堂々たる姿を見せている。これから「翁《おきな》」「三番叟《さんばそう》」「高砂《たかさご》」ほか、九曲に及ぶ演目が金春座《こんぱるざ》、観世座《かんぜざ》らの能楽師によって演じられるはずだ。

この日初めて、江戸の各町を代表する町人が特に観覧を許され、大広間の縁先に莫蓙《ござ》を敷いて開演を待っていた。その数千名余、城内に初めて足を踏み入れた感動に、いや、緊張に身を固くしていた。

新しい武家の世の繁栄を示さんとする将軍家光、その自信を満天下に示すハレの日となるはずであった。だが、大広間を埋め尽くす人々の心は、そう晴れやかなものではなかったのである。

家光はふた月前、高崎に幽閉していた実弟、駿河大納言忠長に自害を命じて死に追いやっていた。さらにはこの日を遡ること七日前、乳兄弟であり、側近の中では誰よりも信頼を寄せていた稲葉正勝が病いで世を去っていた。家光自身の落胆もさることながら、正勝の生母である春日局の意気消沈ぶりが激しく、それが城内に濃い影を落としていた。家光がこの乳母を愛すること尋常でないことは、誰もが知っていたからだ。

張り詰めた空気の中、笛の音が舞台を震わせた。猿楽を心より楽しんだ先代の時とは異なり、いまは式楽そのままの厳かな気配に満ちている。

秀元は、家光の様子を目の端に捉えつつ、次々と進んでゆく演目を堪能していた。中でも喜多七太夫の「翁」には得も言われぬ幽玄を感じた。七太夫は大御所秀忠がことのほか贔屓《ひいき》としたことで、伊達政宗、黒田長政らの有力諸侯からも愛されてきた。

大恩人の三回忌法要の舞台は、天下一の役者にとっても格別であったろう。その気概が全身から発せられ、静かな所作にも、総毛立つほどの感動を秀元は覚えていた。太夫をいつか自邸に招きたいと思うが、果たしていつになることやら、それほどの人気者である。さて、隣に座る宗茂は七太夫の「翁」をどう感じたか。猿楽を愛するこの友も、将軍家の御前であることを忘れたかのように、さきほどから一心に舞台に目を向けている。この男らしいと思った。

猿楽が終演した後、場所を黒書院に移しての「式三献《しきさんこん》」となった。上段に九条前関白と知恩院宮が座を占め、家光より、前関白に初献、二献、三献と盃が遣わされ、前関白よりの返盃がなされる。知恩院宮、大納言がこれに続いた。

衣擦れのほかは音もなく、一連の儀礼が粛々と進められてゆく。最後は、次の間に移っての酒宴となる手筈であった。参上した大名、旗本、公卿、それぞれが定められた場所に陣取って、本膳が供されてゆくのだ。

式三献の最中、秀元が視線を巡らすと、似合わぬ装束に身を包んだ大名たちがこの儀礼を呆けたような目で追っている。秀元はふいに馬鹿々々しくなった。思いはいつか大御所秀忠死後の不穏な政情へと向かう。

一昨年、寛永九年の一月に秀忠が薨《こう》ずるや、間をおかず肥後の加藤家が改易された。加藤忠広の嗣子、光広の稚戯《ちぎ》にも等しい行いが、親政なった家光の勘気を蒙《こうむ》ったのだ。外様大名たちは身の縮みあがる思いを味わう。その直後、幕府創業に大功あった黒田長政の継嗣、黒田忠之が筆頭家老と対立し、大騒動に至った。肥後に続いて外様の大藩を改易すれば、西国の政情は一挙に不安定となる。家光と幕閣はさすがにそれを避け、昨年二月、家老側が処分されて黒田家は難を逃れていた。加藤の一件がなかったなら、おそらく黒田はいまないだろう。

ようやく落ち着いたかに見えた家光の治世が、半年後、緊張の極に達する。

九月、中秋の観月で深酔いした家光は四日に渡って寝込み、さらに翌月、今度は風邪をこじらせて重篤な状態に陥った。諸大名が日に二度、三度と登城して緊迫する中、国元にいた紀州大納言頼宣が、軍勢を率いて江戸に上るという噂が武家社会を駆け巡る。

御三家の中でもことに剛毅な性格で知られた頼宣だった。家康はその覇気に満ちた器量を愛し、大坂の陣中で鎧《よろいぞ》初めの儀式を施し、諸将の前で初陣を高らかに言祝《ことほ》いだ。兄で尾張徳川家の祖となった義直は、同じ戦さで初陣を果たしながら、その栄誉に浴することはなかったし、家光に至っては、義直や頼宣のすぐ後に徳川家直系として生を享けながら、鎧初めはおろか、元服式すらなかなか行われなかった。紀州大納言への将軍家光の対抗意識は誰の目にも明らかだったから、その頼宣の動向は、あらぬ憶測を生じさせるに充分であったのだ。

しかも、加藤家改易に際し、頼宣はこの処置に異議を唱えて家光と鋭く対立した。頼宣は加藤清正の次女八十姫《やそひめ》を正室としており、加藤忠広とは義兄弟だった。仲睦まじかった正室の生家であるだけではなく、この縁組自体、豊臣恩顧の加藤清正が徳川家に臣従する証として家康が取り計らったことであり、両家の紐帯《ちゅうたい》を重視した秀忠も、加藤忠広に目をかけ続けていた。縁戚大名であり、九州の要の地に封じられた加藤家を些細な理由で改易することは、頼宣ならずとも異論のあるところだったのだ。

その紀州頼宣が動くとの噂である。江戸城内の緊張感と、さらに言えば、大名屋敷周辺にたちこめた不穏な空気は、いま思い出しても秀元の血をひどく騒がせる。ところが。

――まさか駿河大納言が標的となろうとは、な。

重い病状に、一時は退位も口にした家光だったが、母とも慕う春日局の必死の励ましに支えられて、少しずつ快方に向かってゆく。大名屋敷一帯が胸をなでおろしたのも束の間、その一月後、改易されて安藤家にお預けとなっていた忠長が、何の前触れもなく腹を切らされたのである。寛永十年暮れのことであった――

秀元は隣に座を占める宗茂に視線を流した。宗茂は加藤家改易をめぐり、家光への直談判に及んだ。清正とは朝鮮でともに奮戦して以来、深い交わりを結んでいた。宗茂から相談を受け、おおよそ経緯を知る秀元ではあったが、将軍家との間にどんな遣り取りがなされたのか、あえて問うようなことはしなかった。宗茂の落胆が甚だしく、また、密談について軽々に口にするような男ではないことも知っていたからだ。

将軍家と公卿たちとの三献の礼が済み、列席を許された大名たちへ、次々と盃が下賜されてゆく。紀州頼宣の顔が見えた。将軍家の自信に溢れた態度にいま何を思うのか、秀元はその表情から何もうかがい知ることはできなかった。

饗宴が果てたのは夕七つ（午後四時ころ）に近い時刻だった。朝廷からの使者が退出し、諸侯が座を立った後、将軍家に伺候する秀元ら三名も、労いの言葉を賜って大手から城門を出た。

秀元はこの日のことを宗茂に話してみたいと思い、茶でもどうかと声を掛けた。宗茂からは色よい返事を得られず、翌朝、改めて使いを寄こすことになった。やはり、駿河大納言のことが心にあるのだろうかと、秀元は思った。この一件は、大名たちに正式に知らされることはなかった。正月が明け、忠長が世を去った事実だけ漏れ伝わってきていた。

秀元の行列は大手門から辰ノ口を抜け、濠沿いを西に向かう。日比谷門を出ると、内堀に沿って国持ち大名の豪壮な屋敷が並んでいる。仙台伊達家の煌《きら》びやかな御成門《おなりもん》が見え、それを過ぎれば、毛利御本家、長門守秀就の屋敷である。

敷地はやや手狭とはいえ、表通りに屋敷を得ることができたのは、秀元が土井利勝を通じて幕府に強く願い出たからだ。そのことひとつをとっても、秀元の幅広い交友抜きにはなし得なかったことばかりである。ご本家がなぜそれを理解しないのか、秀元には納得がゆかない。

秀元の大名駕籠は、毛利家の表門を素通りして桜田濠の方角へと進んでゆく。饗宴を終え、秀就はとっくに本丸を退出していたから、もう屋敷に戻ってはいるはずだった。先に尚政から指南された手筈、将軍秀忠から発給された毛利家への判物に長府毛利家がどう記されているのか、それを早く確認せねばならない。ご本家奥深くに仕舞われているはずの証書を目にするにはどうするか、その算段ができぬまま、すでに旬日を数えてしまっている。

秀就との諍いが始まって以来、秀元はこの門をくぐる気にはどうしてもなれない。この日も駕籠をとめることはやはりできなかった。

桜田濠の行く手には、つい先ごろまで、加藤家の広大な屋敷地が広がっていた。そこはいま、徳川譜代の重鎮、近江彦根の井伊掃部頭《かもんのかみ》家の屋敷となっている。それを目にするのを厭うかのように、秀元は桜田門の手前を左に折れて虎ノ門へと向かった。朝から肩の張る儀礼が続き、さすがの偉丈夫も疲れを感じていた。まだ、夜も早いが、夜具を引きかぶって寝てしまおうと思った。

翌朝、秀元は五つ半に登城し、立花宗茂、有馬豊氏共々、前日の饗応の御礼言上を済ませた。その後、宗茂に伴われて神田の立花屋敷に入った。昼席の誘いを受けてのことだった。永井尚政から聞き得た話について、宗茂の意見を求めたいと思っていたから、午後のひと時、ゆっくりさせてもらう腹づもりだった。

宗茂の茶室は書院から独立した数寄屋である。将軍家から格別の扱いを受ける宗茂であれば、いずれは「御成り」もあるだろう。その折にはやはり、書院から連なる茶室も新たに設えることになろう。さて、難儀なことよと友を案じつつ、秀元は三畳台目の茶室に大きな身体を差し入れた。さっそく水屋口から膳部が差し入れられる。

「芽吹きどきには、まだ少し腹も冷えます。まず、これがよいかと」

宗茂が猪口《ちょこ》を差し上げつつ言った。

この日、将軍家から狩場で仕留めた鴨の拝領があり、それを焼いたものが美濃の大皿に盛られている。秀元の前の折敷には、汁椀、唐津の四方向付《しほうむこうづけ》とともに、志野《しの》のぐい呑みがおかれていた。やや大ぶりで、手に納まりやすくヘコミがつけられている。秀元も、織部盃と呼んで愛好している酒器である。腹には鉄絵で鴫《しぎ》が描かれていた。

まず、温められた酒が供された。鴨汁とめし椀にしなかったところからも、当初から酒席とする心づもりだったのだろう。秀元に否やのあろうはずもない。なみなみと注がれた酒をゆっくりと喉に流し込んだ秀元から、長い吐息がもれ出た。

「鴨もこれが仕舞いかな」

「酒はいましばらく温めたほうがよいでしょうが」

宗茂がやわらかな声で応じたものの、ふと、その表情を陰らせた。

「甲斐守も、駿河大納言のことはお聞き及びか」

「おおよそのことは」

「なら、その仔細については？」

秀元が小さく首を横に振り、宗茂をみつめる。

「上州の寒さがさぞ身に堪えたのでしょう、御腹を召す間際、側仕えの女童《めわらわ》に酒を温めてくるよう命じたそうです」

秀元も忠長自害の経緯は、大まか聞き及んではいた。それをあえて告げなかったのは、宗茂が非業の死に、何か語りたい思いを抱いていると感じたからだった。

重篤な状況を脱した家光は、即座に忠長の処分を決め、内意を受けた老中阿部重次が高崎に赴いた。城主安藤重長に対して、忠長に自裁を促すよう通達した。

ところが、重長が抵抗した。

――ご内意ばかりにて、斯く重大なる任務は御請《おうけ》致し難し――

将軍家光より直のお墨付きが欲しい、そう突っぱねたのだ。かねて忠長に同情を寄せていた重長は、家光に再考を求める思いを込めていたとされる。阿部重次は「近臣」の立場を傷つけられて腹を立てつつも、急ぎ江戸にとって返し、家光からの直書を手に、再び高崎に向かったのだった。

宗茂がさらに続ける。

「大納言卿は一口、二口と召しあがり、少しぬるかったものか、いま少し熱くするようお命じになった。女童が御前を下った隙に……」

兄家光から拝領した脇差で喉を刺し貫いてこと切れたという。

宗茂が言葉を止めて秀元に酒を注し継いだ。霰《あられ》の燗鍋は、蓋は織部焼で、狛犬《こまいぬ》を象《かたど》ったものだった。やや熱めの燗酒がするすると秀元の喉を通ってゆく。宗茂が自らの杯にも酒を注した。

この男が駿河大納言の処遇に心を痛めていたことは、本人から聞かされて知ってはいた。実姉の天寿院《てんじゅいん》（千姫）が将軍家に善処を促し、歎願を繰り返していたことも、天寿院をよく知る宗茂から聞かされていた。秀元が宗茂を気遣うように言った。

「ただ、大納言の悩乱も、甚だしくなっていたと聞くからなあ」

「いや、安藤家のただならぬ様子からすべてを悟られたようで、四、五日前には、神君や台徳院からの拝領品一切を、長持ちに詰めて焼かれたそうです。その中には幽閉中に書き遺された手記も数多くあったということです」

「何を書き遺されていたのだろう」

「詳しくはわかりません。わからぬが、何かを必死に学ばれていた様子だと、安藤家では話しているようです」

「……………」

「甲府に蟄居されていた頃からすでに身を慎まれていた。それは崇伝禅師より上聞《じょうぶん》に達していたはずなのだが……。高崎に幽閉となったときから、もはや亡きものも同然、お命まで召されずともよかろうと思うのは、間違いであろうか」

悲痛な思いが漏れ出た問いかけに、秀元は軽く頷いた。

だが、あの折に将軍家に何かあったら、駿河大納言を後継に推す声が高まったのは事実だろうと、秀元は思った。御三家の内いずれか、例えば紀州大納言を推す声とに二分されて、幕府は大きな危機に陥ったであろう。将軍家にいまだ男児のない状況では、継嗣をめぐる幕閣内の思惑は錯綜せざるを得ない。幕府の行く末は深い霧の中にあるとも言えるのだ。

幼少期には英邁さを謳われたとはいえ、長じてはご乱行が深く憂慮された実弟に、将軍襲位の余地を残すのは危険である、将軍家がそう判断したことは間違いないであろう。それは判断としては、間違っていないのではないか。秀元は、宗茂の悲痛な思いを理解しつつも、そう思った。

秀元の脳裏に、前日、勅使饗応の折の紀州頼宣の姿が浮かんだ。あの不敵な居ずまいは、まだ角《つの》を失してはいない証ではないか。将軍家に世継ぎが産まれるまでは、或いは江戸に暗雲が漂うようなこともないとはいえぬ。どこか血が騒ぐような思いが秀元の胸を疼かせる。

沈鬱な気を漂わせつつ、昼の酒宴は静かに続いている。沈黙がしばし続いた後、秀元が話柄を転じて口を開く。

「実は貴公のひと言が気になってな、過日、永井信濃殿に水を向けてみた」

「私のひと言？」

「古織公の一件よ。あの死は大久保相模の改易と関わりがありはしないかと――」

「ああ――」

宗茂がやや間を置いた後、思い出したように首を振った。秀元は落胆した。斯くも重大な話、それがこの日の主題であることは暗黙の了解事《りょうかいごと》ではないのか。この男の勘の鈍さが、時折、秀元の癇《かん》に障る。

「思わせぶりに告げられて、あれから夜も日もなく考え続けた。思い余って、火急の要件で屋敷に伺った際、つい、口にしてしまった」

宗茂が目を見開いて言った。

「幕閣すら軽々に口にできぬ話を、あの信濃殿に質したのか」

「しかり。しかも貴公の名を出してぶつけてみた次第」

宗茂が苦笑した。仕方のない奴、そんな表情だった。それを目にした秀元がにやりとした。

秀元、宗茂は太閤秀吉による朝鮮渡海戦、そして天下分け目の「関ヶ原」でも、大兵を率いて硝煙をかい潜ってきた。紛うことなき戦国生き残りであり、永井尚政にしても、二人よりやや年若とはいえ、父に従って関ヶ原で初陣を果たし、大坂夏の陣では首級を上げていた。代替わりが進む大名たちの中では別格ともいえ、ことに秀元に関しては、その放言広言を将軍家から深く愛されている事情も、三人は了解ずみでもあったのだ。その点、寛永期に江戸城内で数々の武勇伝を残した伊達政宗とも似た事情がある。

「それで信濃殿の反応は？」

「うむ、さすがにしばし考える様子だったが、ぽつり、台徳院様のご無念、そう口にされた」

宗茂がゆっくりと頷いた。そもそも、駿府の大御所と江戸の将軍家の対立を口にしたのは宗茂だ。尚政の言葉に何か察するところがあるのだろう。

「あの折、江戸にあった本多佐渡（正信）と駿府の上野（正純）、この父子と大久保相模が勢力を競っていたことは、貴公も知っていたろう。この争いが改易につながったと噂されたはず。だがな、それはないだろうと信濃殿はいう」

「ない、とは？　関係はないということか」

「真の理由ではないということらしい。私も、あの神君がそれしきのことで、あたら功臣を排除する愚は犯すまいと思う」

「ならば、何が改易の理由だと？」

「信濃殿はこんな話をした」

秀元は、大久保長安の財力をもって、忠隣が西国諸将との繋がりを深めていた事情、それが駿府の大御所側近から警戒された状況につき、尚政が語った内容をかいつまんで宗茂に伝えた。黙って耳を傾けていた宗茂の表情が徐々に澄んでゆくように秀元は感じた。何か確信を得た際、この男はそうした表情になる。

「おい、何かわかったなら、話してほしいものだ」

「いや、確かに家康公は臣下の争いなど気にはせぬでしょう。あの頃、一心に知恵を絞るのは、やはり大坂のことだったでしょうから」

「それは間違いあるまい」

「家康公が秀頼様と二条城で会見に及ばれたのは、確かこの頃でしたな」

　ふたりが考え込む風になった。

　慶長十六年（一六一一）は、その後に起こったことから思えば、確かに画期となった年であった。

　この年の三月、長く帝位にあった後陽成天皇が譲位した。前代の天下人、豊臣秀吉は大名に官位を授け、自身はその頂点にたつ関白となって全国支配を正統化したが、それを容認したのが後陽成帝であった。それを象徴する出来事が秀吉による初の宮中茶会であり、秀吉が京に築いた華麗なる御殿、聚楽第への後陽成帝の行幸だった。

　だが、武家の伝統である征夷大将軍となって諸大名を統率する道を選んだ家康は、天皇の意向に気を配る必要がない。逆に、朝廷を抑えて意のままとするためには、京や畿内に強い影響力を持つ後陽成帝は邪魔者でしかなく、それに反発する帝に対し、飼いならしていた公家を通じて退位を迫ったのである。三月二十七日、家康の推す後水尾天皇が践祚《せんそ》すると、秀忠の五女和子《まさこ》の入内を申し入れ、これを認めさせる。

　そうしてこの時期、大御所家康はさらに強引な手を使って、天下の完全なる掌握を企《はか》ってゆく。

新帝の即位を祝うべく二条城に入った家康は、織田有楽斎《うらくさい》や秀吉正室の高台院を通じ、太閤の遺児、豊臣秀頼の上洛を強く求めた。八歳から大坂城を出ることのなかった旧主に対し、自分のいる二条城に参上し、挨拶せよと迫ったのである。この要求に大坂城内は強く反発した。

「飛州はあの折、どこに？」

「奥州の棚倉に知行を得ていましたが、概ね、江戸で秀忠公に近侍しておりました」

「私も二年ほど前から江戸詰めとなっていたが」

さすがにこの大事は、逐一、伏見から秀元のもとに報告が飛んできた。

大坂城内の反発を抑え、家康の要望に応じるべく奔走したのは加藤清正、浅野幸長《よしなが》、福島正則ら、豊臣恩顧の勇将たちであった。背後で後押ししたのは高台院である。そして、徳川方の謀略を恐れて反対する淀殿を説得したのは、当の秀頼であっただろうと思われる。物心つくころから城を一歩も出ることのなかった秀頼であったが、学問や武芸に優れ、極めて聡明な印象を与える美丈夫であったことは、当時面会を許された貴族らが書き遺している。いまに残る秀頼の書にも、それが充分にうかがわれる。

さて、二条城の会見である。

加藤清正の用意した御座船で伏見に向かう秀頼には、織田有楽、大野治長、片桐且元らが同乗した。これに大坂城七手組他が、多数の舟で供奉している。淀川の両岸には、清正や浅野幸長の手勢が鑓《やり》を連ねて警固についていた。野良犬一匹たりとも通さぬ厳戒体制である。大坂城には福島正則が多数の兵で在番した。

伏見で川から上がる秀頼一行を出迎えるのは、家康の九男義直と十男頼宣であった。清正と幸長はここで秀頼を待ち構えてその警固に入る手筈であったが、二人の立場はといえば義直、頼宣の介添え役であった。いまや徳川家から知行を受ける身であってみれば、たとえ旧主であっても、あからさまな警固につくことは徳川家への不審を表明することになる。

一方で二人は、徳川方に不穏な動きなどあれば、手の内に抱えている義直、頼宣を人質とすることができた。いってみれば、二人は家康が秀頼に示した安全の保障、当時の言葉を使えば「証人」であったのだ。さらに、義直と幸長の娘、頼宣と清正の娘の婚儀が家康によって決められていた。清正、幸長は二人の舅となるわけで、この介添え役には充分な理由も立つ。誰の差金なのか、双方に面子の立つ妙手を考えついたものだが、戦国生き残りの役者たちには、当たり前の知恵であったのかもしれない。

清正、幸長に加えて池田輝政、藤堂高虎らもここから秀頼の供奉に加わり、竹田街道を二条城に向かった。京の町人たちが一行をひと目見ようと沿道を埋め尽くす中、秀頼は城門の前で輿を降りた。身の丈六尺（一八〇センチ超）を超えたとされるから、当時の人からは見上げるような巨軀であり、その上、威風堂々としていた。やや距離を置いて取り巻く諸将から感嘆の声が漏らされ、そのさんざめく様子は、主殿の玄関で出迎える家康にもはっきりと伝わっていった。家康が大坂を滅ぼす意志を固めたのは、実に、この瞬間であったとする説がいまも根強い。

「伏見も京も、大騒動であったようですが」

「双方よりさまざま流言が流されていたからな。いずれにしろ、何年かぶりで秀頼公を目にし、神君が心穏やかでなかったというのは確かだろう。ひ弱で暗愚、そう噂されていたはずが、ため息の出るような美丈夫だった」

「しかも、家康公とのやり取りは英邁さ隠れなき様子だった、そんな話でした」

宗茂がそう口にすると、話の出所はどこかという顔で、秀元が見つめた。問い質してみれば、決死の会見を終えた清正が、肥後への帰途、臣下に漏らした感慨だという。太閤殿下によい土産ができた、そう涙ながらに清正が語ったところでは——

何憚ることのなくなった天下人が、玄関先で出迎えるだけでも異例であった。加えて、何を慌てたか、家康は秀頼に先を譲って後に従おうとしたという。秀頼はこれを丁重に辞退し、礼にのっとり家康の背後に回る。この堂々たる対応に、あの家康が浮き足立った。

正式の対面の場では、対等の礼をとって上段の間で二人が向き合った。同座を許された高台院が下段に座を占め、これはたっての希望を押し通して、清正がやや離れて控えていた。

式三献をすませ、贈答の品々が交わされた後だった。床の掛け軸に目をやる秀頼に、家康が軽い調子で声を掛けた。

『右大臣（秀頼）は書を好まれるようだのん』

軽く目礼して秀頼が答える。

『三つの頃より高僧を招いて手ほどきを受けております。名物の墨蹟など手元に置いて真似てみますが、いっこうに手の上がることもございません』

秀頼がはにかむように微笑む。光を放つ肌と目鼻立ちの良さに、美しさが匂いたつ。釣られるように笑みを見せた家康が思わず口にした。

『千は、いや、ご正室は息災であられるかのん？』

『はい。近頃では私からの文を喜んでくれている様子です。文字の美しさのみならず、一字一字に芯が感じられて好もしい、そんな褒め言葉も返書に書いてきてくれます』

『芯が、のう。浅学の身にはわからぬものならん』

『蒲庵禅師（古渓宗陳）の書のごとき、心のありようが宿った文字がものせたら、そう願うておりまする』

　この言葉を聞くや、家康はすっと笑みを閉じ、いつもの無表情に戻った。その変わりように冷淡さを感じてひやりとした、そう加藤清正は述懐したという。

　秀元が慌てるように口を挟んだ。

「笑みを閉じた？　蒲庵の名が気に入らなかったか」

　宗茂がためらうように応じた。

「蒲庵禅師の墨蹟は見事です。数寄者で求める者も多く、なかなか出物もありません。ただ、豊家とは因縁ある禅師です。利休居士の一件、そして方広寺の開山でもあった」

　秀吉によって切腹させられた千利休の罪過は、大徳寺の山門に自身の木像を安置したことであった。これを利休に勧めたのは当時の住持であった蒲庵である。恐れるもののなくなった秀吉に、この禅師は鋭く対峙したことで、天下にその名を轟かせた。

　そして、方広寺。その大仏殿の鐘銘事件が引き金となって大坂の陣が起こされ、この貴公子は世を去ることになるのだ。

「いかな豊家にいわくある僧であっても、神君に何ら思いはあるまいと思うが」

「ですから、蒲庵禅師が家康公の気に障ったわけではない、そう思うのです」

「では、何か」

宗茂がここで間を置き、一瞬、ためらう様子が見えた。秀元にはそのあたりが常に歯がゆかったものの、概して、その後から卓見をひり出してくる。まるで馬糞のような、そう内心苦笑したところで、宗茂が言った。

「或いは、この貴種の聡明さに恐れを抱いたことはありますまいか。名僧の墨蹟に感じ入り、その境地を我が物とせんとする。たとえ、それが豊家に因縁のある僧でも意に介さない。その貪欲さと、そして輝くばかりの若さ。老境にあった家康公には嫌であったろうと思うのです」

若さに嫌気を催すことはあっても、恐れを抱くことなどあるだろうか。まして、あの神君家康のことである。秀元は宗茂の指摘に違和感を覚えたが、あえて口を挟むことはしなかった。

「秀頼公に対し、あわよくば臣下の礼を取らせたい、家康公はそう思って京に呼び出したはずです。ところが、現れた太閤の遺児は容貌にすぐれ、聡明さがあきらかで、加えて、覇気もあった。どうです?」

宗茂が問いかけるように言った。

「その恐れが、大坂討滅を決意させたといわんばかりではないか。ならば聞くが、神君はどの段階で、大坂攻めを心に決めたと貴公は思うのか」

「うーん、それは難題ですな。ですが、この二条城での会見で腹を決めた、そう指摘する向きがあるのは理解できます」

「この貴公子を生かしておいては、再び、天下が乱れる、か?」

からかう口調で宗茂に応じつつも、老いを深める天下人にその不安がなかったはずはない、秀元もそう感じた。度重なる戦場をしたたかに生き延びた身には、時の将軍家がいかにも頼りなく映っていたろう。いま、自分に従っている諸侯も、果たしてそのまま徳川の世に従うのか、二条城での加藤や浅野の覚悟、さらには、何はばかることなく大軍を催して大坂城に入った福島正則の忠勤ぶりを見れば、いかに婚儀を通じてその者らを手元に引き寄せたところで、心置きなく黄泉《よみ》に旅立つ気にはならなかったに違いない。

しかし、その懸念は、清正らの思いを理解していないのではないか。たとえば、この三家とも関ヶ原によって大領を得ている。それは紛れもなく徳川家からの御恩であって、それに仇をなす意思など端からなかったのだ。それは太閤子飼いの一大名にすぎなかった身が一国の太守となったとも思えるのだ。要は、それと豊家への忠誠は別のこと、そう考えていたのではないか。それは、清正と幸長が、頼宣と義直の介添えとなっていたことにも伺える。

ただしだ、と、秀元は思う。老いた天下人がどう考えるか、それはまた別のことであろう。

「では、甲斐守は家康公の心の裡をどう見る？　いつ、豊家を虚《むな》しゅうすると決めたのでしょう」

それは、はっきりしている。はっきりしているが、それを秀元が口にすることはない。家康のような、己《おの》が家の安泰のほか願うもののない男には、豊家はいかにも目障りだったに違いない。自身につぐ右大臣という高位にあり、恩を忘れぬ大名も多数残っていた。そして何より、その居城がほっておくには巨大にすぎた。「関ヶ原」を念には念を入れて謀ったように、その直後から、豊臣をどう滅ぼすかにあらん限りの知恵を絞っていたに違いない。

秀頼が臣下の礼を取ろうが、大坂城を出て、一大名に甘んじる姿勢を示そうが、それで存続を許すような手ぬるい人間ではない。手順を追って徐々に追い詰め、命までは奪わぬまでも、小禄の高家となって徳川を言祝ぐ家となす、迷いなくそう思い定めていたに違いないと、秀元は思う。今川や吉良、武田や北条のごとくである。それが大御所の胸の裡であり、徳川家康とはそういう人間である。宗茂のような、人の心に善なるものを見ようとする男とは、およそ性根が違う。

　宗茂の問いに秀元は言った。

「関ヶ原の前から、神君の頭には豊臣を滅ぼす筋道はできていたろうと思うが」

「なぜ」

「神の心は測りがたし。私にはそう思えるというだけだ」

「仮に早くから豊家討滅の心づもりがあったとして、それが目に見える圧力となってゆくのは、やはり二条城での会見の後からだったでしょう」

「目に見える力？」

「我々に対し、江戸の将軍家の軍令に従うよう誓詞を求めたのが、この直後でした」

「そうであったな」

　ひとまず秀頼を京に呼びつけた家康は、四月、後水尾帝の即位を祝うよう、西国大名たちに上洛を求めた。そこで、鎌倉以来の武家の仕来りに習い、江戸の将軍家からの法令、指令を遵守するよう、誓詞の提出を促したのである。これによって、いつでも西国諸将を駆り出し、大軍を催すことが可能となった。翌年一月には、秀忠の指令で東国諸将が同じ誓詞を差し出している。秀元、宗茂の胸の裡にあるように、ここから、大坂攻めが諸大名にはっきりと意識されてゆくようになる。

　さて、問題は大久保忠隣の改易である。

西国大名との関係構築を計り、江戸中心の新たな世を打ち立てんとする将軍秀忠と大久保忠隣、そこに江戸の自立の意図をかぎとり警戒を深める駿府の家康側近たち、そして、江戸と駿府にはっきり溝が認められても、意に介することなく、大坂の討滅へと大きく時を動かしてゆく大御所家康――尚政の話から浮かび上がってきたのは、三つの力がせめぎ合う中、忠隣が突然に改易される結果となったことだった。秀元がその深い仔細を知るには、やはり、尚政の述懐を待つしかない。その告白の先に、師、古田織部の死の謎も隠されているはずだ。

秀元と宗茂の座談も、この日はどうやら終わりに近づいているようだ。

「大久保長安について、信濃殿は面白いことを言っていたな。神君は不正蓄財など歯牙にもかけていなかったらしい」

秀元が想い出したように言った。

「知っていたけれど許していた？」

「いや、そうした意味かも知れぬが、もっと腹が太い、いや、黒いというべきか」

そう前置きして、長安の死後、その蓄財がそっくり幕府の金蔵に入った経緯を話した。

確かに、大御所家康にとっては金銀を多く掘り出すことが大事であり、それが長安の蔵にあろうが、忠隣の小田原城にあろうが、いずれ徳川家のものである。いざ、金銀が要るとなったら召し出せばよい、そう思っていたに違いない。だから、長安には死ぬまで金を掘らせる、死んでしまったら、それを取り上げれば済んだのであろう。秀元は尚政の話から確信をもってそう感じ、そのことを宗茂にも話した。

「家康公らしい、か」

「そう思うか、貴公も。知っているか、古織公は男児を根絶やしにされて、茶道具から屋敷、数寄屋、すべて神君に召し上げられた。恐らくは金銀も莫大であったろうよ。屋敷や数寄屋は藤堂和泉や小堀遠州ら、駿府の側近たちに下賜されている」

秀元がいかにも無念そうに付け加えた。宗茂が話をもとに戻す。

「ならば、相模殿の改易は長安の不正蓄財とは関係ないということか。これも当時、さかんに口にされていたことだったが」

「信濃殿はそう言った。そう言ったなり、あとは後日となった次第」

やはりもう一度、尚政の口を開かせるしかあるまいと、秀元は思った。ただし、強要は禁物である。上洛を機に本家からの独立を成し遂げねばならず、そのためには尚政の機嫌を損ねるわけにはゆかぬ。知行改め奉行ともなった尚政の力が、いまほど大事な時期はないのだ。けっして早まるまい、秀元は心中思った。

ふたりはまた、黙って酒器を弄び、時折、互いに酌をしてはそれを口に運んでいる。そろそろ茶でももらおうかと秀元は思うものの、それも億劫になってきた。話柄の深刻さとは裏腹、春の昼下がりの気だるさが、二人を浅い眠りに誘っている。

(四)

徳川家康が江戸に入部したのは天正十八年(一五九〇)、豊臣秀吉率いる三十万の軍勢が小田原北条氏を屈服させた一月後のことである。当時、武蔵の名将太田道灌によって築かれた江戸城も、長きにわたる戦乱を経て殿舎は失われ、濠や土塁に往時の姿をとどめるのみだった。城の南東には日比谷入江が深く切り込み、一面の海には広大な葦原《あしはら》が続いていた。それからわずか百年で世界一の人口を抱える都となってゆく。

秀元がいま、外桜田の屋敷から駕籠を向かわせるのはかつて海だった地である。家康は、城の北方にあった神田山を切り崩して日比谷入江を埋め立て、そこに町割りを施して大掛かりな城下町の建設を進めた。時代も寛永に入ると、すでに何丁にも及ぶ町屋が形成されて、大通りと掘割が縦横に張り巡らされていた。

三十間濠沿いを進んだ駕籠は新橋を渡って東海道に入り、京橋《きょうばし》、中橋《なかのはし》と進み、日本橋《にほんばし》に達した。道の両側には間口を広くとった大店が軒を連ねている。

日盛りを過ぎた八つ半、橋の袂で駕籠を止めた秀元は、小姓を呼んで菓子を求めるよう命じた。日頃用いる茶菓ではなく、近頃、大奥で評判をとっているという京下りの練り菓子である。先ごろ、将軍家の「御成り」に伺候した折、春日局が満面の笑みで耳打ちしてきた銘菓だった。

――白菊が喜ぶだろうな。

そう、ひとりごちた秀元が向かっているのは葭原《よしわら》の揚屋《あげや》「伏見屋」である。傾城町《けいせいまち》に名を馳せる白菊太夫をそこに呼び、午後のひと時をともにする算段だった。

日本橋の袂で駕籠を降りた秀元は、わずかな供周りだけを連れ、用立てておいた大ぶりの屋形舟に身を移した。残された配下の者たちは陸路進んで秀元の跡を追いかける。江戸も治安が良くなりつつあるとはいえ、町人地では町奴の類が徒党を組んで狼藉に及ぶこともある。巻き込まれては厄介だった。

遠浅だった日比谷入江は先へ先へと埋め立てられ、葦の原だった一帯も、いまは大名家の堅牢な蔵屋敷が立ち並んでいる。かつての伏見城下、淀川に浮かぶ萱島《かやしま》一帯を見るようだと、秀元は障子をわずかに開けて河岸を見渡した。諸国からの大船があちらこちらと舫《もや》われ、江戸に運び込まれた物資を止め置く蔵の白壁が、春の陽射しを浴びて光っていた。

舟はやがて箱崎橋の下を潜り、蔵屋敷一帯に分け入る幅の広い濠に舳先《へさき》を滑らせてゆく。永井信濃守の蔵屋敷を左手にやり過ごせば、そこはもう不夜城「葭原《よしわら》」である。

幅三間の掘割で囲まれた江戸一番の遊郭は、大門《おおもん》一ヶ所だけが開かれている。秀元が舟を降り、再び駕籠に身を移して門を潜ったこの当時は、まだ昼夜の営業が許されており、妓《おんな》たちも出入りが自由だった。秀元のように興趣を求めてわざわざ足を運んでくる者もあれば、酒色だけを求めて、妓たちを屋敷に呼ぶ大名や旗本もあった。

もっとも、白菊のような太夫を名乗る名妓ともなれば、易々と呼び出しに応じることはないのだが、いずれにしろ、妓たちの外出が許されなくなるのはしばらく後、幕府による武家の統制が厳しくなって以降のことである。

お目当ての白菊にはこの日の朝、和歌を添えて文を送っていた。伏見屋で昼下がりの一刻をゆっくり過ごそうと提案していたところ、七つ下り（午後四時ころ）にお目にかかりたい、そう返書を戻してきた。過日、永井信濃守を屋敷に訪ねた日にも、身の昂りを鎮めようと使いを遣ったところ、先約を理由に断りを入れられていた。秀元の願いが聞き入れられなかったのはめったにないことで、仮に、他の大名からの指名がなされた場合には、事前に秀元に断りを入れるのが通例であった。その健気さも、秀元が白菊を贔屓《ひいき》にする理由の一つである。

あの日は、のっぴきならぬ都合でもあろうかと、さして気にも留めなかった。だが、この日、刻限を変えてきたことが少し気に障っていた。前夜、夜半にもわたる宴席があったのだろうか。この節、戦場の苦労を知らぬ二代目の放蕩《ほうとう》が、あちらこちらの大名家を悩ませている話を耳にする。その多くが悪所通《あくしょがよ》いにどっぷり浸かり、二日三日と屋敷に戻らず廓に居続ける輩《やから》だ。そんな不埒者《ふらちもの》に昨夜は摑まったのかもしれない。

白菊が身を預ける妓楼「備前屋」は、葭原の京町に軒を構える。一帯は京の六条三《ろくじょうみ》筋《すじ》町から移ってきた店が多く、いつしか「京町」の名で呼ばれるようになった。これに対して、江戸の各所で岡場所を営んでいた者、或いは、伏見や小田原、駿府の妓楼主たちが、上顧客の江戸への移住に従って集まったのが江戸町であった。

伏見屋の主、武兵衛に丁重に迎えられ、一番奥まった小ぶりの部屋に通される。十畳ほどの書院の間で、床には秀元の好きな古渓宗陳《こけいそうちん》が掛けられている。欄間には江戸の彫師が丹精した龍虎が目を光らせていた。秀元が愛する上客用の部屋であった。白菊が備前屋からやってくるのを待つまでの間、武兵衛を相手に雑談に興じる。

「そちの伏見の店があったのは確か……」

「肥後橋の袂、加藤主計頭《かずえのかみ》（清正）様のお屋敷に囲まれた一帯にございました」

「そうか、萱島か。ならば、夜は舟を浮かべて楽しむ輩で賑やかだったろうな」

「妓《おんな》たちも、京やら大坂やら、果ては奈良や宇治からも、それぞれ川を伝って集まっておりました」

まだ若かった秀元にも記憶は鮮やかである。

「みな、色鮮やかで奇抜な装いを凝らしていたっけ。そうそう、出雲阿国《いずものおくに》が突然に現れた折は、太閤殿下まで覗きにこられた。あれは大騒ぎだった」

秀元がカラカラと笑った。急に懐かしさがこみ上げ、心が軽くなる思いがしたのはなぜだろうと思った。笑いを止めた秀元が、ふと、武兵衛に問いかける。

「十日ほど前になろうか、白菊がここに呼ばれなかったか？」

「十日ほど前……」

一瞬、思い当たったような表情を見せた武兵衛が、なにやらしばし言い澱む。

「おいおい、シラを切るのはなしにしようぜ。古い付き合いの私でも名を明かせぬような客だったのか？」

武兵衛の表情が緩んだように感じたのは、どうやら、口にできない人物ということではないようだ。目に好奇の色が浮かんでいるのは、単に、秀元をじらしているだけなのか。それに気づかぬのか、秀元がすまし顔で言った。

「そちとて商い。言えぬこともある、そういうことか」

「いえ——太夫をお召しになったのは、薩摩守様でございます」

「薩州か……」

秀元が武兵衛から視線を外してつぶやくように言った。

島津薩摩守家久。薩摩藩七十二万石の太守であり、幕府も何かれにつけ気を遣う外様大名の雄である。父は島津維新入道義弘、采配を握らせたら戦国随一と謳われた名将であり、その兄で、男児のなかった当主義久の婿養子となって、島津本家を継いでいた。朝鮮渡海戦では父の義弘に従って奮戦している。秀元と同じ、戦国生き残り組であった。

関ヶ原で敗れた島津家だったが、徳川家康との戦後交渉では、領内を焦土と化す覚悟を示して一切の妥協を拒否、結果、領土を寸分も減らすことなく徳川の世を迎えていた。

その最後の交渉において、いまだ家督を握っていた義久の反対を押し切って上洛し、家康との直談判をまとめたのが、忠恒と名乗っていた家久であった。家康はこれを高く評価し、忠恒に一字を与えて「家久」への改名を許している。

一方では、和歌や連歌を嗜む文人の才も示し、土井利勝、永井尚政らの幕閣はじめ、伊達政宗、立花宗茂たちとの交友も頻繁であった。当然、この秀元もその輪の中にいる。しかし――

「薩州が白菊を贔屓《ひいき》にしていたとは初耳だな。仙台の黄門《こうもん》だけではなかったのか」

「その伊達様がお連れになりました。薩摩守様が、音にきく白菊を呼んでほしいと望まれたとか。先日、一階の広間にて百韻《ひゃくいん》の張行《ちょうぎょう》がございまして……」

武兵衛が恐る恐るといった調子で口にした。だが、その目はまだ笑っているように見受けられる。

「百韻？　二人でか」

「ほか、お大名がお二人と、連歌師《れんがし》が入る手筈でしたが」

「白菊は連歌会に侍るのは初めてだろう」

「ところが、です」

武兵衛がいったん言葉を切り、ニコリと笑って続けた。

「お大名がひと方、ご体調がすぐれないとかで、急遽、白菊が代役に入ることになりました」

白菊が歌に優れていることは郭ではよく知られていた。政宗のとっさの判断で白菊に白羽の矢がたったというのだ。

奥州の雄、伊達家は連歌が盛んなことでも知られていた。足利の世から続く名家であればさもあらん、秀元も正月恒例の連歌会に招かれたこともあった。独眼竜はなかなかに骨の太い句を詠む。

島津薩摩守もまた、益荒男《ますらお》ぶりの歌を得意としていた。いつぞや、旗本家の連歌会で同席したことがあったが、百韻の多くをかの仁が占めて、秀元は後れをとったことがあった。それでも、この男の歌が嫌いではないと、秀元は思った。

仙台黄門や薩州らに囲まれて、白菊はどんな句を詠んだのだろう。武をもって名高い二人が相手なら、菖蒲のようなキリリとした言の葉でやり返したのではないか。いや、或いは風のように柔らかに受けてみせたかもしれない。

誇らしい思いの反面、秀元は胸の奥がちくりと痛んだ。

白菊が大藩太守たちに媚を売ったとて何ほどのことがあろう。それが生業《なりわい》である。その先に踏み込むことはあり得ないし、なにより、白菊の自分への思慕は一途《いちず》なもので、それを疑う気持ちは秀元にはいささかもない。だが――

ならばなぜ、それを黙っているのだろうと秀元は思った。仙台黄門も薩州も、秀元と特に親しいわけではなくとも、互いに認め合う仲であるのを、白菊はよく知っているはずだ。同座した折の二人の男ぶりをいつも話して聞かせていたからだ。

「どうやら太夫のお出ましのようです。では、後ほどまた参ります」

武兵衛が下るのを潮に館内が騒がしくなった。

やがて静かに障子が開かれ、白菊が姿を見せた。

一足早い桜が打掛の裾いっぱいに花びらを散らしている。裾から腰へ、さらに胸へと視線を上げる秀元に、白菊が乙女のような初々しい笑顔を見せた。秀元の胸の痛みは一瞬にして消し飛んだ。

「お待たせ申しました。打掛がなかなか決まりませず、出立が遅れました」

「いや、武兵衛の愚痴がなかなかに面白く、興がのっていたところだ」

白菊が今度は少しすました笑顔で首を傾げた。どんな愚痴かと話をねだるような仕草である。

愚痴など言ってはいなかったが、ままよ。

「あ奴め、伏見の街で派手な商いをしていてな」

「存じております。大きな船宿を構えて、諸国から見目良き姫を数多集めておりましたね」

秀元が小刻みに頷いた。それは確かで、武家から町人まで、時には太閤の取り巻き貴族までが、淀川に舟を浮かべて酒色に浮かれていた。それは北野大茶の湯のように、醍醐の花見のように、町人であろうと僧侶であろうと、誰でも加わることのできる万人の宴であった。

「みな、太閤のもとに集まる黄金を目当てに寄り集《つど》った。それを手にした者らが、武兵衛の妖しげな宿にやってきて痴《し》れた行いに及んでいたそうな。いまの世とは銭の落とし方が違う、そう武兵衛が嘆く次第なのだ」

「妾《わたし》どもに旦那衆をひき寄せる色香《いろか》や手管《てくだ》がないのかも知れませぬ。そう愚痴ってはおられませなんだか？」

　白菊が艶然と微笑みつつ、側に控える禿《かむろ》に酒肴の用意を指示する。

　ここで供される酒は伏見の下り酒である。江戸や小田原あたりで醸された酸っぱいだけの酒とは異なり、甘味を含んで陶然たる酔いを誘ってくる。ことに冬には上等な酒が出された。伏見から江戸へ、遠路を船で揺られるうちに、一層、酒が深く醸されてゆくのだと武兵衛は自慢するが、さて真《まこと》なのかどうか。ともかく秀元はこの伏見屋で呑む酒を好んだ。

　白菊が美濃の織部徳利で秀元の猪口に酒を注ぐ。ふたりからやや離れた場所に季節外れの風炉が置かれ、そこで禿が徳利の番をしている。秀元の好みの暖かさに燗をつけてくるが、季節によって微妙に異なるはずで、それを白菊はしっかりと禿に仕込んでいた。なるほど黄門やら薩州といった酒好きに贔屓にされるわけである。

　秀元はつと想い出したような、つとめて感情を抑えた口ぶりで、白菊に問うた。

「黄門や薩州らと連歌に興じたとか……」

　白菊が一瞬、虚を突かれたような表情を見せた。秀元は見逃さなかった。

「薩州はどんな句を詠んだのか。それに、そなた、どんな句で応じたのか」

「……」

　微妙な間が続く。

「教えてくれてもよかろう。それとも話せない訳でも何かあるのか？」

　答えに窮したように白菊は黙ったままであった。いや、他の客との席について口にするのは、廓のご法度であろう。秀元は野暮天《やぼてん》ではない。それがわからぬはずはなかったが、態勢を失《しっ》してしまった男心は、この色男でも容易には戻せぬものらしい。蛙に狙いをつける蛇のごとく、黙って白菊を凝視している。

「薩摩守様からお聞きになったのですか？」

白菊がようやく口にした。

「誰からでもよかろう。どんなふうに媚《こび》を売ったのかと聞いている」

「媚を売るとはどういう意味ですか」

「そのままさ。大藩太守の懐《ふところ》は、さぞかし暖かかったろうと思ってな」

白菊の顔がその打掛のように白くなった。

後はもう散々だった。とっておきの江戸前の春子《かすご》も細魚《さより》も、秀元はまったく手を付けなかった。志野の向付に盛られた蕗味噌《ふきみそ》にわずかに箸を伸ばすばかりで、むっつりと黙ったまま、ひたすら手酌で酒を流し込んでいた。白菊の心尽くしの膳は、ふたりの心のごとく、干からびた。

晩春の宵も濃くなる頃、秀元は武兵衛に促されるようにして供の待つ駕籠にどさりを身を落とした。いつもより早い退楼に近習が思案顔をしているものの、秀元には白菊の別れ際の言葉が耳から離れない。

『あなたは、ついに私を見てくれることはなかった』

妙なもの言いが心にひっ掛ったが、秀元が思いあぐねる先が、白菊の人生の来し方に及ぶことはないのだった。やがて酔いに背を押されるように、深い眠りに落ちていった。

翌朝、秀元はいつものように夜の明ける前に寝所を出て、愛宕山の水を張った桶を手に数寄屋を検め、続いて露地周りに目を走らせた。外露地の待合脇に立つ辛夷《こぶし》が見ごろを迎えている。次の茶事まではもたぬ様子、今宵、家人たちに茶を振る舞うのもよいだろうと思った。

大坂の陣の後に長府に戻ることを許された秀元は、元和二年に側室お宿との間に男児をもうけた。次男の又四郎《またしろう》である。そのまま国元に置いていたが、継室千代との間に生まれた待望の男児、長男の宮松丸《みやまつまる》を突然の病で亡くしてしまう。徳川家に繋がる男児を失ったことに、秀元は深い失意を味わった。

その後、千代との間に子をなせず、やむなく長府から又四郎を呼び寄せて継嗣としたのが寛永三年だった。以来、ずっと手元に置いて手塩にかけて養育してきた。今年、もう十七になる。そろそろ将軍家への御目見《おめみ》えの算段を始めねばならず、これも秀元の懸案となっていた。

それとともに――

しかるべき家から妻を迎えねばならない。本来ならば、本家から秀就の息女を迎えることが決められていた。ところが、秀就はこれを反故にして公家の鷹司家との縁組を進めてしまう。秀元の誇り、毛利家を支えてきた勇将の矜持は深く傷ついた。秀就を心底許せないと感じたのは、実は、それがきっかけだった。

彼奴もやがて思い知るときが来る――

茶室に端座して薄茶を点てつつ、秀元は改めて前夜のことを想った。

昨夜の白菊への対応は、虫の居所が悪かったなどと、生やさしいものではない。うろたえつつも、必死に秀元の気持ちを引き戻そうとする白菊を黙殺し、あえていえば、責め苛むかのようにささくれた態度に終始した。自分でも、もう引き揚げたらよかろうと何度も思ったが、どうしても腰を上げる気にはならないのだった。白菊は紙のような顔色をして、なすすべもなく秀元を眺めていた。

なぜ、あれほど気持ちがささくれたのだろう。

白菊には前日、萩で焼かせた茶碗の中から飛び切り出来のよいものを贈っていた。それを眺め、出来栄えについての意見を求めつつ、久々の逢瀬を楽しむつもりだった。ところが、伊達政宗と島津家久の名を耳にした途端、逆上したかのように気持ちが乱れて元に戻らなくなってしまったのだ。

白菊がそのことを黙っていたからか？　それが真の理由ではないことは秀元自身、よくわかっていた。

いつぞや、やはり高禄旗本が白菊の噂を聞きつけて登楼したことがあった。急な呼びつけであり、武兵衛も頭の上がらぬ相手でもあったことから、白菊は求めに応じて酒の相手をした。後日、武兵衛からそれを聞かされた秀元の思いは、優越感しかなかった。白菊がその旗本に薄茶すら出さなかったろうとは、これは聞かずとも確信していたからだ。この一件を白菊が秀元に話すことはなかった。

ならば何なのだ？

秀元は、薄々気がついている。奥州王に、徳川も恐れる外様の雄、大藩太守の二人を前に、秀元はたかだか毛利の支藩主に過ぎなかった。石高も、四万石では使える金も話にならぬ。秀元に、二人に臆する気持ちがないといえば嘘になるだろう。

だが、思い出してほしい。慶長の渡海戦において、秀元は太閤から右軍総大将を拝命していた。

維新入道に率いられた島津軍はその指揮下にあり、家久はその一隊を任されていたに過ぎない。関ヶ原のことはあえて言うまい。その後、大幅な改易処分を受けた毛利家を支え、国持大名の体面を保ち得るよう藩政を主導してきたのは、他ならぬ秀元であった。その自負がこの男にはあるのだ。

心を鎮めるために点てた茶であったが、すっかり冷めてしまっていた。苦味が口に残る茶を飲み干すと、再び、水桶を手に露地をひと巡りし、居室として使っている奥の間に腰を据えた。

文机を前に思案し、とりあえず筆を手にしたものの、文面はなかなか定まらなかった。本家の江戸詰め家老、益田元堯《ますだもとたか》に宛てて書状を認めようとするが、本家の敷居が高くなったいま、どんな口実で元堯と対面すればよいか、途方にくれる思いであった。

亡き台徳院が元和の折に発給したという毛利家への判物は、果たしてどこに仕舞われているものなのか。萩城内なのか江戸屋敷なのか、それすらもはっきりしていないのだ。仮に元堯にそれを尋ねることができたとしても、そう易々と答えが返ってくるとは思えなかった。

朝日が昇り、障子をすかして白く光を放つ頃、廊下から秀元に声がかかった。昨夜、秀元の供をしていた近習であった。伏見屋武兵衛が門前に控えているという。

「武兵衛が――」

秀元はすぐに通すよう命じ、ゆっくりと腰を上げた。茶の湯仲間の豪商を招くことはあっても、揚屋の主を屋敷に通すのは初めてである。苦笑しつつ、武兵衛に会う気になったのは、むろん前夜のことがあったからだ。さらには、本家にどうやって顔を出したらよいか、一向に思案がまとまらないこともあった。

武兵衛も商売柄、茶の湯の嗜みはあった。鎖の間で対面し、少し濃い目の茶を練ったところで、武兵衛が意外なことを口にした。

「伊達陸奥守様よりのお言付けをお預かりして参りました」

「伊達殿？」

秀元がやや困惑顔で答えた。

「わたくしめで連歌会《れんがえ》を催したく、甲斐守様のご内意をうかがって参れ、とのお指図なのです」

四日ほど前に伊達家の用人が伏見屋を訪れ、白菊と武兵衛を前に、この要件を伝えてきたという。花が盛りを迎えるのを期して伏見屋で百韻を巻きたい、主は伊達政宗が引き受け、客として島津家久と秀元の名が挙げられたという。そしてもうひとり。

「白菊太夫をご指名なのです」

秀元の困惑顔が尚、深くなった。

実は昨日、白菊からこの話を秀元に持ち出す手筈になっていたという。

伊達家の用人は、白菊にはあくまで詠み手として同座してほしいというのが太守の希望であり、薩摩守も了解済み、そう話したという。当初、困惑していた様子の白菊も、徐々に前向きな気持ちに変わっていった。きっかけは陸奥守のひと言だった。

「何を言ったのだ、黄門は」

秀元がじれたように口を挟んだ。

「西の吉野に東の白菊、歌を詠ませたら二人が双璧だとおっしゃられたそうです」

武兵衛が秀元の目をまっすぐに見ていった。そのまま秀元から視線を外すことなく、出された茶に手を伸ばすこともなかった。

〝西の吉野〟とは京の島原で名を馳せる名妓、吉野太夫のことである。その美貌と教養で、京はおろか江戸にまで名を知られる天下一の美妓だった。

先に視線を逸らせたのは秀元だった。自分用に練った茶を掌に包み込むと、ゆっくりとした動作でこれをすすり込んだ。

白菊が歌の道に通じていることは、伊達政宗に言われるまでもなく、秀元とてよく知っている。折々に寄こす文に添えられた歌は、たおやかでありながら気高さを失うことがなく、ことに秀元の登楼が間遠になった折など、心が締め付けられるような歌を投げかけてくる。手練手管というにはあまりに切なく、情が濃やかだった。

それでも、白菊を連歌会に加えるとは、ふたりはどんな料簡なのだろう。白菊の思い人が秀元であることは、葭原に通う一廉《ひとかど》の人士なら、みな知っていることである。

じっと黙り込む秀元に、武兵衛が意を決した表情で口をきった。

「少し、昔話をお許しいただけませんでしょうか」

「また、伏見が賑やかだったころの自慢か？」

秀元が苦笑しつつ、目元を和ませたままで言った。だが、武兵衛は表情を変えることなく続けた。

「その頃、私の店に放浪の連歌師が居ついておりました。大和を根城に、京、大坂から近江、越前あたりまで渡り歩き、連歌の指南をする傍ら、大名家の御用務めをすることもあったようです」

秀元、宗茂、長重の茶会で交わされた話が思い出される。室町第の将軍が文芸を好んだことから、諸国の武将たちの間でも連歌が盛んとなり、それは周辺武士との交流の場となるとともに、諸国の情勢を知る重要な機会ともなった。それに従い、連歌師が密偵の役割を担うようなことも、各地に見られたのだった。

「この男は歌の道にとても長けており、判者として能力も高かったものの、特別な勤めを果たせるほどの器用さは持ち合わせておりませんでした。自然、お座敷がかかることも稀となり、いつしか、私どもに居候するようになりました。言ってはなんですが、登楼して、連歌の真似事のような席を望む田舎者も少なくなかったのです」

「大名にも多数、いたではないか。あえて名を挙げぬまでもな」

秀元の口調に苛立ちは感じられないものの、もう目元は笑っていなかった。

その苛立ちがいまにも顔に出るかという瞬間、武兵衛が言った。

「その連歌師には幼い娘が一人おりました」

「……」

「女親はいかがしたものか、粗末な小袖ひとつで冬を越すようなあり様でしたが、不思議といじけたようなところがない。父の帰りを待ってボロボロになった古今集など読んでいるのです」

秀元がはっとしたような表情を見せた。ようやく武兵衛の意図に気付いたようだ。眉間に皺を寄せ、やや緊張する様子が見てとれた。

「抱えの妓《おんな》たちが時折、餅やら瓜《うり》やらを与えようとしても、頭を下げるばかりで口にしようとはしません。終いに皆ほって置くようになりましたが、それでも使い走りなどはそつなくこなすもので、邪魔にされるようなこともございませんでした。やがて、父親が尾羽打ち枯らすあり様で諸国巡りから戻ってくると、一目散に駆け寄って、取りすがるようにせがむのです！」

　不意に武兵衛が顔をゆがめた。秀元はその表情をみて胸を突かれる。

「太守、何をねだると思われますか？」

　武兵衛が絞り出したような声で言った。秀元が慌てて口にする。

「土産物であれば、そう、小法師《こぼし》人形《にんぎょう》か、独楽《こま》の類いか……」

「歌なのです」

「歌？」

「旅先で作った歌を聞きたい、そうねだって、ずっと父親の側を離れぬのです。あの大きな眼をキラキラさせて、それは、それは嬉しそうに」

　ここで武兵衛は口を閉ざした。視線を膝元に落とし、身の置き所なき態で肩をすぼめた。ほとばしるようにして口から出てしまったものの、思えばこれほど場違いな話はなく、身を縮める様子である。秀元が堪りかねたように息を吐き、言った。

「白菊から父親の話を聞いた覚えはなかったな……そなたに連れられ伏見から参ったとは話していたが、さて、そんな境遇であったか」

「遊女の境涯《きょうがい》など意味はございません。ただ……ただ、此度《こたび》の仙台公の思し召しが白菊にどれほどの喜びであったか、その震えるような胸の裡だけは、太守にどうしても知っていただきたいのです！　御大名方の連歌会で遊女が句を付けるなど前代未聞、烏滸《おこ》の涯《はて》であることは重々承知です。ただ、それが叶ったなら、まさに白菊の生きた証し、一期の夢であろうことは知っていただきたいと思ったのです」

　武兵衛はおそらく、昨晩の秀元とのあり様を、禿あたりから聞き出したものと思われる。意気消沈する白菊にたまりかね、矢も楯もたまらず、この愁訴《しゅうそ》に及んだものと見えた。歳はどれほどになろうか、還暦はとうに超えたと思われる老いの身には、なまじの覚悟ではできることではない。

　秀元にやや余裕が戻った。

「父親はその後、どうなったのか」

「白菊が十になるかならぬかの頃、いつしか戻っては来ぬようになりました。そう、秀頼公が二条城で大御所様との対面に臨んだ頃でしたか。あの頃までは大坂にも伏見にも、屋敷を残す大名家がまだまだございましたな」

　武兵衛に視線を向けられ秀元が頷いた。斯くいう毛利家も大坂、伏見、いずれにも屋敷を残し、留守居を配していた。間なしに東西の手切れがどこからともなく囁かれはじめ、豊臣恩顧も含めて、伏見から櫛の歯の抜けるように大名屋敷が消えていった。

「その頃にもなると、白菊の器量よしは誰の眼にも明らかでございました。歌の才も疑いなしとなれば――」

「遊女となるは道理、か」

「いえ、私はいずれか、ご大家《たいか》の奥に入るのがよいと思案しておりました。実際、御大名方からそのお申し出も多々、ございました。あえて遊女の道を選んだのは白菊本人です」

　武兵衛がひと息つくように再び肩を落とした。いま手元の茶に気づいた様子で、軽く低頭して茶碗を手にした。皺の深い手で包み込むようにして口元に運ぶと、ゆっくりと仰向けた。

秀元は軽く咳を払うと、視線を武兵衛から外し、とりすましたような声で告げた。

「それで、黄門は何と言ってきているのだ。場所はどこにすると？」

武兵衛の顔に瞬時に血の気が上った。秀元に向けた目に力が戻り、そのまま視線を外すことなく言った。

「当館でとおっしゃられております。ご公儀にもその旨、伊達様より断りを入れていただけるとのことでした」

「桜を待ってと申したな。伏見屋に桜の木なぞあったか？　それとも、船でも浮かべてどこかに場所を移す算段でもあるのか……」

「そこは、私にちょっとした思案もございます。まずはご内意を得られましたこと、先様にお伝えしてよろしゅうございますでしょうか」

話を済ませるや、武兵衛は飛ぶように帰っていった。一刻も早く白菊の喜ぶ顔が見たい、そんな様子であった。昼なのか夜なのか、賭け物は用意するのか不要なのか、詳しい段取りを聞かず仕舞いであったことに秀元は思い当たったが、いずれ、伊達家よりの詳しい申し出があるだろうと思った。

妙なことになったものだと、奥書院の自室に戻りつつ、秀元は思った。ただ、元来が派手なことの嫌いなほうではない。黄門にどんな思惑あってのことか知らぬが、受けて立とうではないか。

いつか、秀元の頭の中から本家への働きかけは消え、伊達政宗、島津家久、外様の雄ふたりの強面顔《こわもてがお》で一杯となっていた。政宗に関しては、喰えない御仁と思いつつ、どこか憎めない愛嬌を感じる一方、家久については、嫌う相手とはいわぬが、肌合いが馴染まない。狷介《けんかい》な一面のあるところも、どこか気の許せない思いを秀元は抱いていた。

ただし、秀元が内心で警戒を解けずにいるのは、もう一つ、大きな理由があった。国元での茶陶作りで、薩摩とは競い合う間柄だからである。

朝鮮役で海を渡った武将たちは、帰国に際して、かの地の職人たち多数を連れ帰った。折しも、茶の湯の流行によって茶陶の需要が高まっており、多くの朝鮮陶工たちが、九州各地に窯を起こして陶磁器作りを始めることになった。

島津家は現地に渡った義弘が茶の湯を愛する数寄者であったから、薩摩に渡来した朝鮮陶工の数は八十名にも及んだとされている。領内各地にこれを住まわせ、能力あるものには苗字帯刀を許して手厚く保護した結果、この寛永の頃にはいくつもの窯で焼成が軌道に乗っており、今に続く薩摩焼の伝統が根を下ろし始めていた。

一方、渡海戦で中心的な役割を果たした毛利家でも陶工を連れ帰ってきていた。当初は朝鮮から持ち帰った陶土を用いての茶陶作りだったが、ほどなく領内で良質の土が見つかるや、いくつかの窯が起こされて生産が本格化した。これを主導したのは若くして茶の湯に親しみ、慶長に至っては織部に深く傾倒した秀元だったのだ。中でも茶の湯碗に評判が高く、萩焼の名は茶人たちの間に浸透しつつあった。

秀元には、茶陶でわが家《いえ》を潤したい、その思いが強くあった。織部や、いまをときめく小堀遠州と交わりを重ねてきた自負があり、その眼力で長州の焼き物の名を高め、それを他国に広く売りさばく、それこそが秀元が抱いている希望でもある。

いまや、世をあげて茶の湯を嗜む風が広がり、茶陶のみならず、懐石膳に用いる器の類も大量に必要となっている。秀元の領内には古くからの良港、三田尻が控えている。藩をあげて茶器や食器を焼き、これを大船に積み込んで瀬戸内を一気呵成、大坂、京へと運び入れることが容易《たやす》くできるのだ。この地の利を生かさぬ手はない。

すでに織部様《よう》のひづみある茶碗、先刻やヘラ目をつけたもの、或いは三島手《みしまで》など、さまざまな趣向を試させている。秀元がことに手応えを感じるのは井戸形茶碗で、領内で見出した陶土で薄く焼き上げた出来栄えには、遠州好みの品の良さが感じられる。将軍家に気に入られるようなことになれば、江戸の大名たちの間で大流行《おおはやり》するだろう。

師が鮮やかにやってのけたように、己《おの》が手で茶陶の流行《はやり》を作り上げてゆくのだ。そのためにも薩摩焼に負けるわけにはゆかなかった。島津家もどんな器を焼いたらいいか、維新入道がしきりに古織公に対して意見を求めてきた。それに応じ、弟子を遠く薩摩にやって指導を重ねていたことを、秀元は本人より聞き及んでいた。その実力は鍋島で焼かれた色絵の磁器とともに、すでに高い評判を得ているのである。

薩摩や鍋島に負けたくない。いや、負けるわけにはゆかない。秀元の負けん気の虫が腹の底で大きな声を上げていた。

「入ってもよろしいですか？」

外からの女人の声に秀元は意識を戻された。継室の千代である。武兵衛が帰った後で、部屋に顔を出すよう、小姓に呼びにやらせていた。ゆっくりと入室し、秀元の斜め前に距離をとって控える。

「又四郎は屋敷にあるか」

「はい。最前までは庭で鑓の稽古に余念がございませんでした」

又四郎を宿したお宿は長府に留め置いたままだった。わが子の養育をこの手で、そうお宿は泣いて懇願したが、秀元はこれを許さなかった。生母が側にいては甘えも出るだろうし、何より、継嗣となる男児は正室の元で育てるべし、それが毛利家のしきたりである。

　毛利家では正室と側室は厳しくわけ隔てられており、側室から生まれた男児は家臣の扱いに等しかった。誰あろう秀元の父、穂井田《ほいだ》家を継いだ元清は毛利元就の四男だったものの、生母は側室であった。正室から生まれた三人の兄、毛利隆元、吉川元春、小早川隆景とはまったく異なる扱いで育てられた。

　長子の宮松丸亡きいま、又四郎はやがて長府毛利家を率いる身である。継室千代の手で厳しく躾けるというのが秀元の考えであった。

「悪所通いには重々、目を光らせておくように。厄介な病も蔓延《はや》っていると聞く」

　千代が顔をやや俯けて、笑いを堪《こら》えたように秀元には映ったが、或いは、気のせいかも知れなかった。元来が慎ましい質で、冷笑などするような女ではない。

「辛夷《こぶし》の花が見ごろになっている。今宵は客の予定もなし、そなたと又四郎に茶を振る舞うてやろう」

　秀元が目元を緩めて千代に言った。千代の表情にゆっくりと笑みが広がる。白菊のような艶のある輝きはなかったが、頬から喉元にかけてのふっくらした肉置《ししお》きには温かみが感じられ、歳相応の美しさが匂っている。

「お膳のほうはいかがいたしましょうか」

「勝手方に言いつけて、細魚《さより》か春子《かすご》か、いずれか手に入れるよう手配してくれ。後は蕗味噌があればよい」

「お酒はよろしいのですか？」

千代が首を傾げて微笑んだ。秀元が破顔する。いわずもがなのことである。

（五）

指定された八つ（午後二時すぎ）より半刻ほど早く、秀元は「伏見屋」に入った。その度肝を抜いたのは、一階大広間の前庭に植えられた桜の成木であった。

背丈は二丈半（七〜八メートル）ほどもあり、大きく広げた枝には若葉が隠れるほどに薄紅の花が咲き誇っている。これを囲むようにして外座敷が設けられ、大広間の広縁から白木の回廊が渡されていた。前回の登楼からわずか十日、秀元は夢幻の中にいるような思いだった。

「太閤なら、この光景だけで一千貫あたり、御下賜くだされたろうな」

秀元が傍らに控えた武兵衛につぶやいた。揚屋稼業には途方もない額である。

「それでは間尺に合いませんな」

武兵衛が目元を緩めて応じた。声にどこか夢見るような響きがある。

「桜の費《つい》えにもならん、か？」

秀元が余裕を取り戻して応じ、武兵衛が満面に深い皺を刻んで笑った。敵将の首を取ったような笑みだと、秀元は思った。

さて、この桜、どこから引き抜いてきたものであろうか。これだけの成木となると、そうそう手に入るものではない。或いは、八王子あたりから十里の道を運んできたのかもしれない。派手好みの伊達黄門がどんな顔をするか、想像するだけで秀元の顔にも笑みが浮かぶ。

伊達政宗から正式な連歌会の呼びかけがあったのは五日ほど前であった。期日は如月二十八日の昼八つ、場所はむろん武兵衛の伏見屋である。

連衆は秀元、島津家久、白菊の他、宗匠として里村北家の玄祥《げんしょう》が入るという。諸大名の指南にあたる幕府御用連歌師、里村玄仲《さとむらげんちゅう》の次男である。やがて江戸の連歌界を率いることになるだろう若き星であった。

当初、百韻を巻くという話だったが、花見の酒宴を兼ねてとの政宗の意向で、「世吉《よよし》」の会にするという。世吉とは、百句を詠み連ねてゆく「百韻」に対して、四十四句に止《とど》める手近な連歌会である。初めて連衆として加わる白菊を慮ってだろうと秀元は思った。天下の老雄から気を配られる白菊に、秀元は誇らしい思いを抱くとともに、何か割り切れない感情もあるのだった。背後に家久の意向、白菊への横恋慕の情が絡むようにも感じるからだ。

だが、それよりも遥かに気になったのは最後に用意された趣向であった。政宗はこう付け加えていた。

――めでたく連歌が巻き終わり、花見の酒宴もたけなわとなった頃合に、秀元、家久のふたりから茶のもてなしを受けたい、ついては二人に、萩焼、薩摩焼、それぞれ自慢の茶器を持参してほしい——

そう要望してきたのだ。一体、伊達黄門の狙いは何なのか。

悲しむべきことに、師、古田織部の死をきっかけに、あれほどの隆盛を誇った美濃焼は急速に勢いを失っていった。織部が将軍秀忠に指南した新たな武家式正茶、名物を生かしつつ時代の気風を取り込んだ茶事は隆盛を続ける一方で、新物茶陶を自由に用いた織部独自の茶の湯は、徐々に旗色を悪くしてゆく。茶の湯を支えるのが大名家やその家臣であってみれば、神君家康の勘気を蒙った茶匠の流儀は危険なものに映り、流儀の中心をなす人目を驚かす茶器やら懐石膳の器の類いは、潮が引くように武家社会から遠ざけられていった。

その穴を埋めるかのように、織部風の茶器を焼いていた唐津や伊賀、九州各地に興された数々の窯場では、独自の陶磁器を焼き始めてゆく。中でも天下一の座を狙っているのが萩焼であり薩摩焼、そして有田焼なのだ。

——黄門には、この眼でその優劣をつけてやろう、そんな思いでもあるのか。

招きを受けてからこの日まで、秀元の胸中にあったのはそのことだった。

こと文芸の道で薩摩守に劣ることはないだろう。若き日に戦場ばかりに身を置いていた男とは異なり、秀元が宮中に参内して官位を賜ったのは齢十三の時であった。その才知を愛でた太閤秀吉の計らいであり、後陽成帝の即位礼に参列を許された秀元は、帝より直接に言葉を掛けられ、御紋章つきの馬具を賜っている。薩摩の武辺者とは育ちが違うのだ。連歌において遅れをとることはないだろう。

茶の湯の道もまた、言うをまたない。将軍家からも一目も二目も置かれる茶の湯者である秀元に対し、家久の茶は俄か仕立て、先代将軍家の御成りに備えて、急遽、家老の伊勢貞昌から手ほどきを受けて始めたものだ。

ただし、焼き物に関しては薩摩に一日の長があることは、秀元も認めざるを得ないのだった。ことに、薄くかつ固く焼成された薩摩焼の「白物」には、かつてこの国で焼かれたことのない気品が感じられた。それもそのはず、渡海戦の折に朝鮮白磁に深く魅せられた島津義弘は、金海《キムヘ》の名で呼ばれた渡来陶工を手厚く庇護し、かの地から大量に持ち帰った陶土を用いて純白に近い茶碗を次々と焼き出した。さらには、金海を茶器の先進地であった美濃や瀬戸に赴かせ、当世流行りの作風を学ばせたとされるから、その意気込みの程が知られる。その遺志を継ぎ、さらに薩摩焼を世に知らしめる算段を重ねているのが、この家久であった。

家久は金海を継いだ金和《キムナ》に期待をかけ、寛永に入ってこの方、急速にその名を高めている肥前有田にこれを送り込もうと画策した。肥前の鍋島家では他家に先駆けて領内で磁器に適した陶土を発見し、白地に青絵が鮮やかな「染付」を世に送り出していた。

家久はこの技術を薩摩焼に取り入れようと躍起になっていた。しかし、技術については鍋島家の守りが固く、また、磁器を焼く陶土を薩摩領内で掘り出すことができず、白物の製作はいまだ思うに任せない、そんな話が秀元の耳にも入ってきていた。

代わりに黒褐色の深い味わいをもつ「黒もん」茶碗は、京の黒楽《くろらく》茶碗にも負けない艶と輝きを放つ。その献上を受けた将軍家光が、諸将を前に誉めそやすのを秀元も耳にしていた。萩焼に関して同じ志を抱く秀元であってみれば、聞き捨てにはできない話でもある。

茶の湯に深く魅せられ、また、諸国の情勢を探ることに人一倍意を砕いてきた伊達政宗が、茶器を巡るこの競い合いに無関心であろうはずがない。それどころか、この勝負、おれが行司役を買って出てやる、そんな芝居っ気まで感じられるのである。

ならば、この勝負、受けて立とうではないか――この日の朝、いつものように露地を検め、ひとり薄茶を喫する秀元の胸に、ひたひたと湧きあがる闘志があった。

番頭格の男が武兵衛に島津家久の到着を告げた。表がざわついているのは、薩摩太守の登楼に京町全体が沸いているものと思われた。廓の中には限られた人数の供しか入れてはいないだろうが、それでも異国風な行装はさぞ目立ったに違いない。さらに派手好みの伊達政宗が到着するに及んでは、葭原全体が沸き立つのではないか。

連歌会の連衆それぞれに控えの間が用意されていた。家久と顔を合わせるのを厭うかのように、秀元はいったん広間を退出した。

入側を含めて四十畳はあろうかという書院風の大広間に、書記役の武兵衛を加えて六名の席が設《しつら》えられていた。宗匠の玄祥が床を背にして座し、玄祥の右手に政宗、秀元、左手に白菊、家久の順で席を占めた。玄祥の対面《といめん》には武兵衛が控えめな様子で座っている。墨跡、花入、香炉で飾り立てられた床の間は幅二間ほどもあろうか。政宗と秀元の背後では、岩佐又兵衛渾身《こんしん》の「洛中洛外図」が煌びやかな光を放ち、家久と秀元の後ろには、狩野永徳の手になる老松図が大きく枝を広げていた。ともに六曲一双、豪華な屏風絵である。すべて、この日のために伊達屋敷から持ち込まれたものであった。

そして、玄祥の正面、武兵衛の背後の障子戸は庭に向けて大きく開け放たれていた。その先に参加者が目にするのは見事な枝ぶりの山桜、春の陽射しを浴びていまが盛りと咲き誇っていた。桜を目にしてまず驚かされた秀元であったが、もろもろの趣向の豪壮さに、改めて「奥州王」の威勢と財力を見せつけられる思いだった。正面に座る家久が、この日初めて声を発した。

「奥州はいまだ黄金の国と見えますな」

誰へともなく発せられたものだったが、当の政宗が応じた。

「桜の誂《あつら》えは伏見屋の発案、その心意気には兜を脱ぐ思いよ」

一座からやや身を引いていた武兵衛が低頭した。

その政宗、茜色も鮮やかな小袖には金糸で格子縞が織り出されている。重ねる羽織は漆黒、これも金糸の縁取りが施され、背には登り龍の刺繡が踊る。まさに伊達者の面目躍如たる装いである。それに比べれば、やはり背に虎の刺繡が施された秀元自慢の群青の羽織も、どこか地味に映った。家久の纏う琉球渡来と思しき山吹の羽織も影が薄く見える。

連歌における最初の句、いわゆる「発句」の五七五を詠ずるのは座の主賓である。呼びかけ人である亭主役がこれに「脇句」の七七を付け、さらに「第三句」の五七五を連ねるのが指導的な立場にたつ宗匠となる。この日は花見の宴が控えているとはいえ、名目はあくまで連歌会である。大広間に集まるそれぞれの立場を決めておく必要があった。

亭主役は当然、呼びかけ人である伊達政宗となる。宗匠は玄祥が務めるとして、さて、主賓は誰になるのか、やはり島津家久ということになろうかと、秀元は思案していた。ところがなんと、この日の主賓は白菊だという。

伊達政宗は、到着早々、出迎えた武兵衛に向けてこう告げた。

『本日、亭主は私が務めよう。主賓は……そう、白菊にいたそう。ここは葭原、廓の華である太夫こそ主役に相応しい』

否が応もなく、政宗はさっさと館にあがり込む。武兵衛は致し方なく皆にこれを伝えて回ったが、驚いたのは、登楼してきた白菊はそれを聞いても、少しも慌てることのなかったことだった。雪のような肌にさっと血の気が差したものの、すぐに表情を戻した白菊の眼には強い光が宿っていたという。

武兵衛からこの話を伝え聞き、秀元はあまりいい気持ちがしなかった。贔屓にしてきた妓が天下の伊達者に手厚い扱いを受けるのは鼻が高いが、一方で、なにやら自分を差し置いて話が出来ているような思いを抱いたからだった。白菊には、前もって政宗から主賓であることが告げられていたのだろう。主賓が発句を詠み、それがこの日の主題を明らかにするとなれば、この場での急な指名は、白菊には酷なことだからだ。

だが、そうであるなら、それを秀元にも知らせておくべきではないか。いくら遊びとはいえ、秀元との仲を知らぬはずのない政宗の、その配慮に欠けた振舞いが気に入らなかった。

秀元は斜向《はすむ》かいに席を占める白菊にそれとなく視線を送った。それに気づかぬのか、白菊はまっすぐ前を向いたまま、背筋を伸ばしている。髪は簡素にまとめて後ろに結い上げ、赤い簪《かんざし》が一本差されている。日ごろ薄目の化粧がこの日はさらに淡く、素顔のままかと錯覚するほどだった。それでも透き通るように白い額には、常ならぬ太目の眉がまっすぐに引かれている。漆黒に光る大きな眼《まなこ》と相まって、戦国の世の寵童をみるようであった。

美しいと思った。細身に桃の花を思わせる色の小袖を纏い、上に羽織る純白の打掛は、裾一面に桜の花びらが踊っていた。前に秀元が与えた一式かとも思えたが、打掛の地色は純白ではなかったようにも感じた。迂闊にもそれを思い出せないことに、秀元は内心うろたえる。

「春をめでるは後段として、まずは皆で一巻、心を寄せて詠ずるとしよう」

政宗から声がかけられて連歌会が始まった。

白菊が発句を詠み上げた。

――後朝《きぬぎぬ》の　ゆく舟や朧《おぼろ》ろ　葭《よし》の原――

座の空気にさざ波が立った。花を前にしての浮かれ気分で詠む句ではなかった。玄祥が瞬時、呆けた表情となって白菊に視線を送る。秀元も、驚かなかったといえば嘘になるだろう。

白菊が高い緊張でこの場に臨んでいることは明らかであった。それに気づいたか否か、政宗は手元の短冊に目をやったまま熟考している。やがてこう脇句を付けた。

――明け染《そ》む空に　飛び去りし雁《かり》――

これでこの座の主旨は明らかになった。伊達政宗は花見の座興気分でこの連歌会を催したのではない。むしろ連歌が先にあって、季節柄、花を愛でながら句の良し悪しを論じ合う、それがこの日の趣向なのだ。

うろたえているのは、これも事前に何も知らされていなかったと見える玄祥であった。江戸の都をときめかす仙台中納言、あの伊達政宗から贔屓とされることになれば、方々の大名からお座敷がかかることになるだろう。精々、ご機嫌取りにこれ努めようと出向いたところが、いきなり難しい役目が降ってきた。このまま「恋」を続けるべきか、それとも三句で流れを変えて、春を言祝ぐ気分に振ってゆくべきか、初折《しょおり》の出来はこの三句にかかっている。

玄祥がまだ視線をさ迷わせている。政宗の気分はどうなのか、真面目にやるのか花見の気分に戻したいと思っているのか、察しかねている様子であった。さらには、家久、秀元がこの先、どう受けるつもりなのか。その感触を探ろうと、この若き天才には珍しく間をとっていた。

秀元は家久の様子を探ろうとしたが、露骨に視線を投げるわけにもゆかぬ。家久は、果たして、白菊が主賓となることを知らされていたのか、はっきりとはしない。だが、少なくとも、白菊の発句にそれほど驚いている様子は見られない。静かに短冊に何やら文字を走らせていた。

玄祥の心が定まったようだ。軽く咳を払って詠みあげた。

――船幾艘《いくそう》　江都《こうと》栄えて　寄る白波――

定石を捨てやや踏み込んでみせる。廓での連歌会とはいえ、顔を揃えているのは名立たる武将たちである。春を祝い、江戸の賑わいを祝う。

四句は家久に譲っていた。位階は従三位、秀元より下位であるものの国主大名である。さほど間を置くこともなく続けた。

――真砂《まさご》の浜に　汗馬《かんば》楽しむ――

薩摩は品川の浜の手前、三田の地に広大な下屋敷を与えられている。愛馬を攻めるに恰好の浜辺も近いことだろう。尚武の家らしい見事な付け句であった。

流れが落ち着いてきた。秀元はこのまま武家の連歌らしい句を連ねて一巻となるだろうと思った。秀元の付けた五句はこれだった。

――弓引く背　緑映して　風渡る――

ところが、秀元の予想したような連歌会とはならなかったのである。

「宗匠、いかがであったか、今日の出来ばえは」

桜を囲むようにして外座敷に膳部が整えられ、花見の宴が始まった。各自の器に酒が注がれるのを待って政宗が玄祥に水を向けた。

「いかさま、格調高き中にも艶を失わぬ、誠に見事な一巻になったかと」

「武人ばかりではそうはいかなかったか？」

政宗が高笑いを発した。この男らしい廓一帯に響くような笑いだった。一同がこれに釣られるように表情を崩した。

玄祥が指摘した「艶」はまさに白菊によって醸されたものだ。「松」やら「鶴」やらで家の安泰を言祝ぐような無粋な流れが起こると、白菊は見事な機転で「春」や「恋」に転調してみせた。政宗が鷹揚にそれを受けたこともあって、武家連衆らしからぬ色彩に満ちた連歌となったのである。そのことが、今を盛りの桜と相まって、一座に格別な華やぎをもたらしていた。あの家久すらが頬を上気させている。

秀元は染付の猪口をひと息にあおった。酒の味がほろ苦く感じるのは、句の採られることが少なかったからばかりではないだろう。

この日は、誰かの句に競って付け句をすることも許されており、白菊の句に対し、家久の付けた句が採られることもあった。選ぶのはもちろん玄祥だが、ふたりの句によって見事な和歌が生まれていたのだ。

——月やあらぬ　わが身ひとつの　紅の家　白菊

——花影ゆらし　文の来たりぬ　薩摩

「名残折《なごりおり》」表《おもて》の十三句と折端《おりはし》の句である。家久がやや間をおいてこの付け句を詠みあげると、どこからともなくため息がもれた。白菊の頰に瞬時、朱が注すのを秀元は見逃さなかった。

さて「名残裏」締めとなる二句はどうであったか。花をもたされたのは当然、白菊であり、挙《あげ》句《く》は執筆に徹していた武兵衛が引き受けた。

——散る花を　裾に重ねて　君想ひ　白菊

——ひとり旅立つ　春の曙　武兵衛

その白菊はいま、婉然《えんぜん》とした笑みを浮かべて桜に向き合うよう座を占めていた。連歌会を終えるや化粧直しにいったん引き取り、戻ってきた時には、京町一の太夫の面差しに変わっていた。桜色も鮮やかな打掛に着替え、連歌会の主役から廓の華へと見事な変身をとげていた。

白菊を中心にして武将たちが左右に居流れる。一番の身近から、政宗が白菊におもねるように問いかける。

「太夫の首尾やいかに」

白菊が左右に視線を流した後、ゆったりとした口調で言った。

「この一巻に名を残せたことは生涯の誇り。もう思い残すことはありませぬ」

しばし間を置き、ぽつりと加えた。

「まさに一期の夢かと」

「それは祝着、祝着。さあ、花の宴と参ろう、のう薩摩守、甲斐守」

それからはこの日の句をめぐって侃々諤々《かんかんがくがく》、忌憚《きたん》のない合評会となった。膳には彩り豊かな器が並べられている。ひときわ目をひく鳴海織部の向付には、渦を巻くような紋様が描かれている。盛られた酒肴は土筆《つくし》と海鼠腸《このわた》、一箸つけた秀元はその味わいに深い満足を覚えた。忌々しい思いは消えぬまでも酒の酔いが徐々に気分を上げていた。

時折、満開の桜を見上げて誰かれが感嘆の声を挙げた。屋敷の奥からも華やいだ声が流れてくるのは供の者たちにも席が設けられ、酒が振る舞われているのだろう。陽のあるうちから庭の隅々に篝火がたかれて桜を赤く照らし出す。伏見屋全体に廓の活気が満ち満ちていた。陽が大きく陰り、風が出てきたのを機に外座敷から大広間へと席を戻した。そこからは夜桜見物となって宴はまだまだ続く。

前もっての取り決め通り、家久と秀元が茶の準備を始めた。この広間にはさすがに炉は切ってない。季節にはまだ早かったものの、大ぶりの風炉が二基、すでに広間の隅に持ち込まれていた。秀元は持参した行李から茶道具を取り出して一式を検めた。遺漏《いろう》のないことを確かめると、用意されていた台子《だいす》にそれを飾り、改めて濃茶用の大ぶりの茶碗を手に取った。茶道具すべて萩もので揃えることもできたが、茶碗以外、まだ世に出せるほどの出来栄えに至っていない。茶碗を引き立てるためにも所持している名物の類は控えて、無難な品を飾っている。

ヘコミのある茶碗が掌の中で確かな手応えを伝えてくる。室内の光の具合で景色が微妙に変わることがあるが、この広間が特に不満を感じさせることはなかった。これでいい。

毛利領内では瀬戸や信楽《しがらき》のように良質の陶土が簡単に手に入るわけではなかった。白い粘土質の良土が長門で見つかってはいたが、量が採れなかった。この土に、萩の近郊で採取した砂状の白色土、さらに成形に必要な鉄分の多い赤黒土を混ぜ合わせる工夫を重ねた結果、独特のうっすらと赤みを帯びた乳白色の地色を焼き出し、上品な風合いの茶碗を作ることに成功したのだ。もちろん指揮したのは秀元本人である。

茶碗は他にも、薄茶のためのものを人数分、持参している。この日のために用意した、これぞと思う逸品ばかりである。意外や、句の出来栄えで家久にわずかに劣ることになったものの、茶碗の出来では負けるわけにはゆかない。

家久とて自慢の薩摩ものを持参しているだろうが、こと茶碗に関しては萩は優品が多いというのが茶人たちの声であり、その自負は秀元自身にもあった。伊達政宗の目にそれをはっきりと焼き付け、江戸の茶人たちに向けて吹聴させることができれば、萩焼と薩摩焼の勝負は決着である。

その家久も、斜向かいの隅で台子に向き合い、何やら手にしてそれを眺めている様子が見えた。実父の島津維新は名高き茶人であったから、さぞ、名物の類を所持していたことだろう。或いは大名物《おおめいぶつ》など、家久はこの日のために持参しているかもしれない。

ならばそれもよし、そう秀元は思った。伊達黄門の腹にあるのは茶碗の良し悪しであろう。ほかの道具に惑わされるほど愚昧な男ではない。

「どちらからまず、振る舞うてもらえるのか？」

正客の位置に座を占めた政宗がよく響く声で言った。そこからやや距離をとって白菊と武兵衛が座っていた。手前を終えた秀元と家久が、その間に座るということなのだろう。合評を終えるなり、玄祥は早々に引き上げていた。

「私が前座をつとめ申さん」

間を置くことなく秀元が名乗りを上げた。政宗がゆっくりと頷き、それを見た家久も無言のまま首肯した。

秀元は柄杓《ひしゃく》、蓋置《ふたおき》、建水《けんすい》を所定の位置に据えた後、茶巾《ちゃきん》、茶筅《ちゃせん》、茶杓《ちゃしゃく》を入れた茶碗を手に取り、客たちの目に入りやすい場所に置いた。みなの目が一斉に茶碗に注がれた。

豪快な織部様《よう》の萩茶碗であった。

高さ三寸弱、口径は四寸ほどか。厚手の口縁はあえて形を整えず、歪みを加えている。ゆったりとすぼまる胴から腰にかけて力強い造形をなし、中ごろにヘラによる大胆な削り跡を残す。さらには胴回りに指が納まるよう緩くヘコミがつけてあった。まさに織部様を強く主張していた。

豪快なばかりではない。うっすらと帯びた赤みはどこかこの日の桜の色すら想起させ、野性味ではなくむしろ気品を感じさせるのだった。織部様を基としつつ、それを超えてゆこうとする秀元の思いが滲む、会心の一品である。

丁寧に練られた濃茶が政宗、家久、白菊の順に回される。それぞれじっくり茶碗を眺めていたが、中でも、家久は外側から見込みへと景色を確かめた後も、じっと掌に留めたまま身じろぎもしなかった。程のよい手応えに、感ずるところが大きかったのだろうと、秀元は思った。優越心がふつふつと沸き上がってくる。

秀元に碗が戻されると家久がまず口を開いた。

「古織公の息吹が甦ったような名品でござる。いまだ荒々しかった慶長の世が、目に浮かび申した」

「だが、織部ばかりではない何か、それが甲斐守の本望ではないかと拝察するが？」

家久の言葉を受けて、政宗が秀元に問いかけた。

本望か――言い得て妙かもしれぬと思った秀元は、引き結んでいた口角をやや持ち上げて目元を緩ませた。この席に込めた秀元の思いを黄門は理解している、そう感じた。

その時だった。末席にいた白菊が細いが艶のある声を発した。

「本望ではなく、野望、ではないでしょうか」

「野望？　本望とは違うのか？」

政宗が問い返した。

「なにやら、甲斐守様の思惑が露骨すぎるように感じられるのです」

秀元と家久が、声の発するほうに投げるような視線を向けた。これほど踏み込んだ評をこうした席で口にするのも異例のことだが、秀元が耳目をそばだてたのは、白菊が自分に向けた言葉に、これまでにない余所余所しさを覚えたからだった。

「白菊もよう口にしたものよ、のう、甲斐守」

政宗が秀元に笑顔を投げかけたが、最前とは異なり、秀元は口元を引き結んだまま薄茶の用意に取りかかる。不機嫌にならぬよう、それを客たちに見抜かれぬよう気を配るものの、心の乱れが手前に表れている。

薄茶用に用意した三つの茶碗はそれぞれ趣きを異にしていた。

三つのうち二つは、先ほどの碗と同じ陶土で作られたものだった。ひとつは高麗風のいわゆる井戸形であった。萩焼の品の良さをより引き立たせている。もうひとつは小ぶりの筒茶碗で、ふっくらした腰回りが女体の豊かさを思わせた。姿の異なるふたつの碗が互いを引き立てていた。
だが、ひと際目を引いたのは残るもう一つの茶碗であった。粉引手《こびきで》と呼ばれるもので、鉄分の多い土で成形したものを白土の泥漿《でいしょう》に突っ込んで釉薬のように上がけする。焼き上がると化粧を施したような色合いをなし、白一色ではない微妙な色を発するのだった。いま秀元の手元にあるのは井戸形、貫入《かんにゅう》の入った乳白の地合いがなんとも艶《なま》めかしく、下から覗く地黒の高台との対比も鮮やかだった。

気持ちを立て直すことができたのか、秀元が軽やかに茶筅を使い三碗に薄茶を点てた。政宗、家久、白菊の順に碗を進める。粉引手は白菊の前に置かれた。

白菊の顔が明らかに上気した。化粧を濃くした白い目元にも、うっすらと朱が注していた。大きな瞳は潤んでいるように見受けられる。細くしなやかな指が茶碗に伸び、粉引手を両手に包み込むようにして口元に運んだ。

二度、碗を傾けて茶を口に含んだ。上向いた頤《おとがい》の下に透き通るような喉元がのぞいて秀元の目を射た。よく知っているはずの妓の細い首筋が、見たこともないような色気を放って輝いていた。

伊達政宗も感心したようにこの茶碗に視線を送っていたものの、あえて、評価を口にすることはなかった。家久の手前に水を差すのを避けているのだろうと秀元は思った。

父、義弘の代に朝鮮の陶土で焼かれた白磁の名品を繰り出してくるかと思われた家久であったが、予想に反して、艶めく黒褐色の茶器で統一して臨んだ。濃茶に用いられた大井戸茶碗は強い黒味を透明な釉が引き立てている。そのどっしりとした質感がいかにも薩摩好みを感じさせた。

薄茶用の三つの茶碗は口径や背丈に多少の違いこそあれ、いずれも轆轤《ろくろ》引きの端正な丸碗であった。だが、掛けられている黒飴釉《くろあめゆう》がそれぞれ微妙に異なる光を発している。どれかひとつ選べと言われても、半刻あっても決められぬ、そう思わせるほどに甲乙つけがたい輝きであった。

しかし、秀元が惹きつけられたのはこれら茶碗ではなく、大ぶりな建水でもなく、薄茶の際に家久が手にしていた茶入であった。やや背高《せいたか》、撫肩の肩衝《かたつき》で、轆轤引きした胴をヘラで大胆にそぎ落とし、全体に黒飴釉を掛けた上から白濁釉を一筋、流しがけにしていた。そこに生まれた白地に梅鉢文が描かれて華やかな景色となっている。踊るような躍動感はまさに織部の指導から産まれた薩摩焼、その最高傑作とも思える出来栄えに感じられた。

秀元の心は騒ぐ。家久の手前も、扱っている薩摩の名碗も、もう気持ちの中になかった。どうやったらあの茶入を手に入れることができるか、頭はそのことで一杯になってしまった。あの一品《ひとしな》は家久愛用のものとしても、同様の作を所持しているかもしれない……いや、やはりあれでなければならない。いま家久が手にしているあの茶入が欲しい！

ふと意識がその場に戻る。政宗が何か話していた。

「――で、どうかな、甲斐守は？」

「特に異存はござらぬ」

秀元は慌てて応じた。政宗が何を言ったのか聞こえてはいない。

「ならばこの対決、白菊と別室で協議いたした後、私が判を下すこととしたい。しばしの中座をお許しいただきたい」

席を立とうとした政宗が思い出したように付け加えた。

「いや、この勝負、まだ懸け物を決めていなかったではないか。武家の争いは獲り合いが付きもの。分捕《ぶど》り品がなければ判者も緊張に欠ける。さて、いかが致そうや」

政宗がふたりに向けて問う。

秀元と家久の視線がしばし交わる。先に視線を落とした秀元が政宗に向き直って口を開いた。

「薩摩守が持ち寄った品は薩摩ものの名品ばかりとお見受けする。斯くいう私も、どれも一城に値すると自負する品ばかりを持参いたした。いかがであろう、薩摩守、勝ったほうが相手から一品、褒美として申し受けるというのは」

秀元が再び、家久に視線を戻した。その表情に一瞬、笑みが広がった。

「異存などござろうか。噂に聞く萩の名品、今宵たっぷりと賞玩いたせしが、それを持ち帰れるとは果報、果報」

家久はそう口にすると豪快に笑った。戦場ではさぞ頼もしかろう、天井を震わすような響きである。

政宗がふたりの話を引き取って言った。

「さても、薩摩守は自信たっぷりな様子。そうそう戦さのようには参るかな？　のう、白菊」

一同の視線を受けた白菊が婉然と微笑み、いったんの中座に入った。

控えの間に引き取った秀元は、ふと、織部の件を政宗と家久に問いただしてみたい衝動に駆られた。政宗は慶長年間、将軍秀忠の「御成り」を迎えるに際し、古田織部を招いて「御成り」茶の湯について指南を仰いでいた。その後も親しく交わったはずの政宗が、その死の真相に無関心であろうはずがなかった。家久はなおのこと、織部から茶道具作りに直接の指示を仰いでいたのだ。しかも二人は、秀元よりはずっと近い場所で家康に接していた。二人なら或いは……。

いや、それは止めておいたほうがよいと、秀元は冷静になって思った。二人は徳川家とは昵懇《じっこん》、いや、大藩太守ゆえ、徳川家とは深いつながりを保っている。ことは神君家康の意向にかかわること、どこでどう、幕府に伝わってゆくか知れたものではない。そこは古織公を信奉する永井信濃とは事情が異なるだろう。

——伊達黄門とは、いつか腹を割って話す機会もあろう。


花見の宴が果て、秀元が駕籠の人となったのは宵四つ（午後十時頃）を過ぎてからであった。大門を出れば、そこはもう海からの風が吹きつける闇夜である。早々に待たせてあった屋形舟に身を移す。酔った身体には舟の横揺れはひどく堪えた。夜風がひどくなってきたものと見える。

中座からみなが戻ったのは四半刻ほど後だった。さらなる酒宴が一刻ほど続いたが、その間、秀元は心ここにあらずの態だった。

衣装替えした白菊の音頭で再び杯を上げた後、政宗が咳を払って勝負の結果を口にした。

『慎重なる討議の末、この勝負、薩摩守に軍配を上げることに致す』

政宗によれば、ふたりが披露した茶碗はどれをとっても名品、甲乙つけがたい出来栄えに映ったが、政宗自身は萩焼にわずかに分があると感じたという。ことに薄茶で使われた粉引手は、総見院在世の頃であれば、一城とはいわぬまでも五百貫ほどの値打ちになったであろうと話す。

ところが、白菊がこれに異を唱えた。萩の場合、ひとつひとつの茶碗は面白いと感じるものの、総体の芯をなすものが見えない、萩焼の心映えとはどのようなものなのか、それが伝わってこないというのだ。そこへゆくと、薩摩焼は拠って立つ構えがしっかりしている。その目指す境地がはっきり見える、そう白菊は語った。政宗もこれには一理あると感じたという。

『今宵の華はなんといっても白菊、その裁定に従うことにした次第だ。ご両所にはご納得いただけまいか』

政宗が、所詮はお遊び、そう言いたげな苦笑交じりの声で話を締めくくった。

家久は、まだ未成熟な白物をあえて避け、領内の陶土で焼成した「黒もん」に絞ったことが奏《そう》功《こう》したのだった。引き換え、あの手この手、いくつもの技を見せびらかすように繰り出した秀元は、強く訴えかける力に欠けたといえる。いってみれば戦術の失敗であった。

――そうであったとしても……

白菊の背信が、秀元は許せない。いや、背信ではなく、その思い上がりが片腹痛い。連歌での句を誉めそやされようが、茶器の目利きに冴えを見せようが、所詮は廓の妓にしては目が高いというにすぎない。それを、何を勘違いしたか、あの伊達政宗の裁定に異を挟んだというから、烏《お》滸《こ》の限りではないか。身のほどを弁えぬ愚かもの奴！

勝った家久は、秀元が持参した茶碗の中から粉引手を所望した。惜しくないと言えば嘘になるが、この日の模様はいずれ伊達政宗の口から方々に広まってゆくだろう、結果として萩の粉引手の評判が上がることになれば、悪い話ではない、秀元はそう思った。

そこまではいいのだ。ところが、なんと、その粉引手をその場で白菊が所望したのだ。五百貫もの値がつくと、いま黄門が言ったではないか、そんなものを他《ひ》人《と》の妓《おんな》にひょいとくれてやる痴《し》れ者がどこにいるか、そう思った矢先、家久があっさりとそれを承諾したのだ。これには傍らの政宗すら呆れ顔であった。

——あの妓、薩州から文でももらっているのか？

であるなら、好きにすればいい。秀元は半ば捨て鉢で目を閉じた。胸のつかえに耐えかねて屋形舟にどさりと身を横たえた。

ところが——

前夜の酒の残りも吹き飛ぶような使いがやってきたのは、まだ陽も射す前の六つ半であった。珍しく寝間を出られずにいた秀元は、継室の呼びかけに耳を疑った。

「薩摩の兵部少輔殿のご用人がおいでですが」

伊勢兵部少輔貞昌、薩摩島津家の江戸詰家老で、家久の側近中の側近である。有職故実に詳しいことでも大名の間に名を知られていた。秀元も当然、面識がある。

「私が直接会おう。表書院に通しておいてくれ」

手早く身支度を終えた秀元が表書院に出向くと、間宮と名乗る貞昌の用人が平伏していた。秀元の声掛けを待って、半ば姿勢を起こして言上した。

「主、伊勢兵部少輔よりの書状を持参いたしました。お目通しくださりますよう」

書状と、何やら風呂敷包みとを恭しく差し出した。秀元が書状を手にしてゆっくりと開く。時候の挨拶に続き、主、薩摩守の指示にて茶入をご進呈いたしたし、詳細は家宰よりお伝えすると記していた。

茶入とは前夜の薩摩ものだろうか。主の指示と書かれているからには、それ以外には考えられないものの、勝ったのは家久である。なにゆえと訝る気持ちの一方で、秀元の心になんとも言えない喜びが湧きあがる。あのねっとりとした黒飴釉の茶入を譲ってくれるというのか？

秀元が書状から目を離し、風呂敷包みに視線を投げる。なるほど茶道具箱らしいものが包まれている様子だった。書状に視線を戻してゆっくりと巻き戻し、続けて包みを手元に引き寄せる。風呂敷をほどき、桐箱の縛めを解く。

現れたのはやはりあの茶入であった。押し戴くようにじっくりと眺める。

おそらくは、家久が自分の負けを認めたということだろう。茶の湯に初心《うぶ》であっても、あの粉引手の価値は理解できようし、それを用いた秀元の手前に感銘を受けぬはずはないのだ。白菊の言い分など戯言に過ぎないことは、伊達黄門も薩摩守も、やはり了解していたということだろう。

秀元は胸の鬱憤が晴れるような気分であった。

その様子を上目遣いで見ていた間宮が口を開いた。

「兵部少輔によれば、薩摩守家久公ご秘蔵の一品とのことにございます」

秀元が頷き、面を上げるよう、間宮に促した。

「いつ頃焼かれたものか、おぬしは存知おるか？」

「かの地から来航した一族の長にて、金海《キムヘ》と名乗る名工がおりました。その者の作とのことにございます」

「ほお、その高麗人はいまだ健在か？」

秀元がたたみかけるように尋ねる。

「厚恩ある義弘公ご逝去の後、間なしに世を去りしとのことです。いまはその者の指導を受けた工人たちが、当家領内の随所で窯を開いております」

秀元がいかにも残念な様子で頷いた。

間宮が引き上げると早々、秀元は茶室にこの茶入を持ち込む。箱紐を外すのももどかしく黒飴釉の名品を取り出す。

箱の中にふと目をやる。最前は気づかなかったが、四つ折りにした切り紙が箱の側面に沿うようにして忍ばせてあった。由緒書きにしては簡素に過ぎようか。何気なくそれを開いた秀元は、一瞬、何が書いてあるか、中身が頭に入ってこなかった。それほど予想もしないことが書かれていたのだ。

御執心の御様子にて謹んで献呈仕る
ついては
卒爾《そつじ》ながら　白菊太夫の今生《こんじょう》を申し受けたし
さつま
かい殿

――やはり、そういうことだったのか。

衝撃が治まってしばらく、秀元は、自身でも意外なほど静かにそう思った。すべては仕組まれたことだったのだ。連歌会も、その後の茶の湯勝負も、伊達黄門と薩摩守、そして白菊によって、あらかじめ筋書きが練られていたのだ。その旨、連歌師の玄祥も言い含められていたはずで、であるなら、白菊の句の出来栄えも頷けよう。あの粉引手が白菊の手に渡ったことも不思議ではなかったのだ。

――武兵衛はどうなのか。あ奴もまさか、この狂言に加担していたというのか？

ならばそれでもよい。それでよいではないか、好きにすればいい。

秀元は手にした茶入を振り上げた。寸時、その姿勢のままでいたが、やがてゆっくりと手を下ろし、手の中の宝を身じろぎもせず見つめていた。

（六）

江戸から諸国に向かう五街道は家康によって定められ、秀忠によってその整備が進められていった。すべての街道の起点は日本橋とされたが、そこから先、江戸城の総構え（外堀）から街道へと抜ける出入口には、巨大な枡形門が次々と設けられていった。

いま秀元が向かうのは甲州への出口となっている四ツ谷門である。この二年後の寛永十三年、幕府は毛利家に命じてここに巨大な枡形門の造営を進めることになるが、今はまだ戦国名残りの喰違い《くいちが》虎口《こぐち》、土塁を互い違いにずらして敵の直進を防ぐ出入口がその姿を留めていた。

開いた駕籠の小窓からゆるやかな風が吹き込んでくる。大名屋敷の長い練塀《ねりべい》から枝を伸ばす桜木は、新緑の季節到来を告げていた。

三十人ほどの供連れが桜田濠に沿って坂を上り、半蔵門の手前から甲州街道に入った。四ツ谷門までの沿道には麹町ほか町屋が続く。

武蔵野台地の尾根筋を伝う甲州道は、左右はゆるやかな下り傾斜になっており、右手一帯には武家屋敷が延々と続く。いずれもゆったりした敷地を与えられているのは、この地に住まうのが幕府の花形、軍役を担う高禄旗本家だからだ。江戸が海側からの攻撃を受けた際、将軍と旗本隊はこの街道を伝って甲州に逃れ出る、そう家康は構想したとされるが、秀元の眼からみて、あまりに巨大な将軍家の城に、その必要はまったくといってなかった。

秀元がどこか浮かない顔で小窓から外を眺めている。心を占めるのはやはり白菊のことであった。

島津家久の唐突な申し出に対し、秀元は伊勢貞昌を通じて答えを返した。茶入はありがたく頂戴する、白菊については、これは当人の随意といたそう、そう簡便に記した書状を送った。そんなに欲しいなら、どうとでもしたらよかろうと思う一方で、白菊がそう簡単に靡《なび》くものか、そうどこかで信じる気持ちもあったのだ。

その後もしばらく、白菊のことはほっておいた。いずれ何か言ってくるだろうと思っていたが、本人からも、武兵衛からも、切り紙ひとつ来ない。徐々に苛立ちが募り、やがてその思いに堪えかねて、まずは武兵衛を屋敷に連れてくるよう、近習を葭原まで遣いに出した。

復命を受けた秀元はわが耳を疑った。武兵衛は伏見屋を同業に譲って店を畳み、周囲の話では、白菊共々、葭原から姿を消したというのだ。

一体、何が起こったというのだろう。島津家久が二人をどこか、例えば、島津家下屋敷あたりに移したということだろうか。昨今、市中の町屋を借り上げて江戸参勤の際の家臣の宿所とする大名家もあると聞く。そんな場所で武兵衛共々、家久に囲われたということなのだろうか。

いや、それはなかろうと秀元は思った。仮にそうであるなら、伊勢貞昌から何か話があるはずである。取るに足らぬ花街の芸妓とはいえ、間には伊達政宗が介在している。挨拶なしにことをすすめてよいわけはなかろう。

いや、いや、とにもかくにも、あの白菊が手紙ひとつ寄こすことなく、黙って他人《ひと》のもとに去ってゆくとは到底思えない。家久の思いを受け入れるなら、必ずやそれを文にするなり、和歌にするなりして、秀元に別れを告げてくるはずだ。白菊というのはそうした女人であり、それは、秀元には疑いようのない確信だった。

なら、一体、どこに消えたというのか……。

春の盛りの明るい陽射しも、緑なす爽やかな風にも、秀元の表情が晴れることはないようであった。

秀元の駕籠が四ツ谷門を抜けて、さらに西へと向かう。しばらく進むと、左手一帯には広大な寺域が広がっていた。寺々に囲まれた道へと南に折れてゆくと、やがて視界が開け、田畑に囲まれた武家屋敷の森が見えてくる。永井信濃守尚政の屋敷であった。大名屋敷はすでに江戸城総構えの外へと広がり、他家の屋敷もそこかしこに見られる。田畑を隔てた先には紀州徳川家が、こちらは小城ほどもある下屋敷を構えていた。

永井尚政から招きを受けた秀元は、約束の午《うま》の刻前に表門に至った。開門を待って敷地内に進むと、武蔵野の風情豊かな景観に迎えられる。新緑の芽吹いた屋敷森が天に向けて大きく枝を伸ばし、そこかしこ、矢竹の群生が塀状に連なっている。平時も武備を怠ることはないということか。屋敷全体、三河武士の尚武の気風に満ちているのも、秀元には好ましかった。やがて、御殿造りの玄関口が見えてくる。

案内を受けて邸内を進むと、趣は一変、風雅なたたずまいが現れる。客間用の書院に面した庭はやや広めの枯山水、こちらも小堀遠州の作庭と聞いていた。待たせることなく尚政はすぐに現れた。

秀元が挨拶をかねて口を切った。

「表門脇の大欅《おおけやき》は見事の一語、何か厳粛な思いすら致します。武蔵野の太古の神々が宿ったかのようだ」

尚政が目尻を和ませて応える。

「甲斐守にはお話ししてなかったかな？　父の遺言は、ただひと言――あの欅だけは、末代まで伐ってはならぬ。そのこと、子々孫々に申し伝えよ――これには困りましてな。とどのつまり、わが永井家は、永遠にこの屋敷地を替わることはできぬのです」

尚政が苦笑しつつ口にしたが、この屋敷を気に入っているらしいことは、特別の折にはここに招かれることからも伺えた。

永井家に今日の地位をもたらした尚政の父、永井直勝には世に誇る武功があった。

秀吉の天下獲りに異を唱えた家康は、信長二男の信雄《のぶかつ》を支え、尾張で秀吉と対峙した。世にいう小牧長久手の戦いである。

この決戦で大掛かりな戦闘がなされたのは一度きりだった。秀吉の甥、豊臣秀次に率いられた二万の軍勢が、家康軍の背後に回って三河を攻める動きに出る。これを逸早く見破った家康は、この部隊に逆に速攻を仕掛け、激しい戦闘の末にこれを撃破した。この戦闘において、永井直勝は勇将池田恒興の首を獲る大殊勲をあげている。

この両雄対決はやがて和解に至るが、秀吉との激突で引き分けたことは、家康の武名をさらに天下に高からしめることになった。秀吉が終生、家康に対して礼を失することがなかったのは、この戦さゆえであったと言われる。

その後、秀吉の小田原征伐をもって天下は統一された。その跡を受け、家康は関八州の太守として江戸に入る。その折、永井家はいまの屋敷地を家康から与えられた。いわば、神君の偉大な創業に大功あった証、それがこの上屋敷であり、永井家の誇りの源でもあったのだ。

一通りの挨拶を済ませると、尚政に先導されて書院より連なる茶室へと場所を移した。尚政はこの屋敷に茶室を二ヵ所、構えていた。一方は屋敷地の奥まった場所にあって、簡素な露地に囲まれた小体な造りとしているようだ。来客用ではなく、身近な人間相手か、ひとり、思いを巡らすような時に籠ると話していた。

客用に造作された一室で、尚政が顔容《がんよう》を改めて口を開いた。

「過日は失礼いたしました。亡き台徳院様への追慕が堰《せき》を切ってしまい、誠、お恥ずかしい限りでした」

「お察しいたします」

白木の折敷《おしき》には猪口も用意されていたが、秀元に酒杯を手にするよう促すこともない。何かに気を奪われている、そんな様子であった。鯛のうしお汁と豆の炊き込み飯。向付に盛られた蕗味噌が春の名残を伝えてくる。

「その後、つらつら、慶長の世の諸々を思い出しました。いまだ戦国の余風あからさまな中で、お上は全身全霊、徳川家が統べる御世を模索しておられた。神君のお指図に従いつつも、新たな太平の世はどうあるべきか、その手で必死に描き出そうとされておりました」

尚政がすでに顔を高潮させている。今日こそ何かを語ろうとしている、秀元はその気配をひしひしと感じ、全身を強張らせた。白菊のことどころではない。

「先般、貴殿から織部助殿自裁について問われ、立花飛騨守の見立てに関しての意見を求められた」

尚政の視線を受け止め、秀元がゆっくりと頷く。

古田織部の死と大久保忠隣の改易には関連がある、それが立花宗茂の推測であった。それを巡って尚政と秀元の対話は、江戸の将軍家を支える忠隣らの一派と、駿府の大御所を取り巻く一派との対立へと、話が及んでいった。

そこで尚政は行き詰まった。その先にあるのは神の所業への言及、その否定へと進まざるを得ないからだろうと思われた。尚政は将軍秀忠の側近中の側近であった。

秀元に関心があるのは織部の死の謎である。だが、この日の話はそこに至る手前、大久保忠隣改易の真相に迫る過程で、なぜか断念されてしまっていたのだ。

「相模殿の改易に関し、石見《いわみ》（長安）の一件、さらには岡本大八の曲事《くせごと》を巡る争いなど、貴殿は挙げておられましたな」

「われ等、外様の間では、大久保相模殿と本多上野の対立がさかんに囁かれておりました。挙句、本多父子に軍配が上がり、相模殿は改易されることになったのだと――」

「それは違うというか……もっと大きな力が働いたというのが、将軍家のお側にあった私の感触でした。私には、鮮やかなある光景が脳裏にあるのです、この一件に関して」

「この一件とは？」

「相模殿の改易です」

秀元が前のめりとなっていた姿勢を起こした。ここからだ！

だが、そこで尚政が言葉を切った。思い出したかのように酒器を手に取り、秀元に差し出した。

秀元が杯を手にしてこれを受ける。

「鮮やかな光景――。どんなものか、いたく心引かれますな」

秀元がおもねるような口調で水を向けた。尚政が自らの猪口にも酒を注ぎ、それを口に含む。

そして背筋を伸ばした。

「東国諸将との関係を固めたお上は、上方から西国へ、幕府の威令を広げようと苦心されていた。それを支えたのが相模殿であり、その配下の石見であったことは、先般、お話ししたかと思います。その動きはなぜか、駿府の側近連中から警戒された。そのことはお伝えしたろうか？」

秀元は頷いた。本多正純の他にも、金地院崇伝ら、多種多様な人材が大御所を取り囲んで情報を耳に入れていた。そこに込められた思惑が、時に江戸の意向と対立することもある、そんな話であった。

「でも、いまひとつ、駿府から警戒された動きがあった――茶の湯です」

話がようやく古織公にたどり着いた！　駿府と江戸の対立、大御所家康と若き将軍秀忠との齟《そ》齬《ご》に、あの古織公が絡《かぶ》んでいた、そう尚政は語ろうとしている。話がだんだんと面白くなってきた。秀元の胸中で傾きの虫が踊り出す。

「お上の西国への働き掛けが明白となるのは、諸侯に対し、江戸での年頭拝賀が大御所より指令されてからのことでした」

それは慶長十五年のことだったと、尚政は前回、語っていた。十四年暮れに駿府で家康に謁見した西国諸将は、そのまま江戸に向かい、越年して将軍家に年頭拝賀を行うよう指示を受けた。東国諸将はすでにこれを慣例としていたから、この指令により、あまねく諸侯は江戸で正月を迎えることが定められた。

秀元が考え込むような口調でつぶやいた。

「天下《てんが》の主は豊臣家なのか、徳川家なのか、これによってはっきりさせようとした。大御所の意図は明らかでしたな」

慶長はいまだ激動の世、そこを必死で生き抜いた自身のことを、秀元も思い出していた。

尚政が秀元に頷きつつ、言葉を継いだ。

「西国にはいまだ、年初の挨拶は大坂城の秀頼様に、そういう諸侯も多数いたのです。福島左衛門太夫（正則）など、その筆頭でしょうか」

「世の流れを弁えぬ愚か者たち」

秀元が低声ながらも吐き捨てるように言った。尚政におもねる気持ちなどなかった。秀元は、毛利家が関ヶ原で敗れたのは相応の理由があった、そう思っている。その後、決死の覚悟で徳川への奉公を主導したのは、他ならぬ秀元であった。

「そうして拝賀に訪れた諸侯に対し、お上は直接に働きかけを行い、わが意に従わせようと図ってゆきます。その際の駆け引き、そこに茶の湯が大きな意味をもったことは甲斐守ならばよくご理解いただけると思う」

　知らぬはずなどあろうか。太閤の御世から、毛利家の顔となって伏見に集まる諸将と斬り結んできた。そのために茶の湯に親しみ、勢いあまって首まで浸かる仕儀に至った。茶の湯が意味するところは知りぬいているつもりである。

　そう、そうした世の流れに踊り込むように頭角を現したのが、古田織部という天与の才を持った男だったのだ。話の行方を察した秀元が、流れに棹さすように言った。

「古織公が颯爽と江戸に現れたのはこの頃でした」

「将軍家指南役となって、勇躍、下向してきました。慶長十五年、秋のことでしたな」

　秀元ははっきりと覚えていた。

　前年、若い藩主秀就の後見役に任じられた秀元は、江戸に常在して幕府との折衝に日々を送っていた。師の織部はといえば、京、伏見にあって茶の湯三昧か、或いは美濃や伊賀に出向いて茶器を焼かせているか、いずれにしても江戸に長逗留することなどなかった。その古織公が茶の湯指南で下向してくる、その報せに秀元は心躍らせた。

　秋九月、江戸に姿を見せた織部は、まず伊達政宗に招かれて茶の湯を指南する。この東国一の太守が、将軍秀忠「御成り」を迎える重大事に関して、あの古田織部にこと細かに助言を仰いだ、その噂はまたたく間に江戸の大名屋敷を駆け巡り、茶の湯への関心を一層かきたてることになった。

「もう、寄るとさわると古織公の話でもちきりでしたな。長い付き合いの私ですら、なかなか師に会うことも叶わなかった」

「将軍家側近く仕える私も、同様でしたな。霜月半ばに至り、さあ、口切り茶会が始まるとなった。甲斐守はいつまで待たされましたか？」

口切り茶会とは、その年に採れた茶葉を納めた茶壺の封を切り、その出来栄えを楽しみつつ、客に振舞う茶事を指す。茶の湯者にとっての正月ともいえるハレの行事であった。

十一月十六日、自邸に将軍秀忠、浅野長政、石川康長らを招いて朝会を催した古田織部は、翌年二月にかけて、連日、口切り茶会を催す。伊達政宗、佐竹義宣ら有力大名のほか、大久保忠隣、土井利勝らの幕閣、大身旗本、今井宗薫ら茶人、大工から釜師などの職人に至るまで、茶会は四十九回を数え、招かれた客は二百七十人にも及んだのだった。みな、競って将軍家指南役の指導を仰ぐことを切望した。

「永井家の場合、父は将軍家の跡見茶会でしたが、私などは半月も後です。相客は榊原遠江《とおとうみ》、水野隼人正《はやとのしょう》ら、譜代の二代目連中でした」

榊原、水野、いずれも大御所家康とともに戦場を駆けた大功ある家である。尚政は苦笑したものの、国持大名とともに招かれた秀元と、さほど変わらぬ扱いだ。

次代を担う将軍家のもと、江戸に新しい秩序と社交が生まれようとしていた。それを明からさまにする光景がこの織部の口切り茶会であり、その門前は、御家の繁栄を求める者たちで市をなすあり様となった。織部が指南する武家茶で装われた「御成り」こそが、秀忠が目指す徳川の世の象徴ともなったのだ。

尚政が話にひと区切りをつけ、思い出したように秀元に酒器を差し向けた。染付の徳利は絵付に極上の藍のような深みがある。有田で焼かれたものだろうから、鍋島家からの献呈品に違いない。秀元は、これも鍋島ものの酒杯で受けた。

互いに杯を二度三度と口に運ぶ。伏見の酒であろう、霞のようにうすく濁る酒がなんとも香《かぐわ》しい。旨い、と秀元は思った。

尚政が茶堂口に向けて何やら指図する。鶉焼きが備前の大皿に盛られ、カマボコが添えられていた。これも美味だった。

この後、間をおいて茶の振舞いとなるが、この日は中立を省かせてほしい旨、尚政から断りが入れられている。

丁寧に練られた濃茶が秀元の前に置かれた。利休遺愛の品、尚政自慢の黒楽茶碗である。背筋を伸ばした尚政が再び、語り出した。

「お上が好んだのはむしろ、能楽であったのです。茶の湯は政の道具、そう割り切っておられた」

「ご執心ではなかったと？」

「そう拝察いたしました」

新たな「茶の湯政道」の誕生である。信長が先鞭をつけ、秀吉が継承した「一座建立」の奥ゆかしき世界。そこで人と人が情を通じ合い、互いを隔てる距離を縮めてゆく時の流れが、秀元の考える茶の湯である。将軍秀忠がそれを大名統治の重要な場としたとして、そこにどんな問題があるというのか。駿府の一派はいったい何を不満に感じたというのか。大御所様を差し置いて、何を二代目の若造が、そんなところではないのか？　要するに差し出がましいことはするな、そんな冷ややかな視線が江戸に向けられたのだろう。

尚政の茶はやや苦味が立っていた。心の迷いか？　述懐はいまだ半ばである。

「信濃殿は最前、ある光景と口にされた。それは？」

尚政がなおも躊躇する様子を見せたが、やや間があって、思い切ったように秀元に視線を据えた。

「やはり、それをまず、申し上げねばなるまいな……それはこの織部助殿の下向から、三年ほど後のことです。慶長十八年暮れでした」

「十八年の暮れ……大坂の御陣が始まるのが十九年の冬です。その一年前」

尚政が頷いた。言わずもがな、そんな表情をしている。戦国を終えるこの大戦《おおいくさ》のほか、慶長の世に重要なことなど何もないではないか、そんな顔つきであった。

「この年の秋から江戸で鷹野を楽しんでおられた神君が、越年のために駿府に帰られることになった。将軍家や諸侯の挨拶を受けて江戸を出立されたのが師走の三日でした」

従うのは村越茂助ら駿府衆の他、本多正信が「御見送り」と称して随番した。江戸から平塚まで、家康は東海道ではなく、馴染みのある中原街道を使う。途中、鷹狩りを楽しみながらゆるゆる進むのが常であり、平塚には鷹狩りのための館が建てられていた。「中原御殿」である。さらには慶長十三年、秀忠によって小杉にも御殿が造営されている。

三日から五日まで稲毛領内で鷹狩りを楽しみ、六日に中原に到着した。ここで一泊、明日は小田原に入るという前夜に事件は起こった。

小田原で蟄居する馬場八左衛門なる老人が、お恐れながらと封事《ふうじ》をもって訴え出た。八左衛門は穴山梅雪に仕えた武田家旧臣で、その後、家康五男信吉の家司となった。しかし、同輩との争い事を起して召し放ちとなり、大久保忠隣にお預けの身となっていた。

訴えを受け付けたのは本多正信である。実は正信、大御所お見送りは稲毛までのはずだった。その江戸に戻ってよい旨、お許しが出ていたにもかかわらず、あえて中原まで従いてきていた。その正信が、中身を検めるべく封事を家康に進めると、そこには驚くべきことが記されていた。小田原城内に家康を弑する謀反の企みがあるというのである。

にわかには信じがたい話である。秀元が尚政を制した。

「いや、お待ちくださ い。相模殿は江戸にあったはずでは？」

「しかり。だから、このような取るに足らぬ者の訴えを、なぜ、佐渡守は神君に取り次いだのか……」

馬場は齢八十にも至る逼塞《ひっそく》老人である。天下人が耳を貸すべき相手ではない。何者かの指示を受けた、仕組まれた訴人ではないのか？　そう疑われても不思議ではない。

「神君がこんな話をお信じになったとも思えぬ。ですが、その場で、相模殿について様々、ご下問があったとのことです」

「ご下問……」

「神君は駿府にあって上方の動静にかかり切りでした。江戸のことはお上に任せきりで、相模殿と佐渡守の諍いなど、気にも留められてはいなかったように思えます。そこが問題でした。佐渡守は神君に対し、相模殿に関するあれやこれや、様々申し上げたとのことなのです」

「例えば？」

「そこまでは存じませせぬ。存ぜぬが――」

尚政がしばし言い澱む。その微妙な間を秀元は察する。

慶長十八年といえば、年明け早々に山口重政が改易されている。幕府の正式な許しを得ず、大久保忠隣の養女を嫡男の正室に迎えたことが咎められた。前年には岡本大八の悪事が発覚し、大久保長安の裁定により、大八に死罪の処分が下された。大八は本多正信、正純父子の配下であり、当然ながら、二人にもその咎が及ぶのではと噂された。だが、大御所家康の信任が厚かったゆえか、なんとか罪を逃れていた。

幕閣中枢の争いが外様にまで漏れくるような中、四月、忠隣の懐刀であった大久保長安が死去する。幕府総奉行の地位にあり、岡本大八事件を裁定した張本人が世を去ると、その機を待っていたかのように、長安の不正蓄財が暴き出された。翌月には長安の男児七名が処刑される。

一転、大久保忠隣の側が揺さぶられることとなったのだ。徳川家を支える大物二人の争いが深まっていた。

だが、と、秀元は思う。この争いが大久保忠隣改易の真の理由ではない、そう尚政は言っていたはずだ。

「佐渡守が何を話したかは存ぜぬ。はっきりしていることは、神君は佐渡守に対し、至急に江戸に立ち返り、小田原の騒動を将軍家と談ずるよう、ご指示なされたのです」

「つまり、謀反話を真に受けたということですか？」

「少なくとも、相模殿に関し、何がしかお疑いになられた。ご自身も、すぐに江戸に立ち戻り、将軍家と談判致す、そう厳しい口調でおっしゃられたと伝わります」

大勢の供侍や女房たちを従え、悠然と鷹狩りを楽しむ大御所家康。その目は、鶴の首に鋭く爪をたてる猛禽を追いつつ、大坂の貴公子をどうやって追い詰めてゆくか、その手順を思い描いていたに違いない。その最中に持ち込まれた一通の謀書、筋書きを書いたのはやはり本多佐渡守に間違いなかろうと、秀元は思った。

「となれば、やはり、両者の争いは佐渡守に軍配が上がった、結果、相模殿は改易された、そういうことではあるまいか」

「いや、大久保家は徳川の柱石、とるに足らぬ謀書をもって、忠義を疑われることなどあり得ません。では、相模殿と佐渡守の諍いが咎められたのかといえば、最前も申し上げたように、神君がそれしきのことで能力のある重臣を除くような愚を犯すはずもなし。私の結論は、佐渡守は謀書を糸口にして、もっと重大なことを神君に告げたのではないかと思うのです」

秀元の喉仏がまた大きく上下した。尚政の語りの口調が少しずつ尖ったものとなってゆく。感情が揺れ動いているようだった。

「佐渡守は切り札を出したのです」

「切り札？」

「そうです、東照大権現様の心胆を揺さぶる切り札」

「大坂攻め、ですか？」

尚政が眦に力をこめて頷いた。

「思い起こしていただきたい。神君はこの頃、西国衆が寝返るようなことはないか、念には念を入れて大名家に探りを入れておられました。すでに、あまねく大名たちに対し、将軍家の軍令に従う旨、誓詞を出させていましたよね？　それでも、不安をぬぐい去ることができず、黒田家や島津家に対して、大坂方と気脈を通じることのないよう、再三、脅しをかけておられた」

秀元にも当然、覚えがあった。尚政に向けてわずかに頷きつつ言った。

「当家もまた標的となりました。信濃殿ならご存知かと思いますが……」

諸大名に対し、徹底した忠誠を求める幕府の用心深さに、秀元は、半ば呆れたことを思い出す。大御所家康という人間は、けっして人を信ずることがない、それを肝に銘じたのだった。思えば、その〝脅し役〟を担ったのは本多佐渡守であった。

「神君の不安につけ入るように、西国衆との深い繋がりを言い立てて相模殿を誣告《ぶこく》する。それがどんな結末となるか、あの佐渡守が考えぬはずはない！」

語尾に強い怒りが滲んでいる。尚政はそこに謀略の匂いを強く感じたのだろう。

「……話が先走りました。まずは、その後の経緯、つまり、神君がどう動かれたかをお話しする必要があります」

本多正信を即座に帰した家康は、随行する一隊に、ここから江戸に戻ると告げた。この付近で、よい若鷹を多数、捕獲した、これを駆使して、正月に上総あたりで鷹野を楽しみたい、そう理由を伝えたという。つまり江戸で越年するというのである。その旨はすぐに江戸に知らされる。何かが起こっていることは明らかだった。

翌七日、江戸から板倉重宗が家康のもとに遣わされた。重宗は秀忠側近であり、家康の真意が果たしてどこにあるのか、それを確かめる使者であったと尚政は語るものの、どんな話がなされたか、重宗から詳細は明かされなかったという。

江戸では本多正信と将軍秀忠との会談が長時間にわたりもたれていた。家康の意向として忠隣の排斥を主張する正信に対し、秀忠は抵抗した。

忠隣は、頼みとした息子の忠常を二年前に失って以降、かつてのような精勤ぶりは影をひそめていた。それが、時に秀忠の不興を買ったと囁かれたものの、右腕として長く仕えてきた忠臣だった。西国大名との厚誼を責めるのであれば、それを許した、いや、むしろ奨励していた秀忠自身、咎められるのが道理である。

家康は中原に留まったまま、なぜか、じっと動かない。尚政ら、将軍家側近にすら、詳しい事情が知らされることもない。

それから五日経った十二日、突如、土井利勝が家康の許に派遣された。利勝は、秀忠からも家康からも信任を受ける若き出頭人である。大御所へ、将軍家の意向を伝える重大な使いであることは明らかだった。この段階で、ようやく幕府内に強い緊張が走る。

「大炊殿が、突如、ですか？」

「神君との面談は、余人を排して長時間に及んだとのこと。最高位の人物でなくてはつとまらぬ話だった、それしか考えられません。そのうえ、翌日、お上御自ら、大御所の出迎えに赴かれることになったのです」

十三日、辰の刻（午前八時ごろ）に中原を発った家康は、夕刻、小杉御殿に入った。それに先立ち、駿府家老の村越茂助が江戸に使者として送られ、大御所が江戸にて越年する旨、正式に将軍家に伝達された。それを受け、お迎えのために秀忠が小杉に着いたのは、夜分に入ってからであったという。

駿府からやってくる家康を、秀忠が出迎えること自体は異例ではない。ただし、わずか十日ほど前に見送りを済ませたばかりであり、急遽、予定を変えて江戸に戻るという状況を思えば、この出迎えは、やはり異様の感はぬぐえない。事実、家康とのしばしの面談を終えた秀忠は、すぐさま江戸に舞い戻っている。

尚政には、天下人ふたりの会談の内容が知らされることはなかったという。それをここで推測し、秀元に披露することもなかった。その代わりにこう口にした。

「お上が江戸に戻られたのは、夜も更けてのことでした。血の気の失せたお顔は表情を欠き、ひどく憔悴しておられる様子がありありでした。我々を労う言葉の他は口にされず、早々、ご寝所へと引き取られたのです。そのお姿を、私は忘れることができません」

尚政が深い息を吐いた。いまも脳裏から消えぬ光景とは、どうやらこのことであるようだ。

尚政が一呼吸置くのを待って、秀元が恐る恐る、口を切った。

「詳しい事情は知れぬものの、まず、土井大炊殿が将軍家の使者に立ち、それを受けて、大御所から村越殿が江戸に差し向けられた。将軍家はお迎えと称して、夜分をおして大御所のもとに駆け付けた」

尚政が無言で首を縦にした。

「大炊殿は大御所に何をお伝えしたのか、おっしゃってはいなかったのですか？」

「それはあり得ないことでしょう」

秀元が頷く。いまも幕府を背負う能吏がそんな愚を犯すはずもない。

「では、将軍家御自ら、信濃殿に何かお話はなかったのですか？」

尚政がわずかに首を横にした。自身の無力を噛み締めているのか……いや、違うと秀元は感じた。

お上のご無念を誰かが語り残さねばならない。そう、尚政ははっきり口にしていたではないか。

　障子越し、鶯の鳴き声が、数寄屋に届いた。明朗な響きには、はや、春先のたどたどしさはない。さらに一声、高く、明るく鳴いた。

　その声に呼び醒まされたかのように、尚政は炉に向き直り、薄茶の準備にとりかかった。炭を検め、滑るような手つきでつぎ足す。無言のままで流れるような手前が続き、まさに新緑のような、鮮やかな色合の茶が点てられた。香《かぐわ》しかった。

「天下をめぐる両御所様の遣り取り、これに関して憶測を口にするのは差し控えたいと思います。この一件からひと月後、相模殿は京に差し遣わされたまま、突然、小田原城を接収されて改易となりました。片腕を失ったお上はその後、西国大名に対し、厳しい姿勢で臨むようになります。ことに、相模殿と親しかった黒田、島津といった大名たちは、佐渡守によって徹底した監視と締め付けのもとにおかれました。大坂方との関係が、執拗に疑われたのです。その際に求められた誓詞がいまも多数、幕府の書庫に残されています。そして――」

「茶の湯ですね？」

「そう、織部助殿の茶の湯もまた、お上の視界から消えてゆくことになりました」

　永井屋敷からの帰途、秀元の思いは自然、大御所家康という人間に向かう。

　わが毛利が滅亡の淵まで追い込まれたのも、この怪物じみた男の策に乗ってしまったからだ。

　その大きな眼《まなこ》には何の色も表れず、時に感情を表わすことはあっても、その腹の裡をけっして明かすことはしない、それが徳川家康という人間だった。天下分け目の関ヶ原も、とどのつまりは、この大人物に諸将が踊らされただけだった。〝内府に天下を取らせた〟そう陰で嘯《うそぶ》いた黒田長政すら、大坂攻めに際して、執拗に忠誠を誓わされたと、永井尚政は明かした。それでも、長政は福島正則ともども江戸に留め置かれ、大坂へは参陣できなかったのだ。

秀頼との会見を済ませるや、家康の視界には、大坂討滅しかなくなった。一つひとつ、念には念を入れて策を進めるその腹の裡に、わずかに残された不安は豊臣恩顧の諸将だった。西国衆への働きかけを強める将軍秀忠、その意向を受けて友誼を深める大久保忠隣、二人の意図を察する余裕と柔軟さが持てず、老雄は股肱の忠臣を切ったということなのか。だとしたら、忠隣との対立を巧妙に覆い隠し、老いた天下人の不安を煽った本多正信が、一枚上手だったということになろう。

その後、秀忠の代に大久保家は再興を許されている。各地に封じられた後、孫の代には小田原城主に返り咲いている。しかし、当の忠隣は生前、一切の弁明をしなかった。それをすれば神君の権威に傷がつく、そうつぶやいて口をつぐんだという。

――さて、立花飛州はこの見立て、どう応ずるだろうか。

永井尚政は、将軍家の抱いた新たな世への思いが砕かれ、それを支えた古田織部も排除された、そう考えを口にした。半ば、宗茂の見立てに沿うような述懐であったと秀元は思った。

いずれにしても、古織公の死の謎を解くには駿府の怪物の腹の裡を覗いてみるしかない。その糸口を誰か示してくれるとしたら――

行列は四ツ谷門を抜けて麴町あたりに至ったようである。

駿府の大御所の側近く仕え、その思いを最も深く知る人物。意志の強さと、同じだけの聡明さをうかがわせるその女人の面差しを、秀元は最前からずっと思い浮かべている。

第二章　比《び》丘《く》尼《に》屋敷のダイアローグ

（一）

家康の数多い妻妾《さいしょう》たちの中でも、特に名を知られるのが阿茶《あちゃ》とお勝《かち》の二人であろう。ともに聡明でもあったため、家康の身辺を世話するばかりでなく、その天下取りの場にもしばしば顔を見せている。いわば秘書役ともいえる存在であった。家康が世を去って十八年が過ぎたいまも、それぞれ「一位尼《いちいのあま》」「英勝院《えいしょういん》」と呼ばれ、本丸から濠ひとつ隔てた北の丸に屋敷を与えられている。

英勝院ことお勝は、十三歳の折、関東に入封してきた徳川家康に仕えた。当時の名は「お梶」だった。家康は、小田原北条氏に従っていた関東各地の名族を進んで配下に加え、中に、関東動乱期に武名を馳せた太田道灌の末裔、太田重正がいた。お梶はその妹であった。浅黒い精悍《せいかん》な顔つきは若武者を思わせ、一方で、大きな瞳は愛らしく、しなやかに伸びた四肢は美しかった。家康はひと目で気に入る。しかも、稀にみる頭の良さも備えたから、戦場であれ、鷹狩りであれ、常に傍らにおいて身辺の世話を委ねた。天下分け目の関ケ原においても、西上する家康に従うお梶の優美な馬上姿が諸将の目を引いた。

大決戦に勝利した家康はゲンを担ぎ、お梶から「お勝」へと名を改めさせた。長く寵愛を受けるも男児をなすことはなく、家康最後の子として授かった女児も早くに亡くしたため、十一男頼房の養母を命じられている。死ぬまで次々と妻《さい》や妾《しょう》を召し置いた家康だったが、もっとも頼りとし、愛しんだ女人がこの英勝院だったと言える。

毛利秀元と英勝院を結び付けたのは、虎ノ門の屋敷からほど近い平河天満宮である。

この学問の神様を江戸に勧請《かんじょう》したのは、文芸を好むことでも知られた太田道灌であった。本丸の平川濠に沿う一帯がその頃の江戸城であり、天満宮はいまの梅林坂あたりに建てられていたとされる。城の拡張に伴い、家康は殿舎を平川門の外に移し、さらに秀忠による慶長期の拡張に伴って現在の地に遷宮されていた。

和歌、連歌を嗜む秀元はこの宮への参詣を習わしとしていた。

先年の春、紅梅の香りを求めて足を運んだ際、やはり観梅に訪れていた春日局の一行と遭遇する。春日と秀元は和歌を通じて気の合う仲だっただけでなく、将軍家光の成長をただ一つの生甲斐とする春日にとって、その家光が友と認める秀元は、相親しむべき諸侯の一人でもあった。

その折、春日とともに参拝していたのが英勝院だったのだ。この時期、家光の「大奥」を取り仕切った実力者がこの二人であり、家康在世中から気脈を通じ合い、互いに頼り合う仲でもあった。

三人は七分咲きの梅を眺めて弁当を開き、あっという間に打ち解けた。

大きな瞳が老いを隠す英勝院に、秀元はその場で惹かれるものを感じた。あの神君家康に愛された女人というだけでなく、いまだ学問への関心を失わぬ姿勢にも、敬愛の情を感じる。時おり顔を覗かせる気性の激しさには、いまは亡き母を思い出させた。以来、節目の進物の遣り取り、四季折々の歌を通じた交歓など、深い交わりが続いていた。

家康の月命日にあたる三月十七日、将軍家光は御三家以下諸大名を従えて、紅葉山にある神君廟所《びょうじょ》に参拝した。英勝院ら落飾した妻妾たちもこれに従っていた。

参拝を終えた秀元は、紅葉山東照宮の山門下、御番所の一角で英勝院を待っていた。萩で焼かせた茶碗を直々に進呈したい旨、前日の手紙で伺いを立て、返事をもらっていた。

四つ半、英勝院が参拝を終えて秀元の前に姿を現した。いつものように墨染めの法衣をまとい、内に覗く小袖も濃鼠《こいねず》であった。従う侍女は四人、いつもより少ないのは寄り道を慮ってのことかもしれない。

「正月の謡初《うたいぞ》め以来でしょうか？　伊達中納言と葭原で派手な花見をされたとか。比丘尼屋敷など足の遠のくばかりでしょうね」

英勝院が目元を緩《ゆる》ませて口を開く。声音には初夏の陽気のような爽やかさがある。

「とんだ、誤解です。そんな噂、どこからお聞き及びですか？」

「春日殿ですよ。もう大樹の耳にも達していることでしょう」

英勝院が笑い、秀元が苦笑した。どこにも人の目はあるものだが、その実、英勝院に告げ口したのは連歌師の玄祥だろうと秀元は思った。彼奴《かやつ》は英勝院に連歌指南をしているはずである。

「黄門に、萩で焼いた茶碗を見ていただいたのです。薩摩守も同座しており、かの仁は薩摩ものをご披露に及びました」

そう口にしながら、秀元が傍らの風呂敷を解いて桐箱を手にする。中から茶碗を取り出そうとするが、英勝院はそれに目もくれることもなく、静かな声で言った。

「男が偽《いつわ》りを口にすると、すぐに顔に顕れますねえ。宰相の場合、目尻に小皺が浮かび、片頬がわずかに上がるのです。でも……」

「でも？」

「それがとても色気がある」

英勝院が、今度はやや真面目な口調で言った。あんたこそ、よっぽど色気があるよ、そう、秀元は内心で軽く毒づく。天正六年（一五七八）生まれ、秀元の一つ上の五十六歳になるが、皺ひとつない滑らかな肌とよく動く表情が、十ほども若く見せている。尼頭巾でなく黒髪であったなら、まだ男の目を引くに充分だろうと思った。

秀元は、改めて茶碗を手にしてゆっくりと検め、英勝院に手渡した。すらりとした指がそれを受ける。両掌に包み込むようにして感触を確かめ、次に、目の高さに捧げ持ってその姿を眺めながら、英勝院が言った。

「萩は井戸形《いどなり》がよいと聞きますが、本当ですね。轆轤《ろくろ》引きの整った姿が品のある地肌とよく合っていますよ」

「朝鮮の井戸茶碗よりやや小ぶりに作らせています。薄くて華奢なところも女人好みかと」

英勝院が頷いた。

「宰相の好みは型破りな織部のはず。ならば、これは意に染まぬのでは？」

秀元が片頬を挙げて苦笑した。英勝院から視線を外して紅葉山の新緑に目を向ける。目元に瞬時、意識をさらわれた気配が浮かんだのは、織部の名を耳にしたからか。

その表情を英勝院がじっと見つめていた。目の輝きが一層、女に華やぎを与えている。秀元が視線を戻すのを待って、英勝院が言った。

「わざわざ待ち伏せまでするからには、茶碗のお話ではありますまい。何を企んでおられる?」

秀元が高らかに笑った。それから姿勢を改めるように胸を張り、さらに一拍置き、

「正直に申しあげます。とあることに心を奪われたまま、どうにもご奉公に身の入らぬ始末なのです」

声を張って、深く頭を下げた。

英勝院が、身を乗り出して秀元を見つめる。思いのほか真剣なまなざしを見せたことに、秀元が冷静さを欠いた口調で続けた。

「実は、その織部助殿のことで、どうしても知りたい……いや、真実を明かしたいと思うことがございます!」

英勝院はそれでもまだ黙っていた。たまりかねた秀元が、これまでの経緯を話し始める。一幅の軸が舞い込んだこと、友となす二人に意見を求め、さらには、より深く事情を知る幕閣にまで、無理を承知で話を聞いたことまで、順を追って打ち明けた。あえて名は伏せていたものの、幕閣や諸侯の事情に明るいこの女人なら、大方、承知のことだろうと秀元は思った。それでもいい。

ただし、大久保忠隣の改易に話が及んだことは黙っていた。そこまで機微に触れる話となれば、さすがに警戒するだろうと思ったからだ。

話の切れ目を待って、英勝院が口を挟んだ。

「それで、この私に何をお聞きになりたいと？」

「神君家康公のご真意、とでもいうか――」

「古田織部がなぜ腹を切らされたのか、権現様のご判断を、私の口から話せとおっしゃるのか？」

ふたりが真顔で見つめ合った。やがて、ゆっくりと二人の顔に笑みが広がり、次にはともに破顔一笑した。笑いながら、秀元は英勝院の顔を眺める。この女はやっぱりいい、そう思った。

「宰相、ふたりの仲睦まじい様を見せつけられては、東照大権現も気をもんでおられましょう。ましてや話が話、場所を改められてはいかがか？」

「さもあらんかな。されば、我が屋敷にお招きいたしたく存じますが――」

「いいえ。明三日の後、将軍家が板橋辺りに鹿狩りにお出ましになるとか。御帰城になられたら、獲物の御下賜もありましょう。久方ぶりに比丘尼屋敷にお出ましになりませんか？　こっそりと鹿肉などご用意致します」

そう口にした英勝院が、わずかに口角を上げて、徳利を傾ける仕草をした。あの屋敷は何度か訪ねたことはあったが、酒を呑んだことはなかったなと、秀元は思った。


英勝院から竹橋にある屋敷に招かれたのは六日後、三月も下旬のことだった。

手紙には、不躾ながら夕七つ下《さが》りにおいでください、そう添え書きがしてあった。尼の身で、昼日中《ひるひなか》から堂々、破戒に及ぶわけにもいかぬ、そんなところか。神君にもっとも愛された女人、今また、将軍家から厚い信頼を寄せられる尼御前《あまごぜ》に、恐れるものなどなかろうに。そう思えば、どこかこの女人が愛らしくもあった。

その日、秀元はいつものように夜明けを待って露地を検め、愛宕山の水で点てた薄茶で気持ちを引き締めた。前日は西の丸に終日、登城しており、その疲れが残ったものとみえ、朝から身体が重く感じられていたのだ。

西の丸には、老中酒井忠世が留守居として在番していた。そこに将軍家光の「御成り」がなされ、秀元はこれに随伴していた。尾張、紀伊、水戸の御三家のほか、立花宗茂、有馬豊氏ら御伽衆も列座していた。

朝から始まる猿楽興行は、途中に豪華な御膳をはさみ、十四番にわたって演じ続けられた。保科正之、榊原忠次、奥平忠昌ら、歴々の譜代衆もこの日は参観を許されていた。猿楽が果てたのは夜五つに近く、屋敷に戻ったのはかなり遅い刻限であった。秀元ら年嵩《としかさ》の御伽衆にとっては、少々辛いご奉公であった。

御膳の席で、将軍家光は終始、ご機嫌であった。英勝院の話していた通り、前日、前々日と、板橋一帯で大がかりな狩猟を行っていた。徳丸ヶ原と呼ばれる広大な原野には鹿や野犬が生息し、荒川周辺の湿地帯には多数の野鳥が群れている。家光によれば、銃で鹿を十三頭ほど射止めたほか、鷹を放って多数の雁《がん》を捕獲したという。

ご満悦なのは何よりのことである。夜分に眠れぬことも多く、常に体調に不安を抱える家光にとり、野外で体を駆使することが重要だった。鷹狩りは神君家康が何より愛したことであり、父の台徳院も銃による狩りを好んだ。それに習うことで体調を整える、それが春日局ら、大奥の強い意向だったのだ。

秀元は、数寄屋でこの日の段取りを頭に描いた後、居室に戻って江戸家老の椙杜元周《すぎのもりもとちか》を呼び寄せた。かねてより練ってきた独立への首尾を改めて告げ、具体的な段取りを指示しておくつもりである。将軍家上洛まであと二月余り、もう時間はない。

まずは、ご本家の所持する「領知宛行状」を確認することである。そこに秀元の領分がどう記載されているかによって、今後の段取りは違ったものとなる。一刻も早くそれを知りたいが、どうしたらよいか。

秀元が元周に問う。

「そなたの兄からは、何かうかがい知ることはできたか？」

元周の兄、志道就幸は現在、本家江戸家老の職にある。

「ことがことだけに、直接に訊ねるわけにもゆかず、いまだ何も聞き出せておりません」

力なく答える元周に、秀元が頷いた。こちらの筋は望み薄ということだろう。秀元と秀就にすきま風が吹くようになってから、ともに戦場を馳せた本家重臣たちとの間も疎遠となっている。敵対する分家に、おいそれと話をしてくれるような間抜けはおるまい。

それでも、あの手この手で本家の様子をうかがっている元周の口ぶりから、秀就周辺がこちらの動きに気づいた様子はないようだった。ことは静かに、静かに運ぶ必要がある。

もう一つの頼みが秀就の弟、就隆であった。毛利輝元の次男に生まれた就隆は、元服を機に兄から三万石余の分知を受けたものの、領地は山間部の痩地が多く、兄に隔意を抱くようになった。自然、秀元に心を寄せるようになり、秀元の娘の松菊子を正室に迎えた。この年の三月には、将軍家光に拝謁して支藩主として認められている。

この就隆に対し、秀元は歩調を合わせて独立を図るよう密かに促していた。就隆は立藩この方、幕府に対して、兄とは別に屋敷地の拝領を願い出ていたが、いまだ、これを得られておらず、本家上屋敷に居住していた。領知宛行状が屋敷にあるようなら、その中身を確かめるよう、秀元は指示を出していた。しかし、いまだ上手くいったという報告はきていなかった。

「婿殿も難儀をしている様子、もはや、上洛の折に賭けに出るしかないだろうか」

「いかさま、左様に思われます」

仮に前代に発給された「判物」を確かめることができなかった場合、果たしてどうなるのだろうか。永井尚政は、新たな「判物」を与えるに際して、前代の「写し」をまず、奉行衆宛てに提出させる手筈になると話していた。それがいつになるのか、上洛の前なのか、その最中なのか、尚政にまずは確かめておかねばならない。それを急ぐ必要がある。

「そなた、明日にでも信濃殿の屋敷を訪ね、写しの提出時期をうかがって参れ。その旨の依頼を書状に認めておく」

「承《うけたまわ》り。殿は明日、いずこにおわしますか？」

「私は婿殿を呼び出して、今後の段取りを話し合っておく。信濃殿はご上洛の手配でさぞ忙しかろう。終日、屋敷でお待ちする覚悟で参上せよ」

元周が目元に緊張の色を浮かべて深々と平伏する。

八つ半を過ぎるのを待って、秀元は屋敷を出た。初夏に相応しい浅黄色の羽織を纏っている。藍の小袖に、墨色深い袴とが、羽織を一層引き立てている。伊達ぶりが際立つ装いだった。

北の丸、清水御門から入ってすぐの場所に英勝院の屋敷はある。南隣は春日局、道一筋隔てた濠際が雲光院（一位尼）の屋敷で、逆の側で道を隔てるのが、千姫こと天寿院の屋敷であった。落飾した後も幕府から別格扱いを受け、将軍家光も深く心を寄せる尼たちとあって、いずれも屋敷地は広大だった。一帯を人びとは比丘尼屋敷と呼んだ。

秀元が城門を潜ったのは七つを少し回った刻限だった。ようやく日は傾きつつあったが、まだ陽射しはしっかりしている。少々早かったかと、秀元は思った。逸る気持ちがそうさせるようだ。

出迎える側には戸惑いはないようだった。待ち構えていた様子の家宰に導かれて奥書院へと向かう。供の小姓二人を次の間に残し、ひとり、英勝院の待つ書院の間へと入った。

上段に座した英勝院に対し、まずは平伏して型通りの挨拶を行う。家康最後の男児、水戸の頼房の養母となっている英勝院は、単なる愛妾ではなく、側室の扱いである。大名諸侯から礼をもって遇される立場にあった。

女主人はこの日、なぜか尼袈裟ではなかった。萌黄《もえぎ》の小袖の上に濃い藍地の打掛を羽織っていた。胸のあたりには太田家の出であることを示す桔梗紋が打ち出されている。けっして派手ではないものの、いつになく華やいだ装いに、秀元は内心で驚く。この尼御前《あまごぜ》には珍しいことだった。

一方で、純白の尼頭巾に覆われた顔立ちは、気品に加えて威厳が感じられる。駿府の大御所のもと、取次役まで務めた女の誇りが全身から発せられている。先日の親密な誘い方との違いに、秀元はわずかに戸惑いも覚える。

挨拶を終えて間なしに、茶の湯のための小座敷に誘《いざな》われた。書院に回された渡り廊の先、四畳に台目のついた親密感のある空間が設えられていた。

程のよい間合いで対座し、英勝院が言った。

「堅苦しいお出迎えで、戸惑われましたかな?」

「正直、尼御前の威儀に気圧される思いです」

秀元が本音もにじませつつ笑顔で答えた。

「後ほどお話ししますが、私にも少々、事情がございまして」

英勝院が微笑んだ。いつもの茶目っ気はなく、どこか静かな笑みだった。

「ご事情とやらをまずはお聞かせくださいますか。それをうかがいませんと、私のほうも口を切る勇気が湧いてきません」

秀元が片方の口角をあげて微笑みを返した。それをじっと見つめ、やや間を置いて英勝院が口を開いた。

「ようやく人生の仕舞いが見えて参りました。こうして見目良い殿方と茶など呑めるのも、そう長いことではございません」

「………」

やや間を置き、英勝院が毅然とした口調で言った。

「かねての念願が叶い、大樹公より鎌倉の地に寺領を賜りました。そこに香華院を建立し、祖霊を弔いつつ、静かに余生を送りたいと思っております」

太田道灌は鎌倉扇ガ谷に屋敷を構えていた。その跡地に自らの菩提寺を建てることを許されたという。この夏にも正式な沙汰が下されるだろうと話した。

道灌こと太田資長は関東管領上杉定正の家宰《かさい》であった。定正のもとで関東各地を転戦した道灌は武勇の誉れ高く、また、歌の道を愛する文武両道の名将としても尊崇を集めていた。その血をひく英勝院が家康から召し出された由縁でもある。この尼の働きにより、兄の重正の継嗣、太田資宗は家光の近臣として登用され、いまや松平信綱らとともに「六人衆」と呼ばれる最側近となっていた。資宗は、英勝院の死後も累進を遂げ、最後は遠州浜松三万五千石の大名にまで上り詰める。

将軍家から深く信頼され、春日局とともに大奥を支えるこの尼に、そんな気儘が許されるかどうか。すぐに鎌倉に引っ込むのは難しかろうなと思いつつ、英勝院の胸の裡はよく理解できた。その感慨に添うような深い響きある声で応じた。

「なんと果報なご生涯でござろう。尼御前の精進篤き日々、それを阿弥陀如来が御覧《ごろう》じたゆえでございましょう」

英勝院がくすりと笑った。何を心にもないことを、そう言いたげな表情であった。

この尼の茶は手順に煩いことがない。自由勝手なところが秀元は愉快で、この日もまずは薄茶から始める様子である。茶筅を軽やかに扱いつつ、英勝院が口にする。

「その声よ、私が貴殿に惹かれてしまうのは。女の腰から下に響いてくる」

英勝院がまた笑った。ふと、思案顔になった後で続けた。

「そう、男と女のことに通じた宰相ならば、よき知恵もあろうか……他言を憚ることながら、水戸中納言家のことで、ご意見を賜れたらと思うが」

英勝院が養育した水戸頼房は、若き日々、身をもて余す「傾き者」となって周囲を困らせた。女人に目覚めるのも早く、正室を迎えるより前に、奥に出入りしていた女に子を孕ませてしまう。頼房は流産を命じたが、それを知った近臣が女を密かに匿ったため、当人の知らぬ間に男児が生まれた。赤子はそのまま京の寺に入れられて育つ。後の高松藩主、松平頼重である。

同様の経緯で水戸領内に匿われて育てられたのが、三男で、二代藩主となった水戸光圀である。この頃はまだ、家を継ぐには生母の出自が決め手となる慣例が残り、正室を迎える前の男児は重視されない事情があった。まして、側室としてすら認められていない女の子供は、世に出ぬままに葬られることも多々あった。頼房の指示を違えて男児を匿うよう差配したのは、女の母から相談を受けた英勝院である。

頼房はその後も正室を迎える様子がなく、説得をあきらめた英勝院は、これを家光に訴えて後継問題の打開を図った。一年前のことだった。家光と頼房が会談を持つこと数度、水戸家の後継に三男の光圀、当時五歳が擁立され、その後、長男の頼重は常陸下館五万石、さらに讃岐高松十二万石に封じられている。この決着の裏でも、英勝院が大きな役割を果たしたことは確かである。だが、家康から養育を託されたにもかかわらず、英勝院が期待に応えられなかったことが頼房の放蕩を招いたともいえる。誰よりも深く心を痛めてきたのは当の英勝院だったが、それでも、二代藩主に決まった光圀は、月が明ければ、家光への拝謁がかなう段取りとなっていた。それが済みさえすれば、水戸家の後継問題に片がつく。あとはこの虎の子がどんな武将に育ってゆくのか、その道筋をつけることだけである。間違っても父親のような「傾き者」となしてはならぬ、そう英勝院は心に誓っているはずであった。

水戸徳川家と聞いて、秀元が目を細めた。

「水戸の黄門がまた、何か」

「いいえ、中納言卿ではなく、ご継嗣の若君のことなのです」

「ああ。大層、ご英邁とのお話ですな」

「英邁ではありますが、父に似て気性が荒い。神君の御子《おこ》らに顕れた荒ぶる血、将来が案じられぬこともないのです」

秀元が納得したという様子を見せ、無言で頷いた。

女人の扱いをどう説き聞かせたらよいか、英勝院は光圀の養育法について問いかけるのだが、その実、心に残る一抹の寂しさを聞いてほしい、それだけだろうと秀元は感じた。頼房の放蕩も、後継ぎが正式に決まって始末がついた。太田家再興の道筋はすでに敷かれ、墓を建てる寺領までも賜った。憂うることなど何もないではないかと思う。秀元はあえて口を挟むことをせず、聞き役に徹した。

ひとしきり水戸徳川家について話すと、英勝院が口を閉じた。秀元が視線を上げると、そこには呆けたように俯く老いた尼がいた。いつもの快活な女の顔はそこになく、秀元を戸惑わせる。

話をするうちに、胸の裡に様々な場面が浮かんでは消えたのだろう。やがて鎌倉の奥深くに隠棲し、この女人の生涯は静かに終わりを告げるだろう。その思いは、老尼に安らぎをもたらしているのか、それとも忍び寄る寂寥に心おののかせているのだろうか。

英勝院が思い出したように茶堂口に声をかけた。酒肴を運ばせる算段のようだった。気が付けば、連子窓から赤い夕陽が差し込み、茶室を満たす気が濃さを増したように感じる。ちょうど酒が恋しくなる頃合いであった。

秀元の前に漆黒の四方盆が据えられる。飯はなく、汁碗と備前の丸皿に載せられ鹿肉が濃い香りを放っていた。強い火であぶった獣肉はたっぷりの滋味を感じさせる。尼頭巾とはひどく不似合いだった。

英勝院が尻張徳利《しりはり》を手にした。青織部には、胴に沢瀉《おもだか》と薄《すすき》が鉄絵で描き出されている。秀元が灰釉の六角猪口を手にとり、これを受ける。これも美濃ものだろう。英勝院の秀元への配慮が感じられた。一口、酒を含んでから秀元が言った。

「鹿や鴨を盛るのは、やはり厚手の土ものがよい。いま流行りの染付では料理が冷めて見えますな」

「さようですね。ささ、一箸付けてくださいな」

秀元がしっかりと火の通った鹿肉を口に含み、歯ごたえを楽しみつつ、ゆっくりと呑み下す。鹿は猟《りょう》した直後、かるく火にあぶり、半ば生のままで食べると格別の風味がある。だが、これは狩場か野営の折しかできない相談だった。秀元はふと戦場が恋しくなる。

「神君は無類の鷹野好き、尼御前もお供する機会が多かったでしょう」

そう、この日の眼目は駿府の大御所家康について、最も身近に接したこの尼から話を聞くことだった。それを察したか、英勝院が表情を改めたように感じられた。

「鷹野好き……確かに駿府でもあちらこちらに出向かれておられた。ただ、それほど好きなのかとなると、さてどうか」

秀元が首を傾げて英勝院を見つめた。少しの間を置き、英勝院が続けた。

「好きというより、それが長生きには一番よい、そう信じておられたのでしょう。足腰の鍛錬にもなり、獲《と》ったばかりの肉は滋養が深い。それとよく口にされていたのは……」

ここで一息切り、くすりと笑いながら言った。

「そうでもしないと、夜、房事《ぼうじ》に耽る。で、太閤のようになり果てる」

秀元もつられて苦笑した。家康の女人好きは有名だったが、思うに任せては身体に悪い、そう思って控えていたということか。あまりの用心深さに、声に出して笑いたい気分だった。

「宰相は東照権現について知りたいとおっしゃる。ならば、ひとつ覚えて置いてほしいのです。お上にとっては、何かの役に立つ、それが大事なことなのです。鷹野もしかり、家臣もしかり、用をなすかなさぬかで、それに深く心を寄せることなどありませぬ」

「では、女は？」

英勝院は強く首を振りつつ、きっぱりとした口調で言った。

「子をなすこと、それが女の役目です」

それから、奥の間での家康に関し、英勝院はいつになく雄弁に語った。

祖父の清康、父の広忠、ともに家臣によって謀殺されていた家康は、病的と言っていいほど、寝所での不意討ちを恐れていたという。関ヶ原や大坂の戦陣にすら妻妾を伴ったのも、寝間の警護を信頼できる女人に任せるためだった。いかに忠勤目覚ましい家臣であっても、男を完全に信用することはなかったという。

「女に囲まれるようにしてようやく眠りにつかれる。時に、思い出したように手直な乳房に手を伸ばす、それが常でした」

「誰でもよかったと？」

「いまから思えば、そうだったかもしれませぬなあ」

英勝院がどこか懐かしむような表情を見せた。或いは、憐れむような、そういったほうが的を射ているかもしれない。そして続けた。

「最晩年に寝所に侍った〝お六〟をご存知か？　あれは私の兄が昵懇《じっこん》にしていた今川旧臣の娘、私のもとで部屋子として召し使っているうち、お手がついた。他にもそうした女は、私のもとだけでも七、八名はあったろうか」

「それは太閤しかり、かの鎌倉右府将軍も、あまた美姫を侍らせたそうな」

「それでも、豊太閤はそれぞれの御方に深い情愛を注がれたのでは？　松の丸殿に至っては、雪のようなその肌をわずかでも人目にさらさぬよう、きつく申し渡されていたそうな」

有名な話であった。松の丸殿こと京極龍子《きょうごくたつこ》は、秀吉の愛妾随一の美貌を謳われた。有馬の湯治に龍子を伴った秀吉は、日がな、ふたりきりで湯につかり、その美しい裸身を眺めて飽きなかったという。

「お上にはさような執心は欠片もございませんでしたな。女は身辺で召し使い、子を孕めばそれでよし。子をなさぬとも、私のようにものの役にたつ女は愛された、いや重宝されたのです」

「いまや、それが哀しくもあると？」

「哀しい？　そんな思いはありませぬなあ。ただ……」

「ただ？」

「お上が憐れに思えて仕方ないときがございます。ご生前には少しも感じなかった思いですが」

英勝院がふいに口を閉じた。

この尼は一度、家康によって臣下に下げ渡されている。駿府城の勘定頭だった松平正綱の側室となったものの、お勝本人の立っての願いで、家康のもとに舞い戻っていた。

正綱は駿府の金庫番として家康の信頼が絶大だった。同じように算勘に明るく、しかも倹約精神に富むお勝を添わせることで、駿府城の金蔵を守る、それが家康の狙いであったと思われる。お勝はそれに強く反抗した。

英勝院の大きな瞳が潤んでいた。秀元がじっと見つめても、目元をぬぐうでもなく、やわらかな笑みを湛えた。折敷《おしき》から、これも六角の猪口を手にとり、首を仰向けて呑み干した。ふっと息を吐く。

「ただ、召し使う女たちには約束ごとがございました」

英勝院が、声にやや明るさを取り戻していった。

「見目良きこと、あとは……名家の出であることですか？」

「なぜ名家にこだわったか、宰相はおわかりか？」

秀元が首を振った。わかるような気もしたが、そんな月並みな話ではないような気もした。

「豊太閤のように血筋に気が昂《たかぶ》るようなことはないのです、お上には。あったのはその地を司る霊への恐れ」

それから、英勝院は奇妙なことを語り始めた。

その地を長く支配してきた名族の血脈には地霊が宿されている。その血脈と交わることはその地を治めることに繋がる、そう神君家康は信じていたというのだ。

それは崇敬する武田信玄の信念でもあった。甲斐から信濃へと侵攻を進めるに際し、信玄は従えた各地の豪族に対して、甲斐武田家の一族を嗣子として送り込んだ。やがて信濃一の名門、諏訪頼重を滅ぼすと、その娘を甲斐に連れ帰って側室とする。敵将の娘を妾《しょう》ではなく妻《さい》として迎えることに、家臣団は猛反対する。信玄はそれを押し切ったうえ、その側室との間に生まれた男児に名門諏訪氏を継がせていた。四郎勝頼であり、後、父の命を受けて武田家を継承する。

「お上が関東にお入りになった際、北条に随《したが》っていた名族を召し出しました。信玄公に倣って、ご家門と血脈を交えて地霊を慰撫する、それが狙いでした。それればかりでなく、古来より続く神仏を敬い、荒れ果てていた各地の堂宇を再建しておられます。関東の隅々に徳川の根を張らし、ゆるぎない領国支配を成し遂げる、それがお上の深謀遠慮でした」

「神君がそう口にされた？」

英勝院が頷いた。肯《がえん》じたというより、そう、言葉の端々から感じた、そんな表情にも見えた。口数が少なかった家康は、自身の思いをじかに口にすることなどなかったろうが、いずれにしろ、その話が真ならば、何やらそら恐ろしいと秀元は感じた。

「そして尼御前は、太田氏の血をひく姫として神君にお仕えした」

「男児をなしたならば、いかがあいなっていたか」

英勝院に、さすがに無念の色が浮かび、だが、それもすぐに消えた。

頼房の養母となった英勝院は、尾張義直の生母相応院、紀州頼宣と頼房を産んだ養珠院とともに、家康の側室として特別の扱いを受けている。男児を生むことのなかった他の愛妾たちとは明確な立場の違いがあった。それは、幕府儀礼における序列から、諸侯よりの進物に至るまで、あらゆる場面に及んでくる。

秀元は英勝院の話に耳を傾けつつ、毛利一門を想っていた。開祖の毛利元就もまた、中国に支配を広げてゆく過程で、従属させた国衆に自身の男児を送り込んだ。吉川家、小早川家、そして四男だった秀元の父、元清が入った穂井田家など、それは多数に及んだ。各家もまた、毛利と血縁を結ぶことが家を守ることにつながった。毛利家を盟主とした国衆の連合態勢、それが元就の築いた「大毛利」であった。

だが、それは家康の心底にあった思いとは違う、そう秀元は強く感じた。元就の狙いはあくまで国衆たちの懐柔であり、血を交えて霊力を得ようとするような執念はない。家康にはどこか古来よりの土俗の匂いがした。

「尼御前は――」

「宰相、今日ばかりは尼ではなく〝梶〟と呼んではくれませんか？」

「ご幼名かな？」

「さようです。お上も寝所ではその名で呼んでくれました」

英勝院が両の口角を上げた。愛らしい笑顔だった。程よい酒が表情を少しばかり明るくしてきたようだ。秀元もつい口が軽くなった。

「梶殿は〝社稷《しゃしょく》〟という言葉を耳にされたことがおありか？」

「社で地霊を祀り、稷で五穀の神を祀った。転じて、社稷で国を表すと聞いたことがございます」

さすが、神君が聡さを愛でただけのことはある。

「唐《から》では古より、敵国の社稷は徹底して破却したと聞き及びます。地霊を滅ぼすことからまず支配を始めた。ところが、神君はみずからの血脈に地霊を呼び込むことで、統治を盤石ならしめんとした、そういうことでしょうか」

「難しいことはわかりませぬが、この関東の地に封じられたことは、お上にとって格別な思いがあったかと私は思っております」

「格別なる思いですか」

秀元が身を乗り出した。英勝院が間を取るように織部徳利を手にし、差し向けた。再び、六角猪口に酒が満たされた。

「関八州には濃尾も及ばぬ大地が広がっております。しかも前方には豊かな海が開け、大船が行き交う湊も労せず手に入る、お上はそう思ったそうです」

「いや、神君は三河に加え、駿遠に甲斐、信濃を斬り従えて、五ヵ国の太守となっておられた。関東への移封は思いの他だったでありましょう。しかし、太閤の命には逆らえず、致し方なく受け入れた」

「そうでしょうか？　五ヵ国一二〇万石から、関八州二五〇万石へ、大幅な加増ですよ？　しかも田畑の稔り豊かな土地が多く、お上はそれも気に入っていました。関八州も三河も農民の国、そう常々、口にされておられた」

「農民の国？」

「海の民や商いの民ではなく、田畑を耕す民が国をなしているということかと。尾張から西、伊勢、近江、さらには京から大坂、これは商民たちの国です。東で育ったものを西に運び、北で手にいれたものを南に送って銭を得る、そういう民がお上は好きではなかった。商いで成り立つ国々の気風をひどく嫌っておられたのではないかと思うのです。口にされたわけではないのですが、私にはそう感じられてなりませんでした」

秀元が深く頷いた。豊太閤と神君家康、二人の天下人はまったく肌合いが異なった。一方は豪奢な城を造って、日々、贅の限りを尽くし、片や、守備に徹した堅牢な城を好み、質素な日常を変えることはなかった。貧しい針売りから身を起こした太閤、百姓と変わらぬ三河武士が支えだった神君、肌合いの違いの根っこに、英勝院の語るような生まれの違いがあるのかもしれぬと、秀元は思った。

「商いの民と田畑の民か……私の母は海の民、瀬戸の島々を支配した村上家の女でした。私にはその血が流れていると感じることが多々、ございますが……」

「さようでしたか、母上は海賊の娘でしたか。確か、宰相には女の血を騒がす匂いがあります。海に生きる男の色気かもしれませぬ」

「もう酔われたのか？　お梶殿」

秀元の戯れ言につられて英勝院が笑った。この女の血は、ならば、農民の血なのか。確かに肌《き》理《め》は細かいものの浅黒く、伸びやかさを感じる長い四肢は、奥御殿の住人らしからぬように思える。秀元の胸の裡を感じ取ったかのように英勝院が言った。

「私が産まれ育ったのは安房《あわ》の小湊《こみなと》、漁村に毛の生えたようなところでした。母が北条の家老だった遠山家の出でしたから、そこに従って細々、家を継いでいた。それでも、駿府でも伏見でも、神君の奥仕えはそんな家の女ばかり、勢家の姫などおりませんでしたな。お亀殿は石清水（八幡）の社《しゃ》家《か》の出、お万殿の養父は北条家に従った蔭山長門《かげやまながと》殿、実父は上総《かずさ》大滝《おおたき》の城主でした。私と似たような生まれ育ちでした」

お亀は義直の生母、お万は頼宣、頼房の生母である。英勝院も含めた三人が駿府時代の家康を支えた。それ以前、太閤の治世から関ヶ原にかけて、江戸城の奥向きを差配したのが六男忠輝を生んだ茶阿《ちゃあ》、そして三男秀忠、四男忠吉を、早くに世を去った生母に替わって養育した阿茶《あちゃ》。茶阿こと朝覚院はもと鋳物師の妻、阿茶の雲光院は今川旧臣に嫁いだ後、家康に仕えている。英勝院の語るように、みな同じような境遇で、けっして今をときめく権門の出ではなかった。

「太閤とは確かに違いますな。淀殿は浅井氏、松の丸殿は京極氏、いずれも近江きっての名門の姫君だった。ほかにも前田大納言（利家）や蒲生飛騨守（氏郷）ら、主だった臣下からも姫を差し出させている。神君は、それはなされなかった。なぜでしょうか？」

「女に美しさも毛並みも求めなかったということでしょう。最前申しあげたように、女は役に立つか、子をなすか」

秀元はまずい茶を飲まされたような気分になる。太閤の漁色《りょうしょく》も品下《しなくだ》ること甚だしいが、大御所の女の扱いは畜生と同じではないか。秀元はかつて、女を一途に思い、恋こがれたことがあった。大坂城の奥勤めの女で、思い余ったあげく、太閤に下賜を願い出た。その頃、伊達政宗が太閤との賭け碁に臨み、勝って愛妾をもらい受けた話が、伏見の街を騒がせていたからだ。しかし、秀元がその女を目にすることは二度となかった。

せっかくの酒がまずくなる。もう、この話はいい、そう、秀元は思った。

鹿に続いて雁《がん》の焼き物が供された。串に刺されたままが、却って風趣をそそる。盛りつける器は大ぶりな志野四方皿、井桁が鉄絵で大胆に描かれている。見事な織部好みだった。これが、利休の頃のような素焼きの丸皿であったなら、どうであろう。片田舎の庄屋屋敷に招かれたような気分になるのではないか、そう、秀元は思った。いや、大御所家康ならば、それこそ鷹野の味わいだとでも言うだろうか。

勧められるに任せ、串から外して雁を口に含む。鴨に比べてややあっさりしているものの、血の香りがより深いと感じる。差された酒で口を洗い、もうひとつ舌にのせる。

英勝院がその様を見て口に出した。

「こちらまで楽しくなるような豪快な食べっぷり、お上とはずいぶんと違います。お口に合いましたか？」

「雁など、いまやめったに口にできません。御狩場にはわれらは足を踏み入れられませんからなあ。それに器がまたいい」

「お目にかないましたか？」

秀元が深く首を折った。寛永からこっち、茶の湯は遠州流が勢いを増している。茶道具は端正な姿が主流となり、膳の器も朝鮮や景徳鎮で焼かせた染付が幅を利かせるようになった。世にいう〝きれい寂び〟である。これが秀元には馴染めない。ひ弱で頼りなく、もの足りない。

「神君は膳にこだわりはなかった？」

「滋養のために食べるので、楽しむような素振りはなされませんでしたなあ。ただ淡々と、目にも顔にも色を出すことがない。周囲の私たちも黙っていただくしかない。仏様から人並の愉しみを召し上げられた、そんなお顔つきでしたね」

秀元も、家康からぎょろりとした目付きを向けられた際のことを思い出していた。英勝院の言うように、その目の色から何かを読み取ることが難しい。それが人を不安にさせ、怯えさせる。

ひとしきり雁の味わいについて話しながら、秀元は、家康の関東入りについて、もう少し話を聞いてみたいと思った。

「お梶殿は最前、神君は関東入りを喜んだ、少なくとも、意に染まぬ移封ではなかったろうとおっしゃった。やはり意外の感があります」

「そうでしょうか？　関東に入る際、お上は家臣たちに新たな知行割りを行いました。軍功あった先手衆は大領をもって周縁に配されて、江戸の近辺には一門衆や旗本衆などを置きました。これで、浜松の頃に比べて強い統制が及ぶようになりました。御家はずっと強くなった」

秀元は強く膝を打った。そうだったのか！　毛利家がどうしても出来なかったことを、徳川家は労せずして成し遂げた、そういうことだったのだ。

太閤治世の頃になっても、毛利家はいまだに国衆の連合体を抜け出すことができず、総帥の毛利輝元は吉川、宍戸、福原、益田ら、有力国衆の意向を無視して軍略を進めることができなかった。それゆえ、関ヶ原では戦況を傍観せざるを得ず、戦わずして内府家康の軍門に下った。秀元生涯の痛恨事であった。

家康のもとには三河以来の家臣に加え、今川、武田の遺臣たちも多く召し抱えられていた。それを己が軍略に従い再配置することで、家康は関東一円により強固な領国支配を実現することができた、英勝院はそう語っているのだった。

英勝院がさらに続けた。

「関ヶ原に勝って神君は天下を獲《と》った、みな、そうおっしゃる。確かにそうでしょうが、お上はよく口にされていた。江戸の幕府はいまだ鎌倉だと」

「鎌倉？」

「東国を治めているにすぎぬ、そういうことかと思います。尾張から先は、京の朝廷、大坂の豊家が強い力を保ち、さらに西には豊臣大名がずらりと並んでいました。このままではいずれ、幕府は上方に圧《お》されて弱ってゆく、そんな思いだったかと。上方や西国の豊かさは、江戸や関東とは比べるべくもなかったですから」

「ならば、やはり豊家は除かねばならぬ、そう、早くからお考えだったのでしょうか？」

話の流れにのって、秀元が間髪をいれず問い質した。

「そんなことは私ごときにはわかりません。お上が口にされることもございませんでした。ただ、関ヶ原を終えてまずなされたのは、江戸と駿府に大坂にも負けない大きな城を造ることでした」

「城こそ力、天下人はみな、それに心血を注ぎます」

「でも、駿府や名古屋のような、ただ大きいばかりの無骨な城など造りましたか？　総見院（信長）や太閤は、どんな城を造ったか」

確かにそうだ。秀元が噂に聞く安土の城は、それまで見たこともない壮麗なものだったという。大坂城はそれを上回る規模と豪華さで、訪れるものを圧倒していた。

だが、家康の指示で作られた江戸、駿府、名古屋の城は、大坂にも勝る巨大な天守台を深い濠が囲み、その周囲をさらに広い濠で二重、三重に取り囲んだ。その天守もただ巨大なばかりで飾り気に乏しく、要は、鉄壁の守りを誇示して攻める側の戦意を挫く、ただそれだけを狙った城ともいえた。

秀元が英勝院に賛意を示すように口にする。

「確かに、総見院は天主を見物させて銭を取ったというし、太閤は太閤で、みずから諸侯を案内して城内を見せびらかした」

英勝院が頷く。

「お上はそんなことのために城を造りはしませんでした。江戸の次は駿府、さらには名古屋へと、西に向けて一つ一つ石を置いてゆくように、硬固な城を造ってゆきました」

それは今も巨石のように不動の力を誇示している。手元で養育した晩年の男児、義直と頼宣の二人をその地に封じて江戸を守る要石とする、それこそが大御所家康が描いていた「百年の大計」だったのか。

「総仕上げが京の重石《おもし》、二条城というわけか……」

英勝院がもう一度、今度は深く頷いた。

秀元は、家康が死ぬまでこの女人を側に置いた訳を、まざまざと思い知る。人を愛することのなかった家康は、それゆえに、人が役に立つか立たぬか、それを見極める眼が曇ることはなかったのだ。大久保長安について、永井尚政が語った言葉を改めて秀元は思い出す。

――役に立つうちは重用する、立たなくなれば捨てればよい――

では、大久保忠隣もまた、役に立たなくなったゆえ、お払い箱になったということなのか。その答えを引き出す絶好の機会がいま、訪れた。秀元が背筋を伸ばすと、同時に英勝院が口を開いた。

「少し上《のぼ》せたのか、口を滑らせてしまっているようです。今宵は長くなりましょう。ここらでしばし中立とさせていただき、茶でも点てましょう」

これを聞いて、秀元がふっと息を抜いた。英勝院が茶堂口に向き直るのを待って軽く低頭した。

（二）

茶室は書院から張り出すように設けられ、庭に向かう二面には縁が回されていた。書院の廊下から待合《まちあい》に向けて飛び石が配され、枝ぶりのいい梅が二本、間をあけて植えられている。露面を蔽う苔は高価な敷物のようで美しかった。どちらかと言えば簡素な庭であったが、充分に手がかけられていることが窺えた。

秀元は待合に腰を降ろした。黄昏時《たそがれ》が間近く、待合脇に立てられた灯籠《とうろう》には火が入れられていた。火袋《ひぶくろ》の炎が初夏の風に揺れている。なんとも心地いい。

英勝院の語る大御所家康は生々しく、かつ、底の知れない恐ろしさを感じさせた。側室にしろ愛妾にしろ、深く信頼することはあっても、女として執着することはなかったと、自身を顧みて英勝院は話した。そこには、愛されなかったという哀しみはないものの、多少の恨みがましさは感じられたのだった。さらにこの先、秀元の求める真実に向けてどこまで口を割ってくれるだろうか。

呼び出しに応じて秀元は茶室に戻る。床の花入れには鉄線《てっせん》が二輪、挿されていた。英勝院が濃茶を練り始めた。最前の懐石膳と打って変わり、道具類は名物を中心としたものだった。茶碗は高麗井戸。

「茶の湯など関東の田舎女には似合わぬのですが……この節、ご本丸の奥でも茶を喫するのが流行り。お上がご覧になったら何とおっしゃるか」

英勝院が苦笑いする。この尼の質素倹約ぶりは噂に高く、それがまた、大御所家康の覚えめでたかった理由の一つであることも、駿府でも江戸でもよく知られたことだった。それを語るいくつもの逸話を、秀元も耳にしていたが、目の前の女人にそんな侘《わ》びた様子はなかった。家康逝去からこっち、元和、寛永の水に洗われたということだろうか。

丁寧に練られた茶をすすり込む。悪くない味わいだと感じた。秀元が素直にそれを口にすると、英勝院が花の開くような笑いを見せた。

「宰相がお知りになりたいのは古田織部に関して、でしたね。両御所様への謀反の企てにより自害を命じられた由、それをお疑いになっておられる――」

秀元の背に緊張が走る。二十年も昔のこととはいえ、神祖の判断の是非を論じるなど、あってはならないことには変わりはない。

「謀反の企てなど、私にはとても真《まこと》のことには思えなかったのです。新たな武家の茶をうち立てられ、それを両御所も高く買っておられたことを、我々はよく知っております。ことに将軍家の持ち上げようは甚だしかった」

英勝院は黙っている。話の展開に慌てる様子はなく、静かに耳を傾けているようである。秀元は腹をくくって話を続けた。

「新たな世の茶匠として揺るぎない地位を固めていた織部助殿が、あたらそれを棒にふるような企てなどするはずもない。したところで、成就するはずはないのです、夏の陣に至っては」

「大坂との関係を断ち切れなかった、そういうことなのでは？　織部について、私が知ることもあまりないのですが――」

「確かに、織部助殿は徳川家に仕えながら豊家との誼《よしみ》も切ってはおりませんでした。ですが、当時、それは師に限ったことではなかったはず。浅野、福島、さらには織田有楽など、挙げればきりがない」

あやうく当家も、そう口にしかけ、秀元が言い澱んだ。

江戸と大坂の手切れが決定的となった慶長十九年、豊臣秀頼は大坂城に多数の牢人を呼び込んで備えを固めるとともに、豊臣恩顧の諸将に対して助力を請う書状を発している。毛利家ではそれを受け、重臣の一人を密かに大坂城内に入れ、兵糧の支援も行っていた。加勢とは言いつつ、情勢を探ることが主な目的であり、また、勝敗の帰趨定め難しとする、宗瑞こと輝元の指示であった。戦後にこれが幕府に露見しかけ、秀元はその対応に追われることになる。

秀元に言わせれば、どの家も、叩けば埃が出る。豊家と婚姻関係で繋がり、また家臣同士が血縁で繋がった家も多かった。変名偽名で城内に家臣を入れた大名も多数あったことだろう。古織公の息男が秀頼公に仕えていたことをもって謀反の疑いをかけるというなら、そんな家もいくらもあったのだ。

「確か、京の大仏の鐘銘が疑いを受け、文面をものした僧のことで、本多上野が騒いでいたようにも記憶していますが」

「いかさま、それもございました」

秀元が頷きながら言った。

大仏の鐘銘とは、後世、方広寺鐘銘事件と呼ばれる騒動である。

太閤秀吉が洛東に建設を進めていた大仏が大地震で倒壊する。その後、秀頼が大仏と大仏殿の再建を進め、併せて、梵鐘《ぼんしょう》が鋳造された。その銘文に家康を呪詛する意図が込められていると、駿府の取り巻き、金地院崇伝や林羅山らが騒ぎ出した。

銘文を作成した僧、清韓は駿府に弁明に赴いたものの、家康は面会を許さなかった。落慶法要は幕府の命で中止を余儀なくされ、清韓は住持を勤めていた南禅寺を追放されることになった。これが大坂の陣の口実となってゆく。

英勝院が口にしたのは、この一件であった。京に戻った失意の清韓を、茶事に招いて慰労したのが織部である。これが駿府の大御所の耳に届く。

「織部がお上のご不興をかったのは確か、かと。その後すぐ、大坂攻めが起こされることになりましたな」

英勝院が追想するような表情で言った。

「ただ、織部助殿は両御所の命に従い、大坂に布陣しております。流れ弾に当たって負傷した際には、大御所から見舞いの軟膏が届けられています」

秀元が異を唱えるように早口で言った。

英勝院は口を閉ざしたが、その後、軽く首を傾げ、しきりに何か思い出そうとするような表情を見せた。秀元がそれを待って間をとったものの、口を開くことはない。

「少なくとも冬の陣まで、謀反を疑われるようなことはなかったはずです。織部助殿は天下の茶匠、将軍家御指南役として方々に繋がりをもっていた。武家のみならず、大宮人から坊主に至るまで、弟子は方々におりました。清韓もその一人にすぎません」

秀元の感触でも、清韓を労ったから、嫌疑を招いたわけではないだろうと思う。ここまで来たら、大久保忠隣の一件を英勝院に問うてみるしかない。秀元は丹田に力を込める。

「この機会にぜひ、お尋ねしたいことがございます！　ご不快に思われたなら、釜の湯を浴びせるなり、灰を投げつけるなり、何なりとなさっていただいて結構です」

ややや顔を俯けていた英勝院が秀元をみつめた。その目をまっすぐに見て秀元が口にした。

「大久保相模殿が改易されたのは、開戦の一年ほど前でした。あまりに突然のことに、われわれ外様は肝をつぶす思いでした。なぜ、相模殿は駿府の御不興を買ったのか、その訳を教えていただきたい」

「相模殿？　それはまた、存外なところに話が飛びますね。その真意は？」

英勝院はそう口にしつつも、それほど意外な印象を抱いたようにも見えない。むしろ、大久保忠隣の名を出したことで腑に落ちた、そんな表情にも見えた。この英邁な女人なら、話の流れに薄々気が付いていても不思議ではない。なにしろ、すべてを決めていた天下人、その寝所で内意を承っていたのがこの女人なのだ。

「実は、織部助殿の死には大久保相模殿が関係する、そういう話がございます」

秀元は慶長期、江戸の将軍家が目指した「政」について、さらには、そこで大久保忠隣が果たした役割に関して、言葉を選びつつ、順を追って語った。英勝院は話に水を差すようなこともなく黙って聞いている。

「その相模殿が突然に改易となった。茶の湯を学んでいたのは織部助殿で、ふたりは近しい関係にあったゆえ、腹を切らされることになったというのがこの話の筋立てです。じゃあ、なぜ相模殿は改易されたのか。その真相が明らかとなれば、師の自裁の謎も解けるのではないか、私はそう思ったのです！」

秀元はここまで一気呵成に語った。

「ちょっとお待ちくださいな。失礼ながら、古田織部と大久保相模では、その重みはまったく異なりましょう。私は相模殿のことならばよく覚えております。お上がなぜお役御免としたかも」

「えっ！　なぜですか？」

「改易の二年程前でしたか、ご継嗣が病で他界された。以来、お役目に身が入らなくなって、将軍家からも叱責されたと聞きました。当然、お上もそれを耳にされていた。役に立たなくなればお上には無用です」

「それだけで御家の忠臣を改易にしますか？　江戸の御所にとっては第一の腹心、お役目に懈怠《けたい》があったとしても、突然、家禄を召し上げるようなことはやりたくなかったはずです」

「では、処分は駿府の意向であったと？」

秀元が頷いた。英勝院が異なことを耳にするという表情で、疑念を口にした。

「相模殿と織部の繋がりがどんなものか、それは私にはわかりません。ですが、こと相模殿に関していえば、お仕えしていたのは江戸の御所、改易はそのご意向であったはずです」

何か隠しているようには感じられない。ならば、永井尚政が意を決して語った一事、改易直前の異変について、突きつけてみるしかないと秀元は思った。

「咎を受けたのは慶長十九年、年明け早々のことでした。そのひと月ほど前、大御所が駿府への帰途、突然に江戸に引き返したことがございました。覚えておられますか？」

英勝院が首をわずかに傾げつつ、口を開く。

「いつでしたか、そんなこともございましたな」

「お梶殿はお供されておられなかった？」

「その頃は駿府の奥向きを任されておりました。江戸には下っていないと思います」

「では、なぜ江戸に戻られたか、その事情は覚えておられますか？」

「確か……上総あたりに鷹野に行く、そんなことではございませんでしたか？」

秀元が首を折りつつ言う。

「中原に向かわれる途次、よい若鷹を多数、捕獲なされた。それを使ってみたいとの仰せだったと聞きます」

英勝院が微笑みつつ応じる。

「ずいぶんとお詳しい。確かな筋をもっておられるようですね」

話の出所を疑っているようにも、皮肉を込めているようにも感じられない。秀元は胸を撫でおろす。思えば古い話なのだ。一夜の座興に昔話も悪くない、そんな心境であってくれたならと思う。秀元は意を決する。

「ご帰還を言い出される直前に、奇妙な出来事がございました。かつて御家に仕えた古老が、小田原城内に謀反の企てあり、そう訴え出た」

「謀反」と耳にし、英勝院がわずかに顔色を変えたように感じられた。これはやはり、幕閣内でも知る者はわずかだったのだろう。仄聞《そくぶん》したところと断ったうえで、言葉を選びつつ、続ける。

「老いぼれの世迷言など、取り合わずともよいように思うのです。なぜか、本多佐渡守が大御所に取り次いだことから、話が大きくなってしまった」

　これに続く経緯、江戸から次々と使者が大御所のもとに遣わされ、最後に、ようやく小杉まで戻った大御所を、将軍家が夜分に出迎えたことを告げると、英勝院がため息をつきつつ口にした。

「お上は日々、悠然と鷹野を楽しむ。大樹公はじめ幕閣の歴々は右往左往して、お上の顔色をうかがう……そんなところだったのかもしれませぬなあ。謀反の企てなど途方もないこと、とても真とは思えませぬ」

「大御所からそのお話を耳にしたことは？」

「ありませぬ。相模殿で思い出されるのはお役目に怠慢があった、それと……幕府に届出なく、どこかと縁組したという話もありましたか？」

「それもございました。山口但馬《たじま》（重政）殿がその一件で改易となり、相模殿は幕府の裁定に強く抗弁したようです。それから次々、幕府の中で騒動が続きます。ひと言でいえば、本多父子と相模殿との権勢争い、そう噂されておりました」

　英勝院が頷いた。これについては承知している様子だったが、思えば、外様大名まで噂が流れてきていた。駿府にも当然、聞こえていただろう。英勝院がやや冷めた口調で言った。

「宰相が私に何を聞きたいのか。もう、お話しできることもないようにも思えるのですけれど、ひとつ、相模殿に関して思ったことがございます」

「何でしょう？　ぜひ、お聞きしたい」

「最前、上方大名との交誼、そうおっしゃいましたな？　お上は、ともかく上方風な装いや物言いがお嫌いだった。あまり表には出しませんでしたが、私どもの前では〝上方かぶれ〟そう口にして、顔をしかめておりました」

「上方かぶれ？」

「宰相のように上方の風《ふう》に馴染んだ方にはわかりますまいな。三河ものが都ぶりな振舞いをする、たとえば華美な小袖を纏ったり、ことさらに豪華な膳部を並べたり、そうしたことがたまらなくお嫌いだったのです。相模殿が上方大名とどんな交わりをもったのか、私は知らぬのですが」

秀元が心中、膝を打った。何か腑に落ちるような思いがやってくる。

幕府との折衝役を担った秀元も、当然ながら、大久保忠隣の屋敷に招かれた。織部の茶の湯を奉じる忠隣のこと、数寄屋は凝った燕庵様《えんなんよう》であり、茶庭もまた、様々工夫を凝らした織部好みであった。本家家老を引き連れて接待に与った秀元は、忠隣の財力をまざまざと見せつけられる思いだった。茶入れは名物「時雨肩衝《しぐれかたつき》」。

「私もお招きに与りました。思えば、小田原六万五千石、その禄高に似合わぬ豪華なもてなしでした。土産に奥州の名馬を引いて帰った。幕府の金庫番、大久保長安殿を配下に置く大物ゆえ、気にも留めなかったのですが」

「そうでしたか。まさに上方かぶれ、お上が果たして、それを耳にされていたのかどうか」

「聞いていたとしたら？」

英勝院が意味ありげに笑った。秀元がなお、問いかける。

「しかし、その相模殿を将軍家は支持されていたはず、さきほど申し上げたように、上方大名との繋がりを深めること、それがこの時期、江戸の宿願でした」

「たとえそうだとしても、駿府のひと言でひっくり返るのでは？」

「気にくわぬ、それだけのことで、大樹公の切願が無になるのですか？」

英勝院が顔を俯けた。ためらうようにやや間を置いた後、ぽつりぽつりと口にする。

太閤の小田原攻めに際し、長丸と名乗っていた秀忠は、徳川家の証人（人質）として京の聚楽第に長く滞在する。その折、秀吉正室の高台院は下にも置かぬもてなしで迎え、髪型から服装までを上方風に改めさせて、心をこめて慈しんだ。都を見たこともなかった少年にとって、その印象はさぞ鮮明であったろうことは、想像に難くない。長丸は時に十三歳、そのまま京で元服し、秀吉より一字を賜り、秀忠と名を改めている。

その後も、折に触れて京や伏見の徳川屋敷に滞在した秀忠は、上方贔屓が折にふれ、顔を覗かせることがあったと、英勝院は話した。

「江戸の〝奥〟もいかにも上方風で、駿府からするとはなはだ華美に映りました。御台所《みだいどころ》（正室お江）の差配でしょうが、徳川の家風とはずいぶんと異なるように感じられたものです。何しろわれ等は、つましく暮らしておりましたから」

英勝院が苦笑した。秀元に、何か重大なことが語られている予感がよぎる。

上方の華やかな風物に憧れを抱き、上方の水で育った正室を愛する江戸の将軍家は、それを嫌う駿府の大御所の眼にどう映ったか。はっきりとは言葉にしなかったが、英勝院は、そこに少しずつ軋轢《あつれき》が生じていったのではないか、その摩擦が蔽いがたくなった時、大久保忠隣はその責めを負わされたのではないか、そう言いたいのかもしれない。

将軍秀忠と忠隣の狙いがどこにあったにせよ、江戸が上方に染まること自体、大御所家康にとっては苦々しく、かつ危険なものと映ったということなのか。時はまさに、老いた天下人が最後の力を振り絞り、上方をねじ伏せようとしていた最中であった。

比丘尼屋敷一帯は、静まり返っている。刻限はまだ夕五つ（八時）に至っていないはずだが、ここに住まう人たちの立場を思えば、はや、燭台の火も落ちる頃合いなのか。遠く、大濠の向こうで野犬が啼いた。

話の矛先を変えるように英勝院が口を開いた。

「お上の前で亡き台徳院様がどんなご様子だったか、宰相はご覧になったことは？」

「お二人だけという場には……」

秀元があいまいなまま口を閉じた。

「台徳院様はお気の毒なほど神妙になされておりました。ご生前、私は幾度も西の丸にお邪魔をいたしました。その折の堂々たる天下人ぶりを思えば、あの頃、どれほどお父上が近寄り難かったか。いまさらながらお察しいたします」

そうだったのだ。尚政が打ち明けた小杉の夜、大御所を出迎えた将軍家は、大久保相模を改易するよう直接、命じられたに違いない。それだけは食い止めたいと夜分をおして駆けつけたものの、ひと言も抗弁できず、悄然と江戸に帰らざるをえなかった。それが、尚政が見たという将軍家の「ご無念」の真相だったのだ。

「確かに相模殿は御家の重鎮でした。三方ヶ原の惨敗でも、命からがらお上が伊賀越えした折にも、相模殿は側を離れることがなかったと聞いております。その忠勤ぶりがあって、江戸の家老《おとな》に任じて大樹公につけた。それでも……」

「それでもなぜ」

「それでも用をなさぬとなれば切って捨てる、それが神祖家康公なのです。相模殿は跡継ぎをなくされ意気消沈、しかも上方かぶれとあっては……」

永井尚政は本多正信の讒言を匂わせた。大坂攻めに腐心する家康にとり、最後の懸念は上方大名の寝返り、ただそれだけであった。それを払拭するために、大坂と諸将の繋がりを徹底して穿鑿していたのが、誰あろう本多正信だったと、尚政は明かしている。その網に引っかかったのが大久保忠隣、いや、引っかけてこれを葬ったのが本多正信だった、そう尚政は推測した。

それをこの聡明な尼に問いかけてみたいと秀元は思ったが、いまの答え以上のことが返ってくるようにも思えなかった。

ふたりが話の継ぎ穂を失ったところで、英勝院が言った。

「さて、面倒な茶事は仕舞い。宰相、もう少し、御酒などお付き合いくださいますか？」

秀元が表情を崩しつつ、頷いた。英勝院が茶道具を仕舞いにかかり、ふと、手にした茶入れに目を止めつつ言った。

「こうした茶道具も、駿府にあまた遺された中のいくつか。形見分けで頂戴したものですが、果たして、お上自身、一度でも手にされたことがあったかどうか」

「茶の湯にはあまり関心がなかった？」

秀元が問いかけるように言った。

「そうは見えませんでしたか？　口にはされなかったでしょうが、茶の湯など、それこそ〝上方かぶれ〟の最たるものと映っていたでしょう」

英勝院が笑った。そういう人ではないのです、あの人は、そんな顔をしている。

「それでも、天下人となってからずいぶんと名物を手元に集められたはずです」

諸大名や町人から多数、名物道具を召し上げている。室町将軍家が愛した「東山御物《ひがしやまごもつ》」もいまや、その多くが幕府の蔵に眠っているし、古織公が最後まで手元で使った「勢高肩衝《せいたかかたつき》」も同じ運命に置かれた。

「天下人の証として求めただけ。宰相のように、欲しくて欲しくて堪らない、そんな思いはつゆお持ちではなかった……そういえば」

何やら思いだしたことでもあるのか、英勝院が言葉を途切らせた。時の天下人の茶の湯をめぐる話なら、思わぬ逸話もあるかもしれない、酒の当《アテ》てにちょうどいい、そう秀元は思った。茶の湯仲間への土産話ともなる。

「いつぞや、古田織部が駿府に滞在して、お上に茶堂を命じられたことがございましたな……あれは確か、一乗院の御門跡《ごもんぜき》がいらした折ですから」

秀元が顔色を変えて身構える。なに、師が駿府で?!

一乗院は奈良興福寺の塔頭の一つで、親王もしくは近衛家の男児が住持を勤める門跡寺院《もんぜきじいん》である。当時の住持、准后尊政《じゅこうそんせい》は和歌・連歌の名人として知られ、朝廷からの信頼も篤かった。弟は近衛家当主、信尹《のぶただ》である。

家康は、春日神社修復の歎願のために駿府を訪れた尊政を茶会に招き、折よく駿府に伺候していた古田織部に茶堂を命じた。日野唯心、金地院崇伝、藤堂高虎ら、家康の許でその治世に深く関与した三人が陪席していた。

「ならば、慶長十七年あたりかと思われます」

秀元が応じた。尊政とは面識がないではない。

「秋の盛りでしたな。織部は当代一の茶人、お上も茶にさほどこだわりはないものの、天下の茶匠の手前で、秘蔵の大名物でも見せてやろう、そんなところではなかったかと思うのです」

「やはり、片桐殿とともに江戸に下ってこられた年です！」

秀元が指摘した通り、慶長十七年の八月のことであった。

前々年の秋、江戸で将軍秀忠に茶の湯を指南した織部は、翌年にかけて江戸の大名、町人たちに向け、連日、口切り茶会を開いた。数寄屋での濃密な時間、名物で飾り立てられた鎖の間での寛いだ時間、織部によって創案された茶の湯が熱狂をもって迎えられた。

江戸での大評判をひっさげて上方に戻った織部は、京や伏見の自邸でも精力的に茶会を催す。織部が主導する武家の世に相応しい茶の湯が、ついに天下を制したのである。

英勝院が語り始めたのは、この翌年、織部が再び江戸に下向する途次、駿府の家康に伺候した時のことであった。折も折、豊臣家家老の片桐且元は、江戸と大坂との緊張を和らげるべく、駿府、そして江戸へと骨の折れる行脚《あんぎゃ》を重ねていた。織部とは同じ豊臣家臣として長い付き合いがあった。

「茶会は朝でした。終わって奥に戻られたお上は、いつになく不機嫌で、むっつりと黙り込んだままでした。秋晴れに霊峰富士が映える素晴らしい朝です、何がお気に召さぬのか、私はお尋ねしたのです」

秀元がごくりと喉を鳴らした。何か重大な話が始まる、そんな予感がまた、胸をよぎる。

「ご機嫌斜め……大御所は何と？」

「ひと言、あの茶坊主め、名物など要らぬと申した」

「名物は要らぬ――」

秀元が天を仰ぎ、ふと、息をついた。

家康が口にしたという言葉をつぎ合わせると――

織部には、駿府の蔵に充満する「名物」を勝手に用いてよい旨、家康から許しが出されていた。

ところが朝会の蓋があいてみると、そこはまさに織部の茶の湯、新物《あらもの》中心の斬新さに満ちた世界であった。

茶入と茶碗は瀬戸と美濃、水差、花入は伊賀、いずれも織部の求めに応じて焼かれたもので、どれも均整を失い、歪み、傾き、破れていた。唐物名物や利休好みの茶道具によって醸《かも》される静《せい》謐《ひっ》な世界からは、およそかけ離れていた。そうして床に掛けられていたのは大坂城の若き主、豊臣秀頼の手になる小倉色紙だった――

「大御所はお気に召さなかったのですね？」

茶の湯に関心の薄い大御所のことだ、鎖の間もないなら、名物で飾り立てる式正茶は不要だと、師は考えたに違いない。秀元はそう思った。

「お気に召さないどころか、たいそう立腹されておられましたな。あんなものはただのこけ脅しにすぎぬ、そう吐き捨てられた」

「こけ脅しですか……」

秀元が苦く笑う。器はただ用をなせばよい、そう考える人間には、師の世界は無用な空騒ぎとしか見えぬものらしい。秀元の様子に気づいた英勝院が続けた。

「私にもそう感じられましたよ。いまは影をひそめるようになりましたが、あの捨て鉢のような姿は一体、どうしたことなのでしょう」

この問いかけに真面目に応えるべきか、秀元は戸惑う。そこは、奥に生きる女人にはわからないかもしれぬ。古織公の世界には、確かに捨て鉢と紙一重、剝き出しの奔放さがあった。それは、師と仰ぐ利休の「侘び茶」、珠光《しゅこう》や紹鷗《じょうおう》の「寂び」を重んじた茶、そうした先人たちの殻を破ろうとする、荒々しい覚悟からくるものだ。それが、乱世を生き抜いた武将たちの埋火に火をつけたのだ、そう、秀元は考えている。

ここでそれを言いたてても詮無きことだろう。秀元は矛先を変えた。

「利休居士は織部助殿に、自分と同じことをやっていては天下の茶匠にはなれぬ、そう言い遺したそうです」

「そうは言ってもあまりに異なるのでは?」

「織部助殿には武家の茶の湯を打ち立てたい、その強い思いがあったと思います。利休の茶は町人の茶、それとは異なる武士《もののふ》の茶」

秀元は、信長がなぜ茶の湯を「政」にもち込んだのか、天下の茶匠となった利休が、引き続き太閤から重用され、なぜ、その後に切腹させられたのか、英勝院に語った。

信長の正当な後継者たることを天下に示すため、秀吉は当初、利休を必要とした。だが、豊臣の天下が揺るぎないものとなれば、利休はもう無用だった。利休は太閤の実弟、秀長と強い絆を結んでいた。大和を領有し、そこで育まれた茶の湯を深く理解した秀長は、利休の最大の庇護者でもあった。その秀長が死んでしまえば、秀吉には利休を生かしておく理由はない。もともと、利休の「侘び茶」は、およそ太閤好みの世界ではない——

英勝院は、頷くように軽く首を折りつつ、黙って聞いていた。余計なことをしゃべったと、秀元が口を閉ざそうとした矢先、英勝院が問いかけた。

「お上は……織部の茶をこけ脅しだと吐き捨てた。なにがそれほど気に障ったのでしょうか」

秀元は恐る恐る口にした。

「神君にとって、茶の湯は政の場でしかなかった、そういうことかと思います。総見院や太閤のもとに名物が数多集まり、それをごっそり引き継いだのが神君でした。名物は天下人たる証、それをないがしろにすることは、天下人をないがしろにすることだったのでは——」

秀元は自ら口にしてはっとした。古織公が自裁を命じられた理由はそこにあったのか!?　天下人を敬わぬ輩への怒りだったのか!?　秀元は慌てて口にした。

「お梶殿にお尋ねしたい。神君はその日、織部助殿に関し、ほかに何か言っておられなかったか？」

「覚えてはおりませぬなあ……覚えているのは、その夜、国師様（崇伝）と和泉守（高虎）がお上のもとに伺候して参りました。それとなく朝の様子を訊ねたところ……」

「神君がなぜ不機嫌になったか」

「ところが、お二人はまったく異なることを口にされる。それがとても可笑しかったことを覚えているのです」

「異なるとは？」

「和泉守が言うには、自分はうっかり織部の道具立てを誉めそやしてしまった、後で大御所からきつくお叱りを受けた、そんな風なことだったかと」

秀元がゆっくりと首を縦にした。藤堂和泉なら古織公の創案する一場に目を輝かせたであろうと、秀元は思った。

藤堂高虎は近江の浅井氏に仕え、その後、太閤に仕えて、大納言秀長の麾下《きか》に従った。数寄大名としても知られ、当然ながら、利休から織部へと、茶の湯が変わってゆく様も熟知していた。女婿はかの小堀遠州で、遠州は当時、織部を敬仰していた。

なら、天下の坊主は何と言ったのだろうか。

「よくわからないのは国師様の言いようでした。何やら難しい顔で、江戸に災いが及ばねばよいが、そういう言い方をされた」

「江戸に災い？　さて」

「私もお尋ねしたのです、どういうことですかと。すると、江戸の将軍家は織部に深く傾倒している様子、それが心配であると」

「織部助殿は将軍家指南役、江戸では諸侯こぞって茶の湯に親しみ、外様はみな、将軍家の御成りを願い出ておりました。どこが案じられるというのでしょう？」

「国師様はこうも口にされましたな。大御所の望むのは駿府の城のごとき世、堅牢な石垣の上に大天守がそびえ立つ揺るぎのない世の中である。そこに歪みやヘコミなど、あってはならぬ。破調など天下を乱すもとである、と」

「………」

あの糞坊主奴《め》！　唾を吐きたい思いが秀元の胸を衝いた。

慶長期、家康の知恵袋として、金地院崇伝はあらゆる法令に深く関ってゆく。武家諸法度、禁中並びに公家諸法度を起草したのは崇伝であり、家康の名で発給される外交文書も多くがその手になっている。神社仏閣への締め付けを強め、本寺末寺を定めてその寺請で民衆を土地に縛りつけたのも、国師と呼ばれたこの怪僧の発案とされている。これにより、人びとが勝手に住む場所を選び、思い思いに生活の糧を得ることは困難となった。漁民の子は漁民、農民の子は農民として生きるしかない。人が自由に生きる世の中が、この時失われたのである。

こうした統制に鋭く反発した僧侶は配流の憂き目にあった。茶の湯者たちが崇敬した禅僧たちである。ついでに言えば、キリスト教禁制に大きく舵を切る禁教令を、たった一夜にして書き上げたことでも崇伝は知られていた。その禁教令を手に上洛した大久保忠隣は、そのまま京で改易、他家にお預けとなったままで生涯を終えている。

「織部は江戸の大樹に巣食う松喰い虫である、そんなことも言っておられましたな」

「屋台骨をむしばむ害虫というわけか……」

秀元が心中深く苦笑いする。なんという浅墓な見立てであろうか。

秀元の理解する禅の世界とは、ひたすらに座禅を組み、独り考え抜くことである。先人の教えを理解しつつ、それを乗り越えて自らの考えにたどり着くことである。禅に深く影響された茶の湯も、同じ境地にある。利休居士の茶の湯、古織公の茶の湯、まったく異なる世界と見えつつ、そこに向き合う姿勢には少しも異なるところはないのだ。説教坊主ごときに一体、何がわかるというか！

秀元がふと息を抜いて言った。

「国師の懸念が大御所の耳に入り、織部助殿の排除につながった、そういうことはないでしょうか？」

「それほどわかりやすい人ではなかったと思いますが」

英勝院がまた顔の色を消して俯いていた。考え込むというより、何か懐かしむような表情に見える。その脳裏にはいま、誰も知らない〃人間〃徳川家康の素顔が去来しているのか。

ふたりとも黙ったままだったが、秀元はなぜか、その間合いが苦痛ではなかった。ふいに英勝院が口を開いた。

「宰相は女子《おなご》に狂ったことがおありであろう。女子に狂い、茶の湯に狂い、いまこうして、遠い昔の謎めいた死に囚われている。そうしたもの狂いがいったい何の役に立つのか、お上にはわからなかったし、私にも正直、よくわからぬ。だから、お上はそういう人間が怖ろしかった、そういうことはあるかもしれませぬ」

英勝院がするりと手を伸ばし、秀元の手に己《おの》が手を重ねた。その掌はさらさらとして、不思議に生々しさを感じさせなかった。秀元が手の甲を返して軽く握り返す。やはり肌はひんやりと乾いていた。

「私は三十の折に一人娘を喪いました。お上の最後のお子でした。お腹にいる頃から、もう伊達家との婚儀が決められたほど、大事に大事に産み育てたつもりが、ふいに私のもとから消えてゆきました。それからしばらくは、仏門に入ること、それしか考えられなくなりました」

秀元が手を握ったまま深く頷いた。

「出家は、神君のお許しが得られなかったと聞きました」

「私の歳では、もう子をなすことは叶いますまい、そう申し上げたのです。鎌倉に引き籠りたいと願い出たところ、お上がつぶやくようにこう口にされました」

英勝院の掌にふいに力が込められた。

「お前は儂《わし》を置いてゆくのか、と」

「置いてゆく……」

「幼くして母に去られた苦しみからまだ抜けられずにいる、そう思うとお上が憐れでならなかった」

英勝院が静かに微笑んだ。透き通るような笑みに、秀元は、この日一番美しい顔だと思った。


比丘尼屋敷を出た秀元が清水門を退出したのは、門限に近い夜五つ（十時）頃であった。

秀元は久方ぶりに満たされた思いの中にいた。

英勝院との対話で何か判明したかと言えば、それはなかった。大久保忠隣がなぜ改易の憂き目にあったのか、英勝院の口から納得できる答えが聞き出せたわけではなく、当然ながら、古織公の死の謎に近づけたわけでもない。

ただ、新たな天下を開いた男、その巌《いわお》のような意思がどこに向けられていたのか、この夜の対話ではっきりと見えたように思った。古織公も、大久保忠隣も、そして時の将軍家も、その固い壁に衝突し、潰れていったのだ。

この先を知ろうとするなら、もう、古織公その人の最後の言葉を聞き出すしかない。最後の席に招かれた人物は一体誰だったのか、それを突き止めるしかない。

開いた駕籠の窓から夜風が吹き込み、秀元の鬢を撫でた。花香が鼻先をかすめたが、何が香ったのか、はっきりしなかった。そういえば、比丘尼屋敷の門脇には牡丹があでやかな姿を見せていた。あの尼に牡丹の花のような小袖を送ったなら、喜んでもらえるだろうか。

暇乞いの折、玄関まで見送りに出てきた英勝院が笑顔を見せつつ言った。

「もう、こうして親しくお話しする機会もございますまい。殿方とふたり、心騒ぐ思いで過ごす夜も、もうやっては来ぬでしょう。一期の思い出となりました」

そうして深く腰を折った。

秀元は黙って深く頭を下げ、そのまま目を合わせることなく駕籠に身を落とした。目が合ってしまうと、何か言葉を口にしてしまいそうで怖かった。この夜、英勝院が語りかける声は耳を抜けて胸に響き、その笑顔と相俟って、秀元に深い安堵をもたらした。その思いが身に迫り、己の心にぽっかりと穴が開いていたことに気づかされた秀元は、また会ってほしい、そう口に出してしまいそうで怖ろしかったのだ。

鎌倉に一寺を建立するというが、それはいつのことになるのだろうか。扇ガ谷とは、どの辺りなのだろうか。その寺に桔梗が咲く頃に訪ねることができたなら、さぞ、愉快であろうなと、秀元は思った。

第三章　これにて仕舞い

（一）

その報せは突然やって来た。

比丘尼屋敷の夜から半月後、上洛準備に忙しい秀元のもとに、永井尚政よりの手紙が届けられた。短い文面には、至急、心得ある家臣を寄こしてほしいと記され、場所が指定されていた。西の丸下の永井家上屋敷である。

要件はただひとつ、新たに発給される「知行宛行」に関してに違いないと、秀元は思った。先月来、尚政の許に椙杜を遣わしてこの件を問い合わせていたが、多忙を理由に面会ができずにいたのである。将軍家の出発を二月後に控えた今、先発して上方の態勢を整える尚政に余裕はない。すぐに椙杜を呼び出し、対応を指示した。

ところが、夕刻に永井屋敷から戻った椙杜がもたらしたのは、驚きの内容だった。

「古田織部殿が最後に会った人間がわかったそうです」

「なに！」

秀元が手にしていた釜の蓋を落とし、はずみで自慢の柄杓がはじけ飛んだ。

「だ、誰なんだ！」

あまりの剣幕に椙杜が息を呑んでたじろぐ。

秀元がもち上げた腰を下ろした。気持ちを鎮めるかのようにゆっくりと告げた。

「順を追って話せ。慌てずともよい」

秀元との面談の後、尚政もまた、織部の死の謎に深く捉われてしまったようだ。織部の茶に傾倒するこの男なら、当然だろう。思い余った尚政は、先代将軍の許、ともに最側近として膝を交えた板倉重宗に、胸の裡を打ち明けたのだという。重宗も茶の心得があり、かつて織部からも手ほどきを受けていた。

「そうか、師を閉門にしたのは、板倉殿の父親であったか」

重宗の父は、時の京都所司代だった板倉重勝である。

夏の陣が起こされる直前、慶長二十年三月三十日、古田織部は突如、幕府から蟄居閉門を命じられた。織部の茶堂だった木村宗喜らによる謀反の計画が露見し、それに連座して拘束を受けたと、後には伝えられている。いずれも所司代だった勝重の手により進められた。この折、重宗は江戸にいたが、或いは、父親から真相を聞かされていたのかもしれない。

早口にここまで話を進めた椙杜が、声を改めて言った。

「永井様に深い同情を寄せられた板倉様が、こう口伝えに明かしてくださったそうです」

秀元がしっかりと頷くのを待って、椙杜が言った。

「死を賜った織部助に接見を願い出た者がある。小堀遠州、本阿弥光悦、そしてもう一人が――」

ここで椙杜がやや声を低《ひそ》めた。

「細川三斎様だったそうです」

秀元がもう一度、腰を浮かせた。

「遠州、光悦、それに三斎だったか！」

三人それぞれの顔を思い浮かべ、それから師とのつながりを思った。答えを知ってみれば、もっともと思われる人物ばかりである。

小堀遠州、いまをときめく茶匠はもとはと言えば豊臣家の家臣、織部とは伏見の屋敷も隣り合う親しい仲であり、茶の湯のイロハを仕込まれた愛弟子ともいえる人物だ。

刀剣の鑑定を生業《なりわい》とするのが本阿弥家だが、光悦の名を高からしめたのはその流麗な書であり、蒔絵の技であり、楽の茶碗であった。京の文化を支える大物文人として、後水尾帝はじめ、朝廷にも厚い人脈を誇った。茶の湯は織部に深く傾倒する。

三斎こと細川忠興と織部の関係は言うまでもない。

織部の武将としての出発点は、忠興の父、幽斎こと長岡（細川）藤孝の使い番である。藤孝は当時、信長の支援で上洛を果たした足利十五代将軍、義昭に従っていた。最高の教養人だった藤孝が織部に大きな影響を与えただろうことは想像に難くない。

家康の天下獲りに大きく貢献した細川忠興は、いまも幕府から格別の扱いを受ける大国太守であり、茶の湯においても、諸侯きっての高名を誇る。織部とともに利休七哲に名を連ね、織部と二人、閉門を言い渡された利休を淀の渡し場で見送ったことは、よく知られたことだった。

他にもおそらく、多くの茶人が師との別れを望んだことだろう。武将はさておき、工人やら商人やら、戦さとは縁のない町人らは閉門中の屋敷に押し掛けたことだろうが、戦後の残党狩りで殺伐とする中、板倉周防守としては許すことはなかったに違いない。

そんな中、この三人がなぜ許されたか、推測は容易である。いずれも大御所家康とは近い関係にあり、勝重としても、面会を許すことに憚りはなかったに違いない。或いは、事前に大御所から許しを得ての判断だったかもしれない。仮に大御所が知っていたとしたら、そこには何らかの意図が感じられないこともない。

秀元本人はといえば、国元の萩にあって、必死に上方の情勢を探っていた。再びの開戦は必至とみた秀元は、出陣をためらう輝元を説得し、少人数を率いて、急ぎ、大坂へと向かった。西国衆の叛乱を怖れ、参陣を許していなかった家康も、この秀元と毛利軍の動きに、結局は褒詞を与えている。秀元は伏見にあって高揚感に浸ったまま、織部のことなど意識の他であった。

秀元に無念の思いが浸た浸たと押し寄せる。仮に師の閉門を知り、大御所に善処を願い出ていたとしたら、どうであったろうか。ともかく戦さは終わり、豊臣家は滅び去った。大御所にはもう行く末への懸念はなくなっていたのだから、せめて命を救うことはできたのではないか。

いまとなってはもう詮無いことである。いまできることといえば、死出に立つ師の胸の裡を知り、その思いにわずかでも寄り添うことだけだ。

当人たちに質す、それしかないと秀元は意を決する。幸いにして、肥後の八代に隠居している細川三斎もこの機に上洛してくるはずである。光悦翁は京の鷹峯で隠遁して世を遠ざけているものの、残る小堀遠州は伏見奉行として上洛を迎える立場、必ずや顔を合わせる機会があるはずだ。どこかで屹度《きっと》捕まえてみせる。

「永井殿は他に何か？」

「それだけをお伝えするように、とのことでした。ひどく慌ただしいご様子でした」

秀元が頷いた。

「では、知行改めの件は、とくにはなかったのだな？」

相杜が軽く低頭した。

前回の「写し」はいつ提出するのか、今もって大名らに指示がないとするなら、やはり京で求められることになるのだろう。仮に「写し」に秀元の名が記されていなかった場合、奉行衆を通じて将軍家に歎願を行い、長府毛利家へ直に「宛行状」を下してもらう。逆に、秀元への本家からの分地が明記されていたら、どうするか。その場合は強引にでも、個別の発給を願い出るしかない。いずれにしても、頼みとするのはやはり土井大炊しかいないであろう。

「大炊殿への書状を認める。そなた、近日中に土井家のご用人に面談を願い、書状をお渡しして、こうお伝えしてくれ」

秀元は相杜に細かく指示を出す。上洛前になんとか土井利勝に時間をもらい、将軍家への取成しを依頼する。時間が取れないようであれば、上洛の途次、いずれかの城下で面談の機会をうかがうしかあるまいが、その場合、おそらくは綱渡りの芸当になろう。

秀元は心静かに気持ちを引き締めた。これは新たな世の戦場なのだと、久しくなかった戦闘意欲を満身に感じていた。


この上洛がいかに仰々しいものであったか、あえて触れておきたい。

寛永十一年六月一日、伊達政宗が先陣を切って江戸を出立した。参勤とは異なり正規の軍装である。翌二日に息子の忠宗が伊達家当主として出発するから、戦国カリスマの出陣は、いわば上洛の号砲と言えるかもしれない。以降、米沢の上杉定勝、秋田の佐竹義隆、盛岡の南部重直、会津の加藤明成、白河の丹羽長重、弘前の津軽信義と、東国の国持大名たちが日を追って江戸を発ち、京に向かった。別途、松平光長、真田信之らが国元から上洛の途につく。実戦でいえば、まず敵に当たる戦闘部隊の出陣であった。

十一日からは徳川家譜代衆の出立が始まった。供奉《ぐぶ》一番隊から五番隊まで、歴々の譜代大名が続々と江戸を発ってゆく。一番隊を率いるのは榊原と本多、徳川最強を謳われていた部隊である。日本橋から先、整備が進む東海道を人馬が埋め尽くしてゆく。

十六日から十九日にかけて、大将たる将軍家を守護する親衛隊の登場である。馬廻衆、先手衆、弓衆ら、幕府の誇る旗本隊が軍装も鮮やかに城門を出て行った。十八日には江戸城の留守を護る譜代大名たちに対し、家光から御膳が下賜されている。江戸城の濠で捕れた鯉や鮒を料したもので、いわば出陣の祝い膳であった。

六月二十日、遂に将軍家光の輿《こし》が大手門に姿を現した。側近く供奉するのは土井利勝、藤堂高次、酒井忠勝、松平信綱、松平正綱の面々である。家光の発するひと言、それを片言も聞き漏らすことなく、全軍に指令を下す総参謀たちである。信綱に至っては、駿府までは徒歩《かち》で輿に随伴するという。ここはいわば上洛の心臓部であり、周囲には多数の旗本隊がこれを守備した。

その後も延々と続く後続隊も含め、総勢三十万七千余と幕府正史は伝える。先代秀忠の上洛に比べ、人数こそ変らなかったものの、仰々しさや費えの面では、別格といってよかった。この上洛にかける家光の胸の裡がうかがわれるが、江戸幕府の長い歴史を振り返ったとき、或いは日本の歴史を考えるうえで、この空前絶後の行軍が大きな意義をもったことは明らかである。ちなみに将軍の上洛は、以降、幕末まで行われることはなかった。

さて、われらが毛利宰相秀元の駕籠はどこにいるのだろうか。将軍家の輿を固める旗本隊にやや遅れて、一文字三星の紋が描かれた大きな駕籠が従っている。

出発に先立つ四月の終わり、秀元、立花宗茂、有馬豊氏、堀直寄の四名に対し、上洛の折には将軍家光に近侍し、宿所で夜咄《よばなし》のお相手をするよう指示されたのである。四人は自軍とは別に、少人数の供を従えて将軍家の列に随伴していた。気骨の折れる旅の始まりであった。

このふた月、秀元は独立に向けて密かな根回しを進めたものの、結局、肝心の土井利勝とは面会できず仕舞いであった。「写し」の提出は、京での一連の行事を終えて後、それぞれの大名家に呼出しがなされるようだった。頼りは、淀で出迎えの準備に入っている永井尚政、その手腕にすがるしかない。

いざという時の実弾とするため、太閤秀吉から拝領した「蕪《かぶらなし》無花入」を持参している。鳥居引拙《いんせつ》、武野紹鷗、太閤秀吉と伝わり、天下一と称された青磁の花入であり、師の織部もこれをたいそう羨んでいた。秀元所蔵の一、二を争う大名物も、宿願のためなら身を切る覚悟で差し出すつもりだ。さらに、行李の奥に忍ばせているのは二幅の軸、そう、古織公の断簡である。

だが、駕籠に揺られつつ、秀元の心を占めているのはそれだけではなかった。ひとつはむろん、織部の死の謎である。これについては、追々、この旅の中で明らかになるはずだ。さらにもうひとつ、本人も気づかぬ胸の奥深くで、秀元を揺さぶっている思いがある。そう、白菊のその後の行方であった。

出立を翌々日に控えた朝だった。宮中参内のための衣冠束帯《いかんそくたい》、二条城で着す烏帽子《えぼし》大紋《だいもん》、ほか、三カ月にも及ぶ京での儀式に要する装束類を、継室の千代とともに検めていた。その最中、身近で使う近臣の一人が奥書院の回廊で、何やらもの言いたげな様子で控えていた。言上を促す秀元に対し、恐る恐る、応える。

『葭原の一件でご報告がございます……』

そう口にして、ちらりと千代に視線を向けた。気をきかせた千代が姿を消すのを待って、近習が改めて報告する。

『伏見屋を買い取った者が知れました。その者から聞き出したところ、武兵衛および白菊は上方に向かったとのことです』

『上方？　上方のどこだ』

『大和へゆく、そう言い遺した他は、聞いていないとのことです』

上方と聞いて、秀元はほっとする思いだった。身を隠した理由ははっきりしないものの、少なくとも薩州の囲われ者になったわけではなさそうだ。一方で、なぜ大和なのか。武兵衛に伴われているなら、伏見にまず腰を落ち着けるのが妥当であろう。いや、待て、武兵衛は確か、白菊の父親は大和の連歌師と話していなかったか……。秀元は、江戸屋敷に残す近習に、続けて行方を追うよう指示してきたものの、大和に向かったという話が、頭の隅でしきりと声を発しているのだった。

——白菊を失ってよいのか、大和に行かずともよいのか。

二十日に江戸を発った将軍家光は、まず神奈川御殿に滞在、二十一日には藤沢、二十二日は大磯で磯辺の景色を楽しんだ後、小田原城に入った。ここで城主、稲葉正則から饗応を受けた。正則はこの二月に死去した正勝の長子で十二歳、いまだ元服前であったが、正勝とその母である春日局は、家光にとり、肉親にもまさる親しい存在である。

翌日も家光は小田原城に居続けた。箱根で宿泊を予定した宿館が出火したことが原因であったが、稲葉家への格別な思いがそうさせたことは想像に難くない。この日の午後、浜辺の屋敷に設えられた席で酒宴が張られている。家光の眼の届くあたりで漁師が網を引き、海女が潜って鮑を獲る様子が披露された。これを家光に献上すると、その悦びようは尋常ではなかった。

秀元ら御伽衆もこの席に侍っていた。酒が入ると、常にも増して陽気になる宗茂が、狂言を演じ始める。酒宴はますます賑やかとなり、家光が満面を高潮させ、立て続けに酒をあおる。

秀元はというと、家光の様子に気を配りつつも、若い海女たちの漁を飽くことなく眺めていた。腰にわずかな布を巻いただけの健やかな肢体が海に沈み、鮑のつまった網を盥に投げ入れるや、再び海中へと消えてゆく。その姿に、遠く長門の海を思い、母の故郷である瀬戸内の海を想った。領国に帰りたい、ふと、そんな思いがよぎる。

その夜、御伽衆に用意された小田原城内の一室で、秀元は宗茂と時を過ごした。

宗茂の屋敷で面談して以来、将軍家に伺候して同席することはあっても、二人で向き合う機会はなかった。家光のいる場で織部の話をするわけにもゆかず、英勝院から聞いた話や、尚政がもたらしてくれた話を、宗茂には伝えていなかった。ただ、上洛の途次、折を見つけて相談をしたい旨、それだけは書状で伝えていた。この夜、その機会が訪れた。

宗茂には昼間の酒が少し残っている様子だった。持参した茶道具で濃茶を練って勧める。一服し、ほっとしたような表情をみせた。やや置いて、

「貴殿、海女ばかり眺めていて、葭原でも恋しくなったか？」

おどけた表情を秀元に向けてきた。何を言いやがると思いつつ、周囲にぬかりなく目を配っている宗茂を、やはり頼もしく思った。

「一別以来、古織公の件を報せていなかった。失敬した」

宗茂が黙って頷いた。およそ予想がついていた様子だった。

秀元は、永井尚政から聞かされた話をかいつまんで伝えた。尚政が本多父子の陰謀を強く匂わせたことを告げると、宗茂が深く頷いた。ただ、英勝院との対話に関しては、そこに至る経緯は明かしたものの、内容については簡単に触れるに留めた。神君への尼の追想には深い感銘を受けたが、それは軽々に口にしてよいことではない。かの天下人の偉業の陰に、ある女人の献身的な支えがあったことは、いつか友に語る機会もあるだろう。

「その後、信濃殿から耳よりの話がもたらされた。師の最後の席の客が知れたのだ」

「えっ！」

宗茂が小さな叫び声をもらした。これは予想外のことだったらしい。じっと秀元の眼を見つめた。

「誰だと思う？」

「いや、わからぬ」

「遠州、光悦、そしてもう一人が――三斎殿だ」

最初の二人に驚いた宗茂が、一拍おいて耳にした名に、さほど驚く様子がなかった。

「三斎は意外ではなかったようだな。飛州、もしや知っていたのではあるまいな？」

秀元はそう口にしつつも、片頬をあげて笑みを浮かべる。怒っているわけではない、そう伝えたつもりであった。

「まさか、それはない。ただ、貴殿から最初に話をされた折、まっさきに顔が浮かんだのは三斎殿だった」

「ならばなぜ、そう言ってくれなかったのだ」

「勝手に思い浮かべただけのこと、永井殿も首を差し挟んでいるとなれば、なおさら口にしてよいことではないだろう」

秀元が納得したような顔で頷いた。その後の成行きを、障りのないよう配慮しつつ宗茂に伝えてゆく。

まずは遠州こと小堀遠江守《とおとうみのかみ》政一である。

秀元と同じ天正七年の生まれ。父の仕える大和大納言秀長の小姓となり、その死後、太閤秀吉の直参となって伏見に屋敷を移した。もともと秀長のもとで茶事に接していたが、秀吉に仕えたことから、古田織部に教えを乞うようになる。織部の死後、将軍秀忠の茶道指南役となり、いまでは茶の宗匠として揺るぎない地位を築いていた。

もちろん知らぬ仲ではない。遠州に宛て書状を認めようかと思ったものの、迂闊にもちかけて、知らぬふりをされては仕舞いである。長く伏見奉行の要職にあり、上洛を機会に面会を申し入れても、多忙を理由に断られるのが落ちだろう。

策に迷っていたところ、遠州が将軍直々の命を受け、近江水口に上洛用の御殿城《ごてんじろ》を築いたことを、当の将軍家から聞かされたのだ。上洛の前に、或いは、江戸への帰途、必ずや将軍家は水口に立ち寄り、遠州による茶事が行われるに違いない。その機会を狙うのが上策と判断した。その準備はしてきている。

「さて、問題は三斎だが……」

秀元が宗茂の目を捉えていった。宗茂に期待をかける思惑がありありだった。

「直接、お願いしてみてはいかがか」

宗茂が言った。

「いや、それでは断られるだろうよ。会う口実がない」

さすが腹の太い秀元でも、歴戦の武人であり、将軍家も気を遣うこの大物に、突然、面談を申し出る蛮勇はないようだ。

「松井殿は織部助殿とは親しい仲だった、そっちからお願いする手もあるはず」

細川忠興の家老、松井康之である。茶の湯を利休に学んだことから、織部とも親しい仲であった。秀元もよく知る武将茶人である。

「それも考えたが、もう肥後の八代に引っ込まれている。書状をやり取りする間がなかった」

「……………」

「三斎殿は早くから京に上《のぼ》られるはず。かの地に茶友も多かろうからな。それとなく京の細川屋敷にさぐりを入れてもらえると助かる」

秀元が深く頭を下げた。

細川家は二条城に近い烏丸と洛北の吉田に屋敷を構えていた。

思案顔をしていた宗茂が、やがて、陽に焼けた顔に深い皺を寄せて微笑んだ。それを目にした秀元が、新たに茶を点てるべく、持参の風炉に向き直った。


この後、将軍家の輿は箱根、三島、蒲原と進み、六月二十六日に清水に至った。家光はここから徒歩で久能山に登り、神君家康の廟所に参拝した後、駿府に下った。

駿府城に入った家光は、天守から雄大な富士を眺め、松平信綱の指揮のもと、旗本騎馬隊が城の周辺に展開する様子を望見する。家康はこの地で天下を睥睨《へいげい》し、豊臣家を滅ぼして天下統一を完遂した。家康を深く敬仰する家光の心中は、高揚の極に達する。

当然ながら、家光を出迎える大名たちの気の遣いようは只ごとではなかった。田中城、掛川城、浜松城と、そのための新たな殿舎が造られ、手の込んだ饗応がなされた。ことに、浜松は家康の天下獲りの拠点となり、また、先代秀忠が産まれた地でもあったから、家光の思い入れも格別だった。早朝より、周辺の五つの社寺に参拝し、新たな領地を寄進している。

月が替わり、七月二日に三州吉田城、三日、岡崎城、四日は途中、池鯉鮒《ちりゅう》で松平忠房の饗応を受けて後、そのまま名古屋城に入った。出迎えるのは御三家筆頭、大納言徳川義直である。

尾張徳川家では、この上洛に合わせて本丸御殿を大増築し、これを将軍専用御殿とした。以降、藩主の居住場所は二ノ丸となる。新たな御殿は絢爛豪華な襖絵で飾り立てられ、あまりに華美な設えに、家光が機嫌を損ねたとさえ伝えられる。御殿最奥部には、家康が清州城で寝起きをしたとされる小さな屋敷が、この夜のために移築されていた。

饗応に先立ち、義直から家光に、家康自筆の兵法書一巻と銃五丁が献上された。偉大な父の手になる兵法書は、義直にとり、何物にも代え難い宝物であったろう。それをあえて献上することで、将軍家に絶対の忠誠を示す、それが必要であった。これはどの城においても同様である。むろん、将軍の側でも豪華な品々を、当主のみならず正室や継嗣、家臣たちにも下賜してこれに報いた。双方とも莫大な費用を要した最上級の儀式だった。

六日に萩原、墨俣を経て大垣城に宿泊、七日には彦根城に入って井伊直孝の饗応を受けた後、八日に近江永原の館に入っている。

家康の時代に設けられた上洛のための御殿は、周囲に厳重な濠を設けた要塞でもある。つまり、往路は東海道から中山道へと入り、琵琶湖に沿って進んだわけで、東海道に沿う水口御殿は経由しない。遠州により、京の二条城に模して造られた上洛のための城には、帰途に立ち寄ることになったのである。

一方で、幕府正史はこう記す。

〈この日、水口にて小堀遠江守政一御懇命ありて、五畿検断の事を仰せつけらる〉

家光より水口にいる遠州に対して、入念な命が下されたと特筆している。これにより、畿内の差配を担う「八人衆」に、伏見奉行である小堀遠州が加えられたことが知られる。京と大坂を結ぶ淀の地を託された永井尚政、京都所司代として朝廷の監視にあたる板倉重宗、西国探題たる大坂城代の阿部定次など、八名の選ばれた能吏たちが家光の特命を受け、幕府の上方支配を任されることになったのである。その態勢を固めることも、この上洛の目指すところだった。

残暑の厳しい中の行軍であった。夕方に彦根城に着いた家光は、野外での饗応を望んだ。琵琶湖からの風を受け、星や月を眺めながらの宴は、秀元ら、随伴衆にとっても得難い機会であった。一の膳に添えられるのは、琵琶湖の寒鮒《かんぶな》を仕込んでつくる熟鮓《なれずし》である。秀元がこれを口にしてから酒を含む。やはり酒を愛する宗茂と堀丹後に微笑みかけると、二人も満面に笑みを浮かべた。京に近く、長く朝廷に食材を納めてきた近江の衆は、口が肥えている、やはり違うと秀元は思った。

湖水を渡る風に酔い、心尽くしの酒肴に酔う秀元は、一方で、至近の距離にいる小堀遠州のことを考えていた。

遠州の名を一躍高からしめたのは、家康の命により、駿府城の作事奉行に任じられたことだった。古田織部の指導もあり、茶庭《ちゃにわ》づくりに名を上げていた遠州ではあったが、大御所が天下に睨みを利かせる城を造るのとはわけが違う。そこは、舅でもある藤堂高虎の後ろ盾を抜きには語れまい。その後も家康肝入りの様々な作事を担い、また、朝廷に関わる建造物を多く手掛けていった。

遠州はいま、確かに水口にいる。今宵、遠州に会いに行きたいと願い出たなら、将軍家から許しは得られるだろうか。茶の湯の指導を理由にすれば、わずかの暇くらいはいただけるようにも思われる。帰路を待ったところで、二人になれる機会があるとも思えなかった。今しかない、そう思った時だった。

一段高い場所にいる家光が赤らめた顔を秀元に向けた。

「宰相に茶を所望したい。水口にいる遠州を呼び出したいところだが——」

秀元はどきりとしつつ、慌てて言った。

「私の茶など遠江守に及ぶべくもなし。ぜひ、ご当人をお招きくだされたし」

「ところがな、あいにくと昨日、京に向かったそうだ。二条城の茶室を新しくするよう命じていたところ、それが出来上がった由。その検分に向かったようだ」

秀元は胸中で落胆した。遠州はすでに京に入っている。

その後、秀元が持参の道具で家光のために茶を点て、月が中天に至るころ、野外の宴は果てた。引き続き、城内に設えられた新たな殿舎で酒宴が張られ、秀元ら御伽衆が解放されたのは夜半を回る頃だった。

七月九日、琵琶湖東岸の矢橋から船を使い、家光は膳所《ぜぜ》城（現大津市）に入った。翌十日、天守から湖水を眺望し、城主菅沼正芳の饗応を受けた後、午後には船を出して湖水を遊覧している。船中、すこぶる上機嫌で、和歌を詠じている。翌日の入京を控え、家光の昂りが徐々に嵩じてきていた。


寛永十一年七月十一日、三代将軍家光は膳所城を発して京に向かった。幕府旗本隊が軍装を整え、威儀を正して供奉する。膳所城から先、沿道は立錐の余地なく見物で埋め尽くされている。近江の民衆こぞって集結したかのようなあり様だった。

近江大津でまず、加賀の前田利常がこれを出迎える。さらに進んだ先では勅使、院使、摂関家に加えて、徳川頼宣が待ち受けていた。家光に先発した大名たちは、皆、ここ大津での出迎えを望んだものの、それでは沿道に人があふれて行列が進むことも叶わない。京で待つようにとの指示が出されていた。

己の刻（午前十時ころ）家光の乗る輿が、京の街を練り歩いて二条城に到着した。出迎える諸大名に大手門外で謁見した後、新たに造作が加えられた豪華な城内に入った。

これから二月、この城に滞在して宮中儀礼を進めてゆく将軍家のために、四方の城門には厳重な警備が敷かれた。土井利勝、永井尚政、小堀政一ら、幕閣は二条城周辺に京屋敷を構えていた。これに加え、譜代大名たちが宿所となる仮屋敷をその外側に設けた。外様はさらに遠い場所になる。なにせ、日本中の大名が家臣を従えて京に集まっている。その数は京の人口をはるかに凌ぐ規模で、周辺寺院では宿泊場所をまかないきれず、みな、前もって市中に仮の屋敷を建てる必要があった。秀元も一年前からその準備をしていた。別途上洛してくる供備えは三百を超える人数になる。

この日はまず京都所司代、板倉重宗が家光を饗応する。続いて永井尚政、久貝正俊、小堀政一が家光に拝謁した。久貝は大坂町奉行として長く治安の維持にあたってきた。やはり「八人衆」として京畿内の支配を担う重臣であった。

翌日より、勅使、院使をはじめとする朝廷からの使者を家光が二条城で引見し、将軍家参内に向けて準備を重ねてゆく。その合間に公卿や門跡、上洛した諸侯からの拝謁を受け、さらには神社仏閣、町人など、京を取り巻く各層の代表を次々と引見してゆく。家光と幕閣には寸暇もない状況だった。

秀元は三条と四条の間、堀川に近い場所に仮屋敷を設け、上洛早々、そこに腰を落ち着けた。毛利本家はかねて京屋敷を構えていたが、そこに入るわけにはゆかない。京に聚楽第があったころから出入りする商人に依頼し、手狭とはいえ書院も備えた仮屋敷を造作してあったから、小姓と近習が寝起きするには充分であった。国元から上ってきた人数は敷地内に建てた宿所で寝起きする。

参内の準備に忙しい将軍家に御伽衆の要はないはず、ここ数日は、伺候には及ばぬだろうと秀元は思った。尚政にも、遠州にも、おそらく暇はないだろう。細川三斎がどこで何をしているのか、宗茂からの報告はまだなかった。

秀元は書院にこもり書状を何通か認めた。一通は、大徳寺大仙院の沢庵に宛て、面談を請うものだった。寛永九年、秀忠逝去に伴う大赦で流罪を解かれ、先ごろ、京に戻ったと聞いていた。沢庵に帰依する諸侯は多く、秀元も機会を得て、その謦咳《けいがい》に接することを望んでいた。

もう一通は大和の茶人たちを取りまとめる人物、奈良の塗師屋《ぬしや》（漆器職）松屋久重に宛てたものだった。松屋は代々、茶人との交友が深く、当代の久重は尚政や遠州とも親しい。因みに久重の父、松屋久好は織部とことに親しかった。書状では、久闊《きゅうかつ》を叙して上洛中の茶事を持ちかけつつ、こう文面を結んでいた。

――内々、お頼み申し上げたき儀、これあり候――

大和に行くと言い遺して消えた白菊と武兵衛、二人の行方を探してもらう腹積もりだった。

自分でも、どうかしていると思う。探し出したところで、覚悟をもって去った女が戻るはずもなく、まして白菊のような女には考えられないことだ。そもそも、本家からの独立がかかった大事な折、女への情に囚われている余裕などない。

それでもなお、捨て置けないのはなぜか。秀元にはよくわかっていた。それは、紛れもない未練だった。白菊のいない日々、それがいかに味気ないものか、この間、嫌というほど味わった。

あまりに馴染んでいたため、却って白菊に無頓着となっていた、そのことにはっきりと気づかされたのである。ならば簡単なこと、首に縄をつけてでも連れ戻せばいい。だれか邪魔する者があるなら闘えばいい。

秀元は一番年若い近習を呼んだ。

「葭原の太夫のことは聞き及んでおるか？」

近習が平伏したまま頭を下げた。江戸に残した同僚からおよそ話を聞いているという。秀元はやや声を落として告げた。

「奈良の松屋にこの書状を届けよ。当主に面会が叶ったなら、直接に白菊の件を申し上げよ。その際に、これから話すことをくれぐれも忘れぬよう」

白菊の父親は大和の連歌師だと、武兵衛は話していた。その武兵衛は確か、大和の国人領主に仕える同朋衆だった、そう語っていた。そのあたりが、行方を捜す糸口となりはしないか、久重に伝えておきたいと思った。

「仮に住処《すみか》が知れたら、まずは当方に報せてほしい旨、念を押すこと。よいな」

下手に触って、また行方をくらまされたら厄介だ。真っ先に駆けつけ、白菊にいまの思いを素直に告げるつもりであった。

京に入って八日目の七月十八日、将軍家光は二条城を発して御所に向かった。扈従《こじゅう》するのは一門、譜代の大名と上級旗本たちである。御所の門前で、御三家と四位以上の大名の出迎えを受け、これを従えて禁裏に参内する。待ち受けるのは、家光の妹である徳川和子《まさこ》が入内《じゅだい》し、後水尾帝との間に誕生した女帝、いまだ十一歳である。

　この日から延々と続く幕府と朝廷との儀礼は、家光の治世における両者の関係を決定づける、重要な意味をもっていた。

　徳川家康は、太閤秀吉と近く、上方に強い影響力をもった後陽成天皇を退位に追い込み、その意向と異なる皇子を帝位に就けた。後水尾天皇である。同時に、秀忠の娘、和子の入内を決めたところで世を去った。しかし、後を受けた秀忠は、帝にすでに男児がいたことから和子の入内を先延ばしにし、また、朝廷に対する幕府の統制を強めたこともあって、帝と対立することになった。寛永三年に家光とともに上洛、二条城への行幸を果たして関係回復を図ったものの、翌年、世にいう「紫衣《しえ》事件」を引き起こす。諸侯が深く帰依する沢庵宗彭ら、高僧たちがこれに激しく反発して配流された。寛永六年、帝が幕府に相談のないまま譲位する事態に至る。

　その秀忠が寛永九年に死去すると、状況は一変する。家光は即座に沢庵らを赦免し、朝廷との関係修復に舵を切った。それを確かなものとし、朝幕関係の一層の安定を図ることこそ、この上洛の最大の眼目であった。

　家光は姪でもある天皇に拝謁し、両者による式三献が執り行なわれた。続いて、供奉する御三家に対して天盃が下賜され、さらに、四品以上の大名たちには天顔を拝する機会が与えられるなど、粛々と宮中儀礼が進められていった。

　その後、家光は仙洞御所に参内して、上皇（後水尾）と大宮（和子）に拝謁した。

　この上洛で、家光がことに配慮をしたのが上皇であった。拝謁が済むや、かねてより上皇が所望していた万葉集の注釈本を献上する。天下の稀覯《きこうぼん》本であった。これに応えるように、月が明けて後、上皇は家光を仙洞御所に招く。大宮を交えて親しく食事をし、懇ろなる扱いを受けた家光は、上皇との間に親密な関係を築くことに成功する。江戸に戻る前には井伊直孝、土井利勝らを仙洞御所に派遣し、上皇に対して院政を献言する。この面談は深更に及んだと、あえて史書は記す。以降四代にわたり、後水尾の院政は続けられた。朝幕関係は安定し、この後、将軍の上洛は行なわれなくなるのである。

参内の翌日、諸大名は正装して二条城に登り、家光に対して祝詞を言上した。併せて各自、太刀目録を献上している。これは将軍への忠誠を確認する重要な儀式だった。それが済むと、重臣たちが公卿のもとにお礼の使者として派遣された。それに応じ、天皇、上皇からの慰労の使者が二条城に遣わされ、さらに、取り決めに従った儀礼や答礼、饗応が連日、続けられていった。

この間、公卿、諸侯、幕臣から下吏に至るまでに金品が授与されている。また、京を取り巻くあらゆる階層に寄進や祝い金が施され、最後には京の町年寄を二条城に呼び、銀十二万枚を上洛祝いとして町民に下賜している。

この上洛にかける家光の熱意を伝える記述が、正史には延々と続いている。家康は莫大な金銀を秀忠に遺し、秀忠はさらに増やして家光に渡した。だが、家光が没する際、幕府の金蔵はほぼ空になっていた。その多くが日光東照宮造営と、この上洛によって費やされたとされている。

上洛の最大の山場を越えた家光は、七月二十一日、二条城二ノ丸で大がかりな饗宴を催した。摂家、親王、門跡、公卿ら殿上人に加え、中、下級貴族、御所を警固する北面の武士までもが招かれ、武家側も御三家、国持以下、総勢四百名を超える大名、旗本たちが参会を許された。武家儀礼に従い能舞台で猿楽が催され、階層ごとに分かれて、七、五、三、或いは、五、五、三の豪華な御膳がふるまわれた。さらには、町人たちも土間での猿楽観覧を許されていた。

秀元は御伽衆として家光に近い場所に座を占めていた。隣り合う国持大名の席には伊達政宗や島津家久の顔が見える。白菊に関し、家久からも伊勢貞昌からも、あれから何も言ってきてはいない。白菊が葭原から消えたことについて、二人は秀元の差金を疑っているだろうが、あえて打ち消すこともなかろう。家久にとっていずれ遊びのひとつにしかすぎまい。

御膳が次々繰り出されてゆく中、酒も入り、座が賑やかになってゆく。政宗がいつものように酔って高声を発していた。家久がそれに合わせて手を叩いているのは、猿楽の出来についてあれやこれや論じているようだった。二人は猿楽好きで知られている。家光もこれにつられたか、もう一番、「船弁慶」が観たいと言い出す。さらには、御三家に対し、殿上人の席に移って酒をすすめるよう命じている。朝から始まった饗宴は、予定された刻限を大幅に超え、夜に入っても続けられた。

宴が佳境に入る中、軽く肩を叩かれて秀元が振り向くと、隣り合わせる宗茂が目配せをしている。その方向に目を向けると、幕閣が座を占める中から、永井尚政が軽く会釈した。給仕している御殿坊主に何やら耳打ちし、その坊主が秀元の元に来て、言付けを伝える。

「信濃守様が、今宵、屋敷においでくださるようにとの仰せです」

秀元が承諾した旨を伝える。尚政が秀元に顔を向けるのを捉えて、軽く会釈を返した。

尚政からの急な呼出しなら、例の件に関することに間違いない。上洛が山場を越え、また、太刀目録の献上も済んだ。後は、家光からの知行宛行状がいつ下されるのか、その奉行を勤める尚政の勤めはそこが山場となるはずだった。

宴が果てた五つ（午後八時）すぎ、秀元は宿所に戻ることなく、二ノ丸控えの間で尚政を待っていた。尚政の屋敷は二条城に接して設けられている。呼出しがあり次第、そこに赴くつもりであった。

ようやく声が掛かったのは、もう四つに近い刻限だった。酔って熟睡していた伊達政宗も、少し前、家臣に担がれるようにして控えの間から退出していた。

永井屋敷の簡素な居室で向き合った。久々の面談である。

「お待たせして失礼仕った。お上が御座の間にお入りになるのを待って、早々、城を下って参りました」

「いやいや、ご多忙の身に厄介をかけるのは当方、まこと忝い《かたじけな》」

秀元が深く頭を下げた。

秀元は控えの間で軽装に替えていた。尚政も帰館後、すぐに着替えを済ませたようだ。肩の力が抜けた風情で風炉に向かい、茶を練り始めた。秀元もほっとする思いで緊張を解く。上質な茶の香りが秀元の鼻孔に届いてくる。尚政の知行地は宇治を含んでいる。最高の茶葉が容易に手に入る。

「まずは一服いたしましょう」

秀元が差し出された濃茶を口に含んだ。文句のつけようのない深い味わいだった。あえて屋敷に呼んだのはこのためだったかと、友の気遣いに思いを致す。有難かった。

尚政が微笑みかけるのに応じ、今宵の件に話を向ける。

「ご上洛にかける大樹のご覚悟、本日のご様子にもうかがえましたな」

「さよう、よほどほっとされたか、御酒を過ごしてはおられたが」

尚政が自身もほっとした様子で口にし、秀元が頷いた。

「上方仕置きの態勢も決まった由、信濃殿はさしずめその筆頭でしょうから、益々、忙しくなりますな」

「それは淀への入封を仰せつかった際、覚悟いたしました。気が滅入るのは……」

「気の滅入ること？」

秀元の問いに、尚政が首肯しつつ言った。

「こうして茶友と過ごすひとときが、間遠になりはせぬかと」

やや表情を曇らせた。なるほど、志が得られたときに人が求めるものとしたら、それは友であろう。同じ風のなかを走った者との語らいこそ、最上の刻《とき》である。

だが、と、秀元は思う。宗茂や長重は、同じ感興の中に棲む友と言えるだろう。苦い敗残を生き延びてきたからだ。しかし、尚政はといえば、戦場の経験があるとはいえ、勝敗を握る采配を揮ったわけでなく、敗軍の将となったわけでもない。それでも尚政とのひとときを貴重と感じるのは、なぜなのか。

尚政は、茶の湯を介し、人と人が心を許す瞬間を知っているからだろう。古織公が「小間《こま》」と呼んだ狭い場所にひろがる豊かさを、この武将は知っている、その一事をもって、秀元は尚政に強い親愛の情を抱くことができる。そういうことだ。

秀元が大きめの茶碗にわずかに残った茶を飲みはし、言った。

「茶友はいずれ見つかりましょう。信濃殿の茶は友を呼ぶに足る」

尚政が笑みを見せる。ふいに、秀元はこれから交わす話がどうでもよいように感じる。だが、そういうわけにはゆかぬのだ。

「御朱印改めの件、ご報告もせず失礼仕りました。ようやく発給に関し、お上のご指示がありました。月があけた十一日より、順次、まずは前の写しの提出を求めることになりましょう」

元和三年、将軍秀忠の名で下された証書の写しだ。もちろん長府毛利家に対してではなく、本家、長門守秀就への指示である。

「そこにわが家《いえ》の領知が記されていなかった場合は――」

「長府毛利家として宛行状を得ることも、或いは、できるのではないかと思われます」

「では、本家より分知する旨が書かれていた場合は、どうなるのでしょう」

「それでも御家に宛て、ご朱印をいただくことはできると思います。ただ――」

尚政は一拍おいた。

「それは大ごとになりましょうな。台徳院様の御下知を覆すことですから」

「……………」

「いずれにしろ、写しを確認するのはわれら三奉行、結果はすぐにお報せいたしましょう。安藤殿と内藤殿へは、私よりそれとなく話しておくつもりですが、貴殿より、前もってご挨拶あってしかるべきかと」

秀元が深く頷いた。

続けて、土井利勝と酒井忠勝、二人の老中への根回しが肝要である旨、尚政から念押しがあった。長府毛利家への朱印状を二人が了承し、それを将軍家に上奏して裁可を仰ぐ手順となるのだろう。

利勝へ、江戸において相談を済ませておくつもりだったが、それが叶わなかったことは、尚政に書状で伝えていた。なんとしてもこの京で、利勝、そして忠勝との面談を果たさなければならない。

「話が漏れるようなことになれば、ご本家も黙ってはおられないでしょう。表立った動きは控えたほうがよろしいかと」

秀元が再び、深く頷いた。開け放った廊下側から紅色《くれないいろ》の蛾が飛び込み、百目蠟燭の炎に触れて落ちた。残暑の夜は更け、秀元の額から首筋へと大粒の汗が流れ落ちる。

この時から秀元の目まぐるしい日々が始まった。

（二）

土井利勝は六十一歳、先代の御世には出頭人として権勢をふるい、何事につけ大炊殿次第、とまで言われた。利勝に話を通せば、万事それで片が付いたのである。家光の代となっても、老中のひとりとして幕閣を仕切る立場にあった。

秀元は利勝の三男、利長に娘を嫁がせていることもあって、親密な関係にある。上洛中の儀礼が粛々と進む中、閏七月一日朝、秀元は利勝を京屋敷に訪ねた。尚政から耳うちされて十日、なかなか機会をもらえず、じりじりと待ってこの日となった。

朝一番にもかかわらず、利勝から快く出迎えられた。

早々、秀元は本題に入った。この期に長府毛利家として知行宛行を受け、本家から独立する意志をはっきりと口にした。日頃の付き合いから、秀元と秀就の関係について、利勝が知らぬはずはない。また、利勝、秀元、尚政の三人は茶の湯を通じても親しかったから、裏には尚政の助言があることに気付いているはずだった。

しかし、話が佳境に入るや、利勝はやや身構える様子を見せた。

「日向守は何と？」

徳山の就隆も一蓮托生《いちれんたくしょう》、秀元の指示に従っている。

「私と同様、知行を別にお認めいただきたいと申しております」

利勝がやや難しい顔で言った。

「仮に、本家の判物に御家の名がなかったとして、新たに宛行状を発給するか否か、まずは、讃岐守と相諮《あいはか》ることになろうが……」

もう一方の老中、酒井忠勝の同意がいるというのだ。かつてのようにはいかぬ、そういうことか。家光親政が始まってこの方、何かにつけ二人の合議が求められていることは、秀元も承知していた。だが、このような大事に対して利勝が味方についてくれぬとは、正直、秀元は考えていなかった。

「大炊殿より強く推していただくことは叶いませんか？」

秀元があえて口にした。利勝が緩慢な動きで茶碗を手にする。ゆっくりと茶を含んでから言った。

「まずは、ご主旨、しかと承りました」

利勝は話を打ち切った。

その後は今後の幕政について、いつものように得難い話が利勝から披露された。うって変わって雄弁だった。この上洛を機に、上方から西国にかけ、大がかりな転封があるだろうと、利勝は口にした。その目玉が酒井忠勝だった。関東の要衝、武蔵川越から越前の小浜へ、大幅な加増のうえ転ずることになるという。

普段ならば、ひと言も漏らすまいと耳を傾ける秀元だったが、この時は心ここにあらずだった。利勝の一存では事が運ばないとなれば、至急に忠勝と面会して話を詰める必要がある。頑固者で知られる老人が、果たして素直に首を縦にしてくれるものか、正直、自信はなかった。茶道具もあの無骨者には役に立たないだろう。

別れ際、双方の用人を通じて遣り取りを進めたい旨、利勝から告げられた。それとなく、この案件から逃げるそぶりが見られるように秀元は感じた。或いは本家の秀就に勘づかれたかと思ったが、尚政から告げられぬ限り、それはあり得ないだろう。現に、親しい仲の利勝すら、初めて耳にする様子であった。

その夜、秀元は居室にしている書院に就隆と相杜元縁、それに用人の結城三左衛門を集めた。

利勝の対応を簡単に伝える。就隆が言った。

「土井大炊殿ならば、さほど難しいことではありますまい」

「そなたは知らぬようだが、いまは万事、老中の合議を経てお上がご判断する。大炊殿の独断でことは進まぬ」

「であれば、酒井殿に対してどのように持ちかけるか」

秀元が頷いた。用人に視線を向ける。

「明日にも讃岐守の屋敷に出向き、面会を申し入れてくれ。要件はそうさな、ご栄転の件とでも耳打ちしておけ」

利勝から聞いた忠勝の転封話を披露した。あの話ぶりからして、今日にも方々に知れ渡っていることだろう。

三日後の早朝、秀元は就隆と相杜を伴い、酒井忠勝の屋敷を訪れた。登城前の慌ただしい時に持ちかける話ではなかったが、転封の祝詞を要件とした都合上、致し方ない。

案の定、知行宛行状に関して秀元が口にすると、忠勝は不審の思いを隠す様子もなく言った。

「ご本家の判物には目を通されたのか？」

「いえ、それがなかなか叶いませんでした」

秀元はこれまでの本家との経緯《いきさつ》に関し、包み隠すことなく申し伝えた。

幼くして藩主の座につき、覚悟も定まらぬままに江戸暮らしとなった秀就は、目に余る放蕩を繰り返した時期があった。秀元や家老の諫言、また、隠居して萩に住む父からの叱責にも耳を貸さず、そのつけは秀元ら、江戸で対応に当たる者たちが払ってきた。それを根にもち、いまや、公然と秀元に反感を向けるようになっていた。恥をさらすもやむなし、忠勝に対して、その腹のうちを吐き出した。

秀元を凝視したまま、黙って聞いていた忠勝が、ようやく口を開いた。

「むろん、長門守殿はご存知ないことでしょうな」

秀元が大きく首を縦にした。

「大炊殿と貴殿は親しい仲、あっちには話はされておろうな？」

「この件、讃岐守殿と相諮ることになろうとのお話でした」

「ふん」

苦笑交じりに鼻を鳴らした。秀忠の信任のもと、利勝が権勢をほしいままにした頃を想ったのだろうか。忠勝は、家光の将軍就位と同時に本丸年寄となり、いまや、最も信頼を寄せられる忠臣である。天正生まれの四十七歳、秀元より八つも若いはずが、そうとは思えぬ老成した分別顔をしていた。

「甲斐守はお上の覚えめでたきゆえ、或いは、歎願をお許しあるかもしれぬ。だがな、拙者《せっしゃ》はいささか承服しかねる思いもござる」

「承服しかねるとは？　是非にもご高説を拝聴したい」

秀元の強気の虫が顔を出す。単なる傳役《もりやく》風情《ふぜい》が、そうつぶやく胸の内を抑えることができない。

同席する就隆と棡杜が顔を強張らせる中、忠勝が続けた。

「ご本家から離れんとする、その大義はいずこにありや」

「大義？」

「いかにも。そこに、拠ってたつ理《ことわり》が、ありやなしや」

秀元はとっさに口にすべきか迷った。関ヶ原に先立ち、秀元の立場は毛利一統ではあっても、別家大名として認められていた。その点は吉川広家も同じである。敗戦後、徳川に恭順した毛利に対し、家康は当初、輝元、秀元、広家を個別に処罰、乃至、処遇する意向だった。しかし、家康による知行宛行状は発給されないまま秀忠の代となり、毛利本家の一円支配を認める判物が下されて、今日に至っていた。従って、秀元にはそもそも、本家から分知されているという思いはない、それが本音であった。

口を閉ざしたままの秀元に対し、忠勝が諭すように口にする。

「長府毛利家が独立を果たしたとして、それによって毛利一統の家勢が衰えるようでは、貴殿に大義があるとは申せますまい。甲斐守と長門守、お二方の諱《いみな》は、家祖元就公より一字を受け継いだものではござらぬか？　ご両所が仲良く手を携えてこそ、毛利の家運はいや増す。拙者はそう思うがのう」

こんな男と話しても埒《らち》は開くまい、そう思っても、どうにも腹の虫が治まらない。

大義とは笑止千万、大御所家康の大坂攻め、あのどこに大義があったというのか？　誰もが眼を見張るほどに聡明だった秀頼公、その高貴な魂の逃げ場をふさぎ、追い詰めるようにして開戦に持ち込んだのは、どこの誰であったか。外堀を埋められた大坂城内では、秀頼公も淀の方も、講和やむなしと承知していた。豊臣家の名誉ある退城を大御所が認めさえすれば、摂津でも紀州でも、どこへなりと移封に応じたはずなのだ。そのことをみな知っている。知っていて誰もが口を閉ざしただけである。

「登城前にお引止めし、失礼仕った。これにてご免！」

秀元が頭も下げずに腰を上げようとするのをさえぎり、元縁が傍らに控える用人に頭を下げて言った。

「奉行の方々よりさらにご助言を仰ぎ、改めまして参上いたします。なにとぞよしなにお願い申しあげます」

忠勝の用人は姓名を名乗り、椙杜に対して、同じように深く頭を下げた。

この日、秀元に登城の予定はなかった。刻限はいまだ八つ前、頭を冷やすためにも、大徳寺に足を延ばして三玄院《さんげんいん》に詣でようと思い立った。

三玄院は多くの武将茶人が帰依した高僧、春屋宗園《しゅんおくそうえん》により開基された塔頭であり、古田織部も宗園に度々参禅し、死後、遺体はここに葬られていた。途中、立花宗茂の仮屋敷を訪ねて誘ってみるのもよいか、乗ってくるようなら、龍光院か高桐院、いずれかで茶でも馳走になろうか、そう、あれこれと思案する。龍光院は黒田家の菩提寺、高桐院は細川家の菩提寺で、葬られている黒田如水《じょすい》、細川幽斎《ゆうさい》は、いずれも名の知れた茶人でもあった。凝った造りの茶室、茶庭もあると聞くから、参拝だけでもしておきたいと思った。

就隆、椙杜と別れ、二条城から千本通りを北に向かう。途中、左に折れて、北野天満宮へと続く道をたどる。付近の大将軍に宗茂が宿所を構えているからだ。

立花家の仮屋敷は急な作事とは思えない造りとなっていた。上洛の供備えは八百と聞く。そのための多数の宿泊所も設けられていた。この上洛が終われば、これも取り壊すことになるのだろう。無駄な費《つい》えには違いなかった。

訪いを告げると、宗茂の用人が応対に現れ、今しがた出かけたばかりだという。聞けば、蹴鞠《けまり》の飛鳥井《あすかい》家を訪ねているというから、稽古でしばらくは戻らないであろう。宗茂の蹴鞠は免許を受けるほど達者だ。立花屋敷を後に、さらに北に向かう。

やがて大徳寺の巨大な山門が遠望された。宗園に師事し、この山門を寄進した千利休は、その一件をめぐり秀吉から死を命じられることになった。それから早、四十年の時が流れた。茶の湯はその間、大いに栄えもし、何かを失いもした。山門に目を向ける秀元に深い感慨が押し寄せる。

さらに山門に近づくと、御伽衆の朋輩でもある堀直寄が退出してくるのが見えた。急ぎ駕籠を降りて直寄に声をかけた。

「さても、甲州やいかに。忙しい中、参禅でもあるまい」

「古織公の墓に詣でたいと思い立ってな」

さりげなく応じたものの、いまの鬱屈した気分を直寄にぶちまけたい思いもこみ上げる。

堀丹後守直寄は信長、秀吉に仕えた堀秀政の家老職、堀直政の二男として生まれた。陪臣ながら器量を秀吉に認められて小姓となり、その死後は家康に仕えた。駿府に近侍して天下人の信頼を勝ち取ると、大坂の陣でも武功を上げて、越後に十万石を領する大名となった。秀元とも似た境遇を歩み、乱世を知勇で生き延びた強者《つわもの》は堀丹州《たんしゅう》の名で諸侯に親しまれ、家光からも敬愛されていた。

「急ぐ用がないなら、いま一度戻って、茶でもつき合わぬか？」

直寄は断りを口にし、すまなそうな顔をして言った。

「先師が江戸から戻られた。ご尊顔《そんがん》を拝すべく参上したところ、生憎、お出かけの様子。少々、師と談ぜねばならぬ案件もあって、すぐに追いかけねばならぬ次第だ」

秀元が納得したように頷く。

直寄の師とは沢庵宗彭、その人である。諸侯の尊崇厚き中でも、とりわけ深く帰依したのがこの直寄であり、配流の身を案じ、幕臣の柳生宗矩《むねのり》とともに赦免に奔走してきた。この機会に、沢庵の家光への拝謁を丹州らが画策している、そんな噂も秀元は耳にしていた。

「私も面会を願ったものの、いまだなしの礫《つぶて》だ。丹州すら会えぬなら、順は巡っては来ぬかな」

直寄と秀元は二つ違い。兄に寄せるような笑みを秀元が送ると、直寄も目尻に深い皺を刻んで微笑んだ。

秀元は三玄院で一刻ほどを過ごした。院内には古田織部の他、石田三成も葬られている。二人の位牌に香華を手向けて手を合せた。宗園に深く帰依した三成が、浅野幸長、森忠政とこの寺を建立したのだ。三条河原に晒された三成の首を持ち帰り、宗圓はここに手厚く葬った。徳川内府がそれを知ってどう思ったか知らぬ。知りたくもないと秀元は思った。師の織部もまた、宗園の弟子たちの手でここに眠ることになった。

住職から昼餉を勧められたが、秀元は茶だけ所望し、陽が中天に昇る前に寺を辞去した。土井利勝、酒井忠勝の対応を尚政に伝えて策を講じねばならない。宿所に戻り、急ぎの手紙を送って尚政が下城するのを待つつもりだった。だが、最前から一つの言葉が秀元の中に居座り、心を重くしていた。忠勝の口にした「大義」であった。

しかし、帰宿した秀元を待っていたのは、思わぬ報せだった。奈良の松屋からの使いの番頭が、神妙な面持ちで控えていた。用人の結城三左衛門に主人の手紙を差し出した。

――ご用命の件につきお報せしたきことあり。委細は番頭より――

「居所が知れたのか？」

秀元は、直接、番頭に問い質した。番頭が三左衛門に向けて言った。

「さる寺に入った由、まずはお伝えするよう仰せつかりました」

「寺？　寺で何をしているというのか」

秀元が番頭に向けて言った。直答を許す旨を、三左衛門から伝えられ、番頭が恐縮しつつ秀元に向けて言上する。

「おそらくは仏門に入ったと思われます」

「……」

秀元が低いうなり声を上げたが、その実、安堵の思いがあるのをはっきり自覚した。この間のことを思えば、失踪の理由が秀元にあるのははっきりしている。大和と聞いて、奈良の材木商あたりの世話を受けるつもりか、或いは、まとまった金を手にした武兵衛と茶屋でも開くか、そんなところだろうと思っていた。仏門と聞いて驚きはあったものの、あの女らしいとも納得した。

「して、場所は奈良か、いや、郡山あたりか？」

挑みかかるような口調に松屋の番頭が委縮する。三左衛門が口を差し挟むように言った。

「われら余所者でも名を知るような寺なのか？」

「当麻寺《たいまでら》と申しまして、二上山麓《ふたがみさんろく》の名高き寺でございます」

二上山当麻寺――。本尊の曼荼羅画《まんだらえ》が名高い大寺であり、大和から河内に抜ける街道沿いにあって、多数の塔頭を擁する大伽藍を誇っていた。

松屋の番頭が恐る恐る続けた。

「ご本尊の大曼荼羅は信心篤い姫君によって織られたと伝わります。その姫を導いたのは、尼に姿を変えた阿弥陀如来と観音菩薩であったそうで、それもあって、古くから女人の信仰を集めて参りました……」

何か、秀元の中でうごめく思いが芽生える。

「白菊がそこにいると――」

「江戸から流れてきた美しい女が入ったという噂が立ちまして……主人が素性を確かめるべく寺と談判いたしましたが、埒があきません。ただ、同行してきた老爺《ろうや》がおりまして、そのまま寺男となって身辺を離れぬ由、おそらくはお尋ねの女人ではなかろうかと」

主人久重の判断で、ひとまずはお報せした次第だという。

ならば、白菊と武兵衛に間違いなかろうと、秀元も思った。番頭によれば、諸国を流浪する遊芸の女たちがこの寺に居つくことも多く、それとなく寺内で話を拾い集めたところ、尼が庵主を勤める古い塔頭があり、そこに入ったものと目星がついた。だが、当の庵主から面会を拒絶されたと話す。

「拒絶された――いるともいないとも、はっきりしないといいことか」

「一心に修行する身、誰とも会いたくないと、女自身が頑なに拒んでいるそうです」

白菊ならさもあらんと秀元は思った。進んで仏門に入ったとするなら、半端なことで翻意するような女ではない。引き戻すなら、道はひとつしかない。

いまから大和に向かうとして、夜分には戻って来られるだろうか。だが、その間に尚政からの返信があった場合、対応を梱杜に任せるしかなくなる。それでは尚政に相済まぬ。

秀元は迷った末、ひとまずは番頭を大和に帰した。引き続き様子を探ってほしい旨、礼とともに手紙に認め、都合がつき次第、大和に出向く意向を言付けた。

その夜、尚政からの返事はなかった。悶々としつつ、心を占めるのは阿弥陀如来に手を合わせる白菊の姿だ。

仏門に入るきっかけは何か。少なくとも花見の宴までは、連歌会《れんがえ》に心躍らせていたはずだ。あの夜、伊達政宗と島津家久から過分な扱いを受けたうえ、周囲も驚く句の冴えを見せた。一夜の夢、そんな言葉が相応しい華やぎだったではないか。どこに不足があるというのか——

哀しいかな、秀元には、華やぎに隠された白菊の心の虚《うろ》が見えていなかったのである。二人の男にひけをとるまいと気負うあまり、この夜、白菊の心が徐々に澄み渡ってゆく様を見逃した。

その夜、秀元の夢に白菊らしい女があらわれた。白い尼頭巾をまとう顔を俯けているため、女の顔を確かめることができない。秀元が必死で確かめようとしても、そのたびに女は顔を背けてしまう。もちろん必死の呼びかけにも応えない。

夜半に目覚めた秀元は汗をびっしょりかいていた。嫌な夢だと思った。

夢に続く浅い眠りの中、夜が明けると同時に尚政からの使いがやってきた。この日の登城前、屋敷に土井利勝を訪ねたい旨、秀元と就隆の都合を問い合わせてきたのだ。秀元は同じ敷地内に宿所を構える就隆に報せを出し、急ぎ身支度を整えた。尚政が同行してくれるなら、本日のこの面談で話を決めるしかない。新たな知行宛行を受けるため、なんとしても利勝を動かし、忠勝を説得してもらうしかない。いっそ、今日、その場で利勝から言質《げんち》を取るに若くはなし——

就隆の用意が調う間、秀元は自室で茶を用意した。普段、朝に喫する茶より濃く練り、背筋に芯を入れたいと思った。それから、江戸から持参した天下一の名物「蕪無花入」を取り出し、畳に置いた盆に据えてじっくりと眺めた。これが見納めになるかと思えば、一時でも長く目にしていたいと思う。

家光親政が始まってこの方、幕閣への贈答品はご法度となっていた。大樹の潔癖を怖れてみな、これに従っているものの、時と場合による。土井大炊に差し出すか、ドブに捨てるつもりで酒井讃岐にくれてやるか、その場で判断するためにも、常に持参して二人に臨むのが上策であろう。秀元は腹をくくり、もう、京にある間はこれを見まいと心に定めた。

六つ半、永井尚政に伴われ、秀元と就隆は土井利勝の宿所を訪れた。土井屋敷は二条城の東隣、濠際の大きな一郭を占め、並びは酒井忠行邸、松平信綱邸であった。

尚政から改めて、長府毛利家、徳山毛利家への知行宛行の件が持ち出された。利勝は小さく頷きつつも、言葉を発することなく聞いている。下手な言質は与えまい、そんな様子にも秀元には感じられた。

秀元が背後に控える椙杜を促し、持参した風呂敷を手元に引き寄せた。無言のまま箱を開き、「蕪無」を取り出した。利勝の口から小さな叫び声が発せられた。

「大炊殿もご存じのように、いま、わが国元で良い茶道具が出来つつあります。織部助殿より譲り受けた伊賀ものも所持しておりまして、この花入はしばらく使っておりません。大炊殿の手元に置いていただけたらと、持参いたしました」

秀元が手にした「蕪無」を畳に置き、そのまま利勝に向けて差し出した。

その様子を、尚政がぽかんと口を開けたまま見つめている。秀元が背筋を立てた。

利勝が秀元から目を逸らした。向かった視線の先には「蕪無」がある。じっと見つめたまま動きを止めた。

「とても私に贖《あがな》えるような代物《しろもの》ではありませんな」

「いや、お手元で使っていただけたならありがたい。飽きがきたらお戻しください。大炊殿の許にあったというだけで値打ちが増すというもの」

天下に認められた名物だから、それはあり得ない。掘り出しものではないのだ。それを知って、みなが芝居に付き合っているのは、家光のお触れが効いているからである。幕閣にある譜代や旗本たちが、外様へ便宜をはかる見返りに多額の金品を懐にしているのを知った家光は、こう言い放った。

――そなたらの内に富貴を好む者あらば、私の蔵から好きなだけもってゆくがいい――

秀元は贈るとは言っていない。お預けすると言いつつ、いつ返してもよいというのだから、返って来なくても文句はないのである。

やがて、視線をもち上げた利勝が大きく肩で息をついた。

「甲斐守のご決意、しかと承りました」

そう言って「蕪無」を秀元に向け押し返すと、目尻を緩めて続けた。

「宿願が叶った暁には茶事にでもお招きくだされ。この花入が映える頃、そう、間もなく桔梗も見ごろとなりましょう」

秀元と尚政がほっとしたかのように微笑んだ。

そのまま登城するという利勝、尚政と別れ、秀元は京の街をゆっくりと散策する。二条城から宿所に向けて南下し三条に入った。

三条通りはかつて「せともの屋街」と呼ばれて、茶道具類を並べた店が櫛比《しっぴ》していた。近くには古田織部が屋敷を構え、その指示のもと、諸国で焼かれた茶碗やら皿やらが賑やかに商われていたのだ。その鮮やかな色合いは茶の湯会席の風景を変えた。新しい世の新しい宴を演出したのだ。その栄華も、織部が自死するとともに、ほとんどの店が取り壊しとなって消えた。

　織部屋敷があった辺りに差しかかる。ひときわ異彩を放った屋敷と数寄屋は藤堂高虎に下賜され、伊賀の上野城に移築されたと、秀元は聞いていた。いまは夢の跡すら感じることはできなかった。

　堀川に沿う宿所に戻ると、用人の三左衛門が宗茂からの伝言をもたらした。朝七つすぎ、少人数の供でふらりと現れたようだ。終日、在宿しているとのことで、秀元の来訪をお待ちする、そう言い遺して立ち去ったという。堀川沿いをぶらりと散策していた、そんな風情だったと三左衛門は話した。

　秀元が在館したなら、立ち寄って茶でも飲んでゆこう、そんなところだろう。秀元は、織部を偲ぶ感傷から抜け出し、しばし愉快な気分になる。すぐにも出向きたい思いだったが、行き違いにならぬとも限らぬ、まずは短い手紙を書いて、昼餉の都合を尋ねる使いを送った。

　その昼餉、宗茂の手になる懐石はさすが、妙味が利いていた。向付は近江の鮒鮓《ふなずし》と鯖の糠漬《ぬかづ》け、二品《ふたしな》用意されていた。鯖は越前からはるばるやってきたということで、塩の利かせ具合が飯によく合った。汁は鯛。追って出された取り回しは、これも越前からきた鯖の焼き物で、浜焼きが串にさされたまま供された。皿は大ぶりの黄瀬戸である。二人とも酒が進んだ。

「丹波の松茸はなかったのか」

「客の分際で贅沢はいわぬこと。丹波ものはもう一月も後でしょう」

しばらくは京の食材について、あれやこれやの話になった。江戸とはずいぶん異なるのはむろんのこと、同じ鯛でも若狭の甘鯛がいかに美味か、二人の意見は一致する。二人とも茶の湯の懐石には包丁人は使わなかった。

料理話に区切りがつくのを待って、秀元が今朝がたの経緯《いきさつ》を宗茂に話した。宗茂は時折相槌を打ちつつ黙って聞いていた。

「大炊殿が請け合ったなら、まず、問題はないでしょうな。甲州の日頃の奉公もある」

秀元も納得するように頷く。宗茂が一拍おいて続けた。

「いや、その件とは別に、三斎殿のことで、少々、お伝えしたいこともあって」

「うん、うん。かの仁と話はできたのか？」

「貴殿が会いたがっているとは話しておいた。茶の湯に関して話がしたいようだ、そう誤魔化しておいたから、まさか、会ってはくれると思うが。その時期だが……」

「時期？　すぐに会ってはくれぬのか」

「ご尊父の代から京との縁が深い家だ。上洛のついでに会っておきたい人が山といるようだ」

「もったいつけやがる」

秀元が苦笑いをした。とはいえ、勝手に押し掛けるわけにもゆかない。しかも、織部の死出に立ち会った三人の中では、もっとも本音が語られた相手だろうと思えば、ここはじっくりと間合いを取る必要がある。

「大樹はこの後《あと》、月末に大坂に下る。本来なら我々もお供することになろうが、甲州は京に残ってはどうか」

そこならゆっくりとお招きもできよう、三斎はそう口にしたという。

利休に見込まれた大名茶人の招きには惹かれるものがある。しかもここは京、細川家菩提寺の高桐院には、たいそう凝った数寄屋があると聞く。秀元の心が動く。

障《さわ》りは将軍家にお供せずともよいかどうか。思えば、上洛の主旨はすでに果たされたといっていい。三斎から茶の湯の奥儀を聞く場を得たい、そう将軍家に話せば、許しを得られないこともなかろうと思った。

宗茂に率直な意見を求めたところ、無礼にはあたるまい、そう答えが返ってきた。

「厄介をかけるが、月末にお訪ねしたい旨、飛州からも口添え願いたい。私のほうからは頃合いをみて書状を差し上げる」

「承知した。それはよしとして、三斎殿がありのままを話すかどうか」

「飛州からみて、どう思う？　長い付き合いであろう」

宗茂の眉間に瞬時、皺が寄ったように秀元は感じた。何か懸念することでもあるのだろうか。

「何か気になることでも？」

「なぜ、三斎殿は織部助殿に会いたいと思ったのか。ともに利休居士の弟子だったとはいえ、ふたりの目指す茶の湯が異なるのは、自他ともに認めるところ。しかも大御所の勘気に触れた身、どんな難癖をつけられるかわからない」

「……」

なるほどその通りだと秀元も思った。二人の間でどんな会話がなされたのか、そればかり気を取られて、三斎忠興にどんな思惑があったかまでは、考えが及んでいなかった。さすが忠興と宗茂、ともに信頼を寄せる友人だけのことはある。

「飛州の考えを聞かせてはくれまいか」

「甲州が相手とはいえ、それを私が口にするのは、三斎殿に非礼にあたりましょう」

「けち臭いことを言う。糸口くらい話してくれてもよかろう」

粘る秀元に、宗茂が苦笑する。

「私が気になるのは、家康公がなぜ面会を許したか、そのことです」

宗茂がここまでと言わんばかりに茶の用意を始めた。

秀元が宗茂の宿所を出たのは昼八つに近い頃だった。駕籠に吹きこむ川風が秀元の頰をゆるく撫でた。昨日とは違い、秋だった。


尚政から運命の日と告げられた閏七月十一日、いつものように夜が白む前に床をはなれた秀元は、一人で身を清めて装いを整えた。残暑に備えて上布の涼やかな小袖をまとい、急な呼出しや登城に備えるため、夏用の紗《しゃ》の直垂《ひたたれ》も用意する。これは薄い藍地に、濃く一文字三星が染め出されている。藩祖毛利元就が好んだ装いだった。

まず濃茶を練って心胆を整える。ゆっくりと胃の腑に茶を落としつつ、この日の算段を想う。

尚政の話では、まず、各大名家に呼出しがかかり、先代秀忠から下賜された知行宛行状の写しが求められる。中身が納得ゆくものであれば、そのまま受理されるだろうという。仮に書かれていることに疑念があれば、その段階で朱印改め奉行との遣り取りがなされる。毛利家の場合なら、長府藩の秀元についてどんな記述がなされているか、もしくは何も書いてないか、である。

尚政の口ぶりからして、秀元について触れられていなければ、これを機会に新たに朱印状を受けることができるだろう。では、但し書きがあった場合、どうするか。それを書き換えるとなれば相応の返り血も浴びよう。その覚悟があるのか否か、腹を固めておかねばならない。秀元は背筋を伸ばして自身に問う。忍び寄るようにして、忠勝の口にした「大義」の言葉が去来する。

ふいに英勝院の語った言葉が聞こえた。

――上方の力を削がねば、いずれ江戸の幕府は弱ってゆく。

大御所家康が口にしたという言葉だ。関ヶ原に勝っても、いまだ、江戸は鎌倉にすぎぬと知っていた家康は、なりふり構わぬ戦いを仕掛けて豊臣家を滅ぼした。そこには大義などなく、あったのは江戸を中心とする徳川の世の安定、その思いだけだ。その信念だけが家康を動かし、そのためには将軍秀忠の信じる新たな世も、それを支えようとした大久保忠隣の忠義も、邪魔でしかなかったのだ。

わが長府毛利家をこの手で新たな繁栄に導く。それには本家の軛《くびき》から脱せねばならないのだ。

秀元がかっと目を見開いた。双眸に強い光が宿った。

「理《ことわり》はこの胸のうちにある。他人に語るようなことではない」

静かにつぶやくと、相杜の待つ御用部屋に向かった。

午の刻半（十二時）をすぎたときだった。尚政からの急ぎの使いがもたらされた。短い文面はこう書かれていた。

――御本家の判物に御身の名はなし。

加えて、詳細については夜半にお伝えするのでお待ちくださるように、そう使いから口頭で伝えられた。各大名家の宛行状の確認が始まったということだろう。

秀元は深く息を吐いた。椙杜に対し、まず就隆に状況を伝えるよう指示し、一人、自室にこもった。いま、じたばたしても仕方ない。

江戸から持参してきた織部の断簡二幅を、丁寧な手付きで畳に広げた。上段にあった料紙に改めて目をやる。

一　秀頼さま墨蹟
一　花入　唐銅象耳
一　水さし　伊賀耳付袋形
一　茶入　瀬戸耳付
一　茶わん　美濃　沓形
一　茶杓　利休　なみだ

料理膾《なます》　貝焼　アサリ　ふくさみそ
汁　松茸　芋入
飯　白箸
引物　鱒やき物　鮎鮓　海老
豆腐　胡桃カケ
菓子　鶉《うずら》やき　牛蒡《ごぼう》五分

酒　ふなくちおとし
あそびをせむとや

改めて眺めて思う。この前に、恐らくは客の名前が示されていたはずだ。だが、何らかの事情で、表装される際に切り落とされた。
そして下段、秀元が出入の表具師に極上の裂《きれ》で仕立てさせた軸はこうだ。

乙卯《きのとう》　六月十一日　昼
一　墨蹟　宗圓禅師
一　花入　伊賀耳付
一　水さし　信楽　鬼面
一　茶入　勢高　朱の盆
一　茶わん　美濃　沓形
一　茶杓　利休

切麦　大皿入り
引て　松茸やき　白煮　鯛ノ子

菓子　鶉やき

これにて仕舞い

こちらは、さすが心の乱れが顕れたのか、左に流れるように記されていた。

古田織部と取り交わした書簡、茶の湯に関し多くを教え諭された数々の言葉が、いくつもいくつも秀元の脳裏に浮かんでは消えていった。

弟子たちの中には、細々した教えを巻物にして所望する者もあった。たいがいの場合、織部はそれを断っていたが、切望されてあえて書き与えることもあったと、秀元は聞いていた。箇条書きにされたそれら条文は、千利休から相伝を受けたものとされる。

だが、と秀元は思う。師にすれば、教えとは、一座建立することで宗匠から弟子へと伝えられてゆくもので、文字に書き遺すべきものではない、そう考えていたに違いない。だから、秀元はあえて、巻物をねだることはしなかったのだ。

秀元に織部の声が聞こえる。

――茶を極める道は一代のもの、師に学び、師を離れよ

秀元が自室で端座すること数刻、尚政の使いが再びやってきたのは、夕六つを回った刻限だった。五つすぎ（午後八時頃）には身体が空くとのことで、あえて刻限を指定してこなかったのは、朝から諸家と応対し、やはり疲労が深いのだろう。明朝一番にうかがう旨を使いに伝え、秀元も

その晩は早々と床に就いた。

翌朝の永井邸。朝茶を振舞えない非礼を詫びつつ、尚政が言った。

「お報せした通り、毛利家の判物の写しには、御身については触れられてはおりませんでした。我々としては、確かなことが知りたいので、本書を持参するよう長門守の使者に指示いたしました。狼狽しておりましたな」

「狼狽していた……」

「まず、貴殿と日向守殿（就隆）の知行については、この領知の内に含まれるのかどうか、私から尋ねました」

「で、使者は何と？」

秀元が前のめりで問うた。

「この内に入っております、そう答えました。つまり、毛利長門守家が防長二州を一円領知し、その内から長府と徳山に知行を分け与えている、そう言っているわけです。われら奉行としては、確認のためもあって、原本を見たい、そう求めた次第です」

尚政の説明に秀元が頷いた。

控室で待つ各藩の使いに、次々と呼び出しがかかり、指示を受けた知行宛行状の写しを提出する。どこもそれが受理される中で、毛利家のみ質問を受け、原本証書を改めて求められたのである。狼狽するのも当然であった。

「さて、これからですが」

尚政が急ぐような口調で続けた。この後、すぐに登城して政務につかねばならないのであろう。

秀元も気持ちを引き締めるように丹田に力を込めた。

「原本にも御身の記載がないことが確認されたら、われわれの間で談ずることになります。甲斐守、日向守に宛て、新たな証書を発給するのが妥当か、否か」

秀元は静かに頷いた。ほか二人の奉行、安藤重長と内藤忠重にはすでに挨拶をすませてあった。二人は尚政から説明を受けていた様子で、いずれもにこやかに秀元を迎え、前向きに検討する旨、明言は避けつつも、胸のうちを明かしてくれた。秀元は言った。

「次なる関門はご老中お二方、ということですね？」

忠勝との面談の様子は、大まか、伝えてあった。賛意は示されなかったものの、主旨を伝えることはできた、そう簡潔に説明しておいただけで、「大義」云々についての遣り取りはあえて告げなかった。要らぬ懸念をもたれたくなかったからだが、やはり、包み隠さず話しておくべきだったろうか。秀元にかすかな悔いが残った。

「大炊殿と讃岐殿も賛意を示せば、あとはお上にご披露するのみ。貴殿ならば、否やはござらぬでしょう。朗報をお待ちください」

そう言い残し、尚政は急ぎ登城していった。

（三）

しかし、二日待っても、その朗報はやって来なかったのである。

三日目、閏七月十五日の早朝のことだった。秀元は大名二人の来訪を受けた。

この日は定例の登城日となっている。江戸在府の折と変わらず、諸侯みな二条城に上り、将軍家光の拝謁を受けることになる。それに先立ち、かしこまった様子で秀元の屋敷に現れたのは、幕府大目付の柳生但馬守《たじまのかみ》宗矩、そして堀直寄である。

前夜遅く、尚政からの書状により、柳生宗矩の動きについて報せがきていた。宗矩と秀就が近しい関係にあることは、もちろん秀元は知っていた。幕府大目付を勤めるその大物が、どうやら事態を知って動き出したようだ、そう報せてきた尚政の書状には、やや慌てる様子が感じられた。これを受け取った秀元は、本日の登城の折、宗矩からの接触を覚悟していたのだった。

だが、夜が明けて間もないこの来訪には、正直、面食らった。しかも、秀元が親しい堀丹後を同道しているとあって、唐突ではあるものの、礼を失しているとは言えない。大目付らしい用意周到さに、面談を断ることもできなかった。

しばしの猶予を願い、秀元は気持ちを立て直した。四半刻も待たせることなく、二人に対峙した。

「ご登城前の慌ただしい折、大変に失礼つかまつる」

言葉とは裏腹、まったく悪びれる様子もなく宗矩が口を切った。厚い胸板の上にえらの張った厳つい顔が乗っている。濃い髭を蓄えた風貌は、やはり大名というよりは武芸者だった。

家光の親政は大名への厳しい締め付けで幕を開けた。領国統治を監察する目的で大物旗本が諸国に派遣され、また、大名の動きを監視する大目付が新たに設けられた。その職についたのが柳生宗矩である。

ことに目を光らせるのは外様の大物、とりわけ西国の大大名であることは、みな感じている。黒田、鍋島、細川、毛利といった諸侯は、宗矩と親しい関係を結ぶべく、あからさまにすり寄った。伊達政宗と細川忠興、二人の大物が親しく接することからも、存在の大きさが知られよう。家光の兵法指南役として、その絶大な信頼を得ていることが背景にあるのは明らかだ。

宗矩の言葉に秀元は無言で低頭した。敵愾心《てきがいしん》が顔に出ぬよう気を配りつつ、笑顔を見せるようなことはすまいと思った。その気配を察したか、傍らの堀丹後が笑みを見せて割って入った。

「われら沢庵禅師を慕う同志でな、自然、親しくなって長いのだが、昨晩、但馬殿から貴殿の件で相談を受けてな。無礼の段は許されよ」

小柄で、どこか愛嬌ある姿からは想像できない激しさを秘めるこの男が、秀元は嫌いではない。ほかにも、後先顧《あとさきかえり》みない生き方に惹かれる諸侯は多かった。秀元の硬い表情がわずかに緩む。

「丹州とは過日、茶を飲みそこなった。但馬殿も一服いかがでござろう」

「忝《かたじけな》い。さりながら、一刻ほどで登城の刻限、まずは要件をお話し致したく、半刻ばかり頂戴致したい」

宗矩が秀元をまっすぐに見つめて言った。射貫くような眼光に白髪の多い豊かな眉は、まるで深山の修験者のようだ。

秀元が目を逸らすことなく深く頷く。直寄がわずかばかり身を引く。

「今般、新たに知行宛行の証書がお上より下されることになり申した。ご本家よりお聞き及びでござろう」

秀元がわずかに頷いた。聞いてはいないが、知ってはいる。

「実はこの件で、異なことを耳に致した。いや、ご本家の長門守よりうかがい申した。ご先代よりの判物と違《たが》え、御身に対して別に朱印状を与えるよう、ご老中方が諮っている、そんな話でござる。これについても聞いておられるか？」

「……」

「知らぬのならそれで結構。奉行衆も余計な手間が省ける」

ご本家はここに縋《すが》ったか！　秀就と影の実力者との繋がりに思いが至らなかったことに、秀元は深く後悔する。だが、ここで退くわけにはゆかない。秀元は丹田に力を集める。

「手間が省けるとはいかに」

「無用の算段ということ。他藩同様、従前どおりの判物を下してしかるべし」

ここが切所だ、そう、腹の底から声が押しあがってきた。宗矩がどこまで知ってここに来たのか、土井利勝と酒井忠勝に対し、秀元から働きかけがなされたことに気づいているのかいないのか、それを確かめることだ。秀元はひと息つき、気持ちを整えてから改めて口火を切った。

「まずはお聞かせ願いたいが、ご来訪は幕府大目付としてのものか、或いは、長門守の後ろ盾としてか、いずれでござろうか」

宗矩が瞬時、怪訝な顔を見せた。矛先を見極めかねた、そんな様子で答える。

「双方の立場、そうお考えいただこうか」

「それこそ異なことをうかがう。大目付のお立場であれば、それは幕府のご指示、否やはござらぬ。ただし、私的な立場となれば、その一々のご発言は奉行方に対し無礼千万、私もまた承服しかねる」

「……」

「いずれでもなく、双方の立場とは、これいかに」

宗矩は秀元を見つめたまま口を閉じている。長い間があった。

「そう問われるなら、いずれの立場にもあらず、士《もののふ》として、そうお答えするしかない」

半身引いたような口調で言った。切っ先を下げて新たな構いを敷いた。

「士として？　何をおっしゃっているのか考えが及びませぬなあ」

「ならば申しあげよう。貴殿が仕掛ける戦さには大義がござらぬゆえ、兵を引かれよ、そう忠告せんと参った。士の道に外れるゆえ見過ごすことはできぬ」

秀元がつい苦笑した。

「大義とはまた大仰な――」

貴殿らが崇める神君が、いつ戦さに大義など求めたか！　そうどなりたくなる思いを、秀元は必死に堪える。それを口にした途端、すべてはお終いになる。今度はこちらが切っ先を変える必要があった。秀元は声をやや落として続けた。

「いや失敬。戦国生き残りには耳なれぬ言葉ゆえ、あらためてその指し示すところをご教示願いたいのだが」

「戦国を駆け抜けたのはこの身も同じ。あの殺伐たる世を再び招来させぬためにも、新たな世には大義がもとめられている。すなわち、万民が納得する道理、それこそが大義でござろう」

「万民が納得する道理？　そんなものがまかり通ったことなど、かつてあったかのう。総見院の所業は天魔と恐れられた。豊太閤の世にはみな黄金を求めて踊り狂った。思いも寄らぬ世の姿に、みな呆然としたものよ」

　秀元が小さな笑いを漏らす。貴様《きさま》のような陪臣《またもの》には想像すらできまい、そう口走りたくなる。右府信長も太閤秀吉も、心の赴くままに生き抜き、それが新たな世の道理となった。どこかの坊主の説教など下履《したば》きにもしなかった。そう言ってやりたかったが、これを堪える間もなく、宗矩が大上段に振りかぶった。

「さよう、総見院と豊太閤、二人の天下人の過ちを正し、道理ある世を開きたもうたのが東照大権現にてあらせられる。まさか、甲斐守殿はそれをお認めにならぬとでも？」

「――――」

「御当代の信任厚き御貴殿に限り、まさかそれはござるまい。道理の通った節度ある態度、それこそが新たな世に求められる士道でござる。まこと僭越ながら、お上にも常々それを申し上げ、お聞き届けいただいており申す」

　秀元がふっと息を抜いた。宗矩がいま口にしたことは、まさに家光が掲げる旗印に違いなかった。この上洛に先立ち幕臣に触れ出されたのも、厳しい道中法度がその第一だった。

　やんぬるかな！　ここは刀を納めるしかないか。

「ご高説承った。ただ、ひとつお聞かせ願いたい。長門守は但馬殿になんと訴え出たのでござろうか」

「なんと？」

　宗矩は一瞬、言葉に詰まったが、悪びれる様子はなかった。至極当然といった様子で、淡々と続けた。

「昨晩、長門守の急な来訪を受け申した。至極、慌てた様子であったことから、お供の家老衆も交えて詳しく話をうかがい申したところ――」

幕府から呼出しを受けた江戸留守居役が、判物の原本までも提出するよう求められたことから、毛利本家は動揺する。翌朝、原本持参で再び奉行衆のもとに出向いた家老と留守居役は、長府と徳山に宛て、別の朱印状を出しても問題なかろう、そう、奉行衆が遣り取りするのを耳にする。大騒動となったのだった。

その後の動きは迅速だった。一夜明けた早朝、藩主秀就自ら、家老三人を引き連れて土井利勝の屋敷を訪れた。把握している状況を申し伝えるとともに、ぜひ、従前同様の判物を下してほしい旨、意を尽くして訴えたという。

「同じ陳情を、酒井讃岐殿にも上げたと言っておられた」

秀元はとうとう笑い出してしまう。秀就の慌てよう、それを支える益田元堯らの右往左往ぶりが、目に見えるようだからだ。宗矩が見とがめた。

「何をお笑いめさる。そも、貴殿の跳ねっ返りから始まったことでござろう」

「それは違う！　が、大炊殿や讃岐殿は何と？　それはお聞き及びか」

一番肝心なところだ。秀就がどう足掻《あが》こうが、土井利勝の腰がふらつかない限り問題はない。しかし、宗矩の口調にはどこか余裕が感じられた。

「大炊殿も讃岐殿も、長門守の訴えに耳を傾けてくれた様子、至極当然と拙者は思うのだが、長門守は気持ちを安んずることができず、拙者のもとにやってきた次第だ」

「で、長門守は貴殿に何と申されたのか。あることないこと触れ回っているようであれば、私は納得しない！」

　つい、口調を荒げた秀元に、宗矩が眼を見開いた。その呆けた様子に、己れのやっていることがわかっていない、そう、秀元は感じた。単なる証書の文言に過ぎない、領知それ自体にかかわることではない、そう、秀元の行いを軽んじている風が窺えた。

　ふたりの様子に、宗矩からやや控えて座した堀丹後が口を挟んだ。

「甲斐守には相応の思いもござろう、な、甲州」

　秀元に向けて軽く微笑んでみせた。相済まぬ、そんな表情であった。もとはといえば剣術家風情、相手にするな、そう言いたいのであろう。秀元も小さく笑みを返した。

　宗矩も口調を改め、その場で秀就から打ち明けられた話を続けた。秀元との、このところの確執、その要因ともなった秀就の放蕩と、それに対する秀元の叱責についても、包み隠すことなく口にしたようだ。そのうえで、土井利勝、酒井忠勝に向け、宗矩から口添えしてくれるよう、秀就は珍しく切羽詰まった様子で頭を下げたという。

　宗矩が締めくくるように言った。

「拙者の役目柄、貴殿と長門守との諍いについて、まったく知らなかったとは申さぬ。その遠因が長門守の不行跡にあることも聞き及んではいた、その実。長門守がそのありのままを吐露したのは、よほどの覚悟あってのこと。その思いに感じ入り、あえてここに足を運んだ次第だ」

　引き継ぐようにして、直寄が秀元に視線を向けて言った。

「但馬殿の義侠心よ。違うかのう、甲州。わしもそれに感じ入った。で、のこのこ付いて参った次第なのだ」

この二日、無為に過ごしている間に敵に外堀を埋められていた。秀元は臍《ほぞ》を嚙む思いであった。この様子では、秀就の愁訴を受けたその足で、宗矩は、利勝、そして忠勝を訪ねたに違いない。そして、またぞろ、「大義」の二文字を大上段に振りかざし、二人の老中に善処を迫っただろう。

——この勝負、危ういかもしれぬ。

巻き返す術があるとしたら、やはり、土井利勝しかなかろうと秀元は思った。諸侯の将軍家拝謁がすむ今夕、無理にも屋敷を訪ねて念をおすことだ。四日前、尚政を同道していたゆえ「蕪無」を受け取ってはもらえなかった。今宵、会えても会えぬでも、あれを無理に置いてくるしかない。幕府の禁制など糞くらえ！　秀元は腹を固めた。

双方、刀を納めてみれば、もう語ることなどない。人を律することで世は正しくなる、そう信じて疑うことのないこの男には、人の心の妖しさなど、到底、わかりようもないだろう。沢庵に心酔するというが、一体、かの英傑のどこを見ているのか。大徳寺を再興した快僧、一休宗純しかり、禅僧たちの奥深い生き方をこそ知れ！　あれこそ、世の灯明たりうるものだ。

間なしに、妙な納得顔で柳生宗矩は席を立っていった。秀元は、堀丹後のもの言いたげな表情がしばらく心にとどまっていたが、それを振り払うようにして、登城用の装いに身を改めた。

一文字三星の紗の直垂を着用し、秀元が颯爽と二条城大手門を潜ったのは定刻の四つであった。尾張、紀州、水戸の御三家から順に拝謁が始まり、国持大名とそれに準ずる大名たちの一団がこれに続く。前田、島津、伊達、黒田、毛利といった大藩ほか、立花、丹羽もここに席を与えられている。以下、家格に従い順繰りに将軍家との対面の場に臨む。上洛中のこともあってか、みな装いをこらしてこの日を迎えたようだった。これが済めば、順次、新たな知行宛行状が発せられて、無事、城と土地の領有が公に認められることになる。晴れて、大名たちは帰国の途につくことが許されるのだ。

秀元は城主格大名として、国持に続く大勢に混じって拝謁をすませた。朝廷から与えられた位階は高くとも、所詮支藩主にすぎず、それでも他を圧する気配を周囲に漂わせていた。将軍家から格別な扱いを受けることはみな知っている。

そのまま城内の控えの間に留まるか、或いは、いったん宿所に引き上げて夕刻まで待機するか、利勝の許に同道させるつもりの就隆と諮っているときだった。将軍家光の急な呼出しにより、再び、本丸大広間に参上するよう指示を受けた。何かご下問でもあるのかと訝ったものの、総登城の日に限って、これまでそうした例は覚えがなかった。秀元はわずかに緊張を覚えた。

果たして大広間に向かうと、そこには本家の秀就が端座していた。驚きを押隠しつつ秀元が軽く頭を下げると、秀就がそれより深く低頭した。若き日、秀元の導きを受けていた頃の癖が出た、そんな様子である。

秀元は、中段の間、秀就からやや間を開けて席を占めた。本家に顔を出すこともなくなり、こうして秀就と間近に接するのも久しぶりのことだった。

言葉を探す間もなく、将軍家光が現れて上段の間に座した。上洛の最中の体調が懸念されていたが、水が変わったことにも慣れてきたのか、よく眠れているものと見える。ふたりが挨拶を言上するのももどかしい様子で、家光がしゃべり始めた。

「引き留めたのは他でもない、長門守にあえて詫びを言わねばならない」

ははっ！　そう短く発して秀就が平伏する。秀元も併せて低頭した。

「隣の甲斐守のことよ。余の求めに応じ、久しく江戸に留まったまま奉公してくれている。本来であれば、萩にも登城して藩政を後見すべき身、長門守には相すまぬと思っている」

今度はふたり揃って平伏した。

戦さのない時代、将軍家の「御恩」に対する大名の「奉公」のひとつが、江戸での勤番であった。一年在勤すると暇が出されて帰国する、それが通例であったから、秀元のように何年にもわたって江戸に留まるのは、過分な奉公とみなされたのだ。

秀元はにわかに緊張が高まった。何か予想もしないことが将軍家の口から発せられるのではないか。知行宛行に関することか、また、別の件なのか。

「東照神君、先に逝った大相国、創業の荒波を越えてきた二君の労苦を、悲しいかな余は見ておらぬ。戦場に身を置いたことすらもない」

いつものようの家光の気分が昂じてきていた。祖父家康の神号を口にする際には、必ずそうなった。少し間をあけてさらに続けた。

「そんなわが身にとり、甲斐守の戦歴、歩んできた道がどれほど得難いものか。長門守ならずとも、側にあって欲しい、そう常々、考えているのじゃ。江戸に留め置く由縁、わかってくれまいか」

秀元が礼を言上しようと頭を上げた。口をひらきかけたその時であった。

「甲斐守よ、長門守に先んじてもの申すは、分家の身で僭越であろう。控えよ！」

しまった！　即座に思ったが、もう遅かった。家光がいつになく冷たい顔つきで秀元を見つめていた。同じように御伽衆として気に入られていても、先代と当代では、それこそ生きてきた歩みが違うのだった。大名への態度もまったくと言っていいほど異なった。

先代とは、同じ戦場で硝煙をかい潜った仲、どこかにお互い、その思いがあった。それがあるとないとは大きな隔たりがある。それを重々、弁えていたつもりが、つい油断があった。秀元にまたぞろ、臍《ほぞ》を嚙む思いがやってくる。待っていたかのように秀就が頭を上げて口を開いた。

「大樹の富嶽のごとき御心には、まこと言上すべき言葉もみつかりませぬ。もったいなき仰せ、一層、ご奉公に励むべく、甲斐守に言い聞かせる所存でござりまする」

家光が一転、今度は鼻白らんだ顔になった。秀就の言上に頷くでもなく黙っている。秀就の不安気な表情が堪えがたい様相となったとき、家光がようやく口を開いた。

「長門守、そちはまだ、夜を徹して他家で遊興することもあるようだな。〝四知〟なる唐《から》の逸話を知っておるか？　天知る、地知る、甲斐守にもの申す前に、己が襟を正すのが先ではないのか？」

秀就の放蕩がいまだ治っていないことは、秀元も聞き及んでいた。それが将軍家の耳にも達しているということだ。だが、それで溜飲が下ったかといえば、むしろ、秀元にはそら恐ろしい思いが先に立った。大名の不行跡を監視する大目付、そう、あの柳生但馬守の影をいやでも感じずにはいられなかった。

今度こそ、秀元が鼻白む番であった。今朝方の柳生宗矩とのやり取り、その一々が甦った。おそらくは今宵あたり、この争いの詳細が、宗矩から将軍家へと伝えられるであろう。それはたぶん、土井大炊の献言より優先される、秀元はそんな気がした。

だが、より秀元を萎えさせたのは別の思いだった。

たかだか放蕩ごときで大名の身が危うくなる当世とは、いったい何なのだろう。将軍家の城のために堀を穿ち石垣を積み、呼出しに応じて世間話をするのが奉公だというなら、これからは何を武人の矜持《きょうじ》として生きたらよいのだろう。汲々としてわずかばかりの知行地を守る日々、そのどこに語るべき誇りがあるというのか――

久しく胸の裡に封じ込めてきた厭世気分が、これまでにない勢いで心を浸してゆくのを感じ、秀元は激しくうろたえる。

家光の声が辛うじて秀元の耳に届いた。

「引き続き、甲斐守にはわが朋輩として側にいてくれるよう願っている。それはすなわち、毛利家一統の奉公ともなろう。それでよいな、長門守、甲斐守」

秀元の戦いはここに終わった。家光の配慮は充分に感じられたが、要するに、この先もまた、本家の風下に立たねばならないということだ。それがただただ、秀元には疎ましかった。

家光がまだしきりに何か話していたが、それが秀元の脳裏で意味を結ぶことはなかった。白菊はどうしているだろうと思った。会いたい、白菊に会いたい、ただそれだけを秀元は想っていた。

（四）

畿内を潤す大河、淀川と木津川が交わる山城国淀《よど》は、古来、京、河内、奈良の三都を結ぶ結節点として、多くの往来で賑わってきた。

いま、秀元が馬を歩ませるのは淀から奈良へ向かう大和街道である。従う供はわずか十名、朝五つに淀城を発し、木津川に添う土手道を経由して街道へと入ってきた。奈良まではもう一刻ほど、昼前には松屋に至ることができるだろう。そこで久重を伴い、当麻寺に向かうつもりであった。

すでに陽も高くなっている。ここらあたりで馬を休ませる必要があった。秀元は、水と飼葉を求めに近習を走らせ、木陰で一息ついた。秋の晴れわたる空に大和の山々が美しい姿を見せている。万葉の古歌がいくつも浮かんでは消えてゆく。

この十日、秀元は鬱々としたまま、なんとか日々をやり過ごした。

家光に拝謁した翌日、各大名家の使者が呼び出されて知行宛行を受けた。毛利家に対しては、秀元の案じた通り、本家の意向に沿う判物が下された。長府領、徳山領を含め、長門、周防の二国については毛利長門守家の一円支配を認めるというもので、秀元と就隆に対して、別途、朱印状が下されることはなかった。秀元の本懐は潰えたのだ。

家光は、天皇、上皇、それを取り巻く京の諸勢への威圧と懐柔を済ませ、さらに、あまねく諸侯を京に集めて忠誠を誓わせた。最後に、新たな知行宛行を終えると、その後の数日を京に遊んだ。残るは京、畿内を含めた上方の支配を担う態勢固めだけである。しばしの遊興で骨を休めた後は、伏見、淀、そして大坂へと動座する手筈だった。

秀元は深く落胆しつつ、そんなわが身を恥じた。立花宗茂が図ってくれたように、この機になんとしても細川三斎と面談し、師との最後の席について詰問したいと願ったものの、まだその機会を得られずにいた。江戸に戻る日が来てしまえば、次にいつ会えるかわからない。苛立ちつつ、先方からの返答を待って、虚しく日を費やした。

沈む思いが募るほど、嵩じるのは白菊への思慕だった。白菊に会いたい、奈良まで飛んでゆきたい、そう強く願うものの、将軍家からの呼び出しがいつあるとも知れず、そう簡単に京を離れることもできなかった。

思い余った秀元は、家光が淀、大坂へと下る四日間、二日ほどの猶予をいただき、奈良の松屋を訪ねたい旨、板倉重宗を通じて願い出たのだった。しかし、重宗から返ってきた返答は残念なものだった。

『お上は元和ご親征（大坂陣）の足跡を訪ね、ご城内では、豊家炎上のあり様を聞かせてほしいと仰せなのだ。貴殿と立花飛騨、さらに堀丹後をお召しになるご所存のようで、大坂ご動座の間は、お側を離れることは叶うまい』

家康を深く敬仰する家光は、その言行について、どんな些細なことでも知りたがった。天下平定なった神君最後の大戦さについて、せっかくの大坂城で、聞かずに済ますはずもなかった。ならばせめて一日《いちじつ》、淀城での饗応を終えた翌日だけでもと願い出て、ようやくこの日に至ったのだった。

馬が水桶に首を突っ込む傍らで、草むらから鈴虫《すずむし》の音《ね》が聞こえてくる。白菊はこの虫を好んだ。幼少から松虫《まつむし》が好きな秀元と「虫合《むしあわせ》」を愉しんだことがあった。あれはいつのことだったか。また、鈴虫が可憐な声で鳴いた。間もなく白菊をこの手に抱くことができると思うと、秀元は心臓がひどく脈打つのを感じ、息苦しさすら覚えた。戦場以外では感じることのない全身の昂りに、秀元はひとり苦笑し、近習たちを促して馬に跨った。

松屋は万端整えて秀元を待っていた。招じ入れられた茶庭には、萩の花がほころぶように咲いている。秀元は、茶は遠慮して簡単な昼餉ですませたものの、天下に名高い徐熙《じょき》の「鷺画《さぎえ》」だけは見せてもらうことにした。千利休が、茶の湯の極意を知りたいならこの画を観よ、そう、古田織部にすすめた唐絵である。織部は翌日すぐに松屋を訪ね、この画を見せてもらっている。名物をあまた所持する松屋でも、最上の大名物であった。もちろん、秀元は初見ではない。

「良きものを観た。生涯もう一度、この画を観ることが叶うだろうか」

「奈良にいらしたなら、いつでもおいでください。画は観る人を選びます。宰相こそ、それに適うお方だ」

久重は秋の空のような笑いを見せた。

松屋で一刻ほど過ごし、昼すぎ、久重を伴って奈良を発した。二上山麓の当麻寺までは八里ほど、途中、休みを入れても二刻もあれば着くだろうとのことだった。

奈良から大和盆地を南へ向かい、郡山城下に入った。大和大納言秀長が百万石の栄華を誇った城下は、世の移りを経て、家康の外孫にあたる松平忠明が入封していた。この譜代の重鎮を秀元も知らないわけではないが、微行《びこう》の途中で立ち寄るわけにも行くまいし、在城してもいないだろうと思った。馬足を早めて通り過ぎると、秋も盛りの斑鳩《いかるが》の地に入った。

色づきはじめた稲田の先には法起寺や法隆寺など、名高い寺々の甍が遠望された。だが、気持ちの逸る秀元には、聖徳太子の偉業をしのぶ余裕もなく、まほろばの里をやり過ごした。駆けるようにして南下すると、葛城《かつらぎ》の地の中核、高田で竹内街道へと入った。大和の明日香から難波へと抜ける日本最古の官道を西に往《ゆ》けば、やがて二上山が見えてくるはずだ。

大和の地をゆく途次、馬足をやや緩めたところで、久重が控えめに馬首を並べてきた。

「大和の茶の湯も、思えば、大納言ご在世のころが盛りでした。天下分け目の前年でしたか、織部助様が数寄者を大勢引き連れて吉野に花見にいらしたことがございました」

「ああ、耳にした覚えがある。金森出雲（可重《ありしげ》）や小堀遠州らがお供をして、盛大な宴を催したとか」

秀元が相槌を打ちつつ応じた。

「津田宗凡殿ら、京や堺の町衆も連れていらっしゃいました。その数三十名ほどもあったでしょうか。当方、奈良衆も天下の茶匠の来訪に浮かれ立ちまして、山海の珍味を並べ立てておもてなしいたしました」

奈良衆の中心は久重の父、久政であり、織部と親しい八名の豪商たちが一行を迎えた。大宴会の翌日、東大寺四聖坊で茶の接待を受けた織部らは、祭り気分のまま初瀬《はせ》（長谷）に向かい、秀長の家臣であった尾崎喜助の世話で、再びの酒宴に及んだ。織部が鼓を打ち、遠州が舞う、いまから思えば、なんとも豪勢なことだったと、久重が懐かしそうに語る。

その後、吉野に到着した織部一行に対し、竹林庵で再び、茶が振舞われた。その茶室には「利休亡魂」の文字が掲げられていたことが、数寄者たちの間に広まった。太閤が世を去ったとはいえ、その譴責《けんせき》を受けた利休を追慕するとは、なんと大胆不敵かと、秀元は思う。なにやら愉快だった。

――遊びをせんとや生まれけん――

織部が残した最後の言葉が浮かぶ。秀元の心からしばし白菊が去り、織部華やかなりし頃の景色がよみがえる。太閤が開いた「黄金の世」の勢いに乗り、豊かさを求めて民や荷駄の往来が盛んとなり、浮き立つような気分が世間を満たしていた。今の世の息苦しさを思うと、一体何が変わってしまったのか、秀元は改めて思わざるを得ない。柳生但馬が言い募るような理《ことわり》を重んずる世、規律ばかりが求められる世が果たして皆が望むものなのだろうか。将軍家の前でそれを口にできなかった己れが口惜しかった。

昨晩、淀城での饗宴を終えた永井尚政は、秀元をあえて居室に招き入れた。独立に力及ばなかったことについて、丁寧な説明とともに詫びの言葉を口にした。尚政への不満などあろうはずもなかったが、同情を寄せつつも、どこかほっとした様子が感じられたことが寂しくもあった。尚政はこの日、上洛の下準備、そして知行改め奉行としての功労に対し、将軍家より最上級の褒詞を賜った上、上方支配の重鎮として、その立場をより確かなものにしていた。秀元は、それもどこか片腹痛い。親しい友ではあっても、たかが吏僚大名にすぎぬ身が京や畿内を牛耳るなど、あってよいものなのか。それが新たな世だとでもいうのか。草場の陰では、太閤がせせら笑っているだろう。

――古織亡魂

この言葉を屋敷の数寄屋に掲げたらどうなるのか。ご本家はさぞ慌てるだろうと思うと、秀元は気持ちがやや立ち直るのを感じた。

大和二上山麓に広大な寺域を占める当麻寺は、豪族当麻氏の菩提寺として興されてより、長い歴史を重ねる古刹である。真言密教の寺として栄え、鎌倉以降は、阿弥陀如来を信奉する浄土寺としても広く信仰を集めていた。

正門にあたる仁王門への石段を上った秀元は、峻厳な気の漂う境内に目をやった。左前方には二上山がなだらかな山様を現し、その麓、境内より高い場所には三重塔が二棟、縦に並び立って堂々たる姿を見せていた。他所では見かけぬ光景だった。

仁王門から本堂へ、ゆっくりと進む。左右には塔頭が立ち並び、それぞれに向けて参道が伸びていた。いずれも美しい植栽で飾られている。寺に住む人々の清廉な気風が強く感じられる。
二、三歩下がって従いてくる久重から声がかけられた。
「本院のご住持には宰相の来訪は報せております。何も構ってくれるなと伝えてございます」

秀元が前方に目をやったまま頷いた。視線の先には金堂と講堂が左右に並んで見えている。さらに奥まった場所に、本堂である曼荼羅堂が大きく屋根を広げているのがうかがえた。堂中にはご本尊の当麻曼荼羅が、高さ三尺にも及ぶ厨子に納められているという。そこにまず参拝した後、白菊が住み着いたと聞く塔頭のひとつ、中院《なかのいん》を訪ねるつもりであった。そこにいまも白菊がいるのか、久重も確かなことはわからないという。或いは、この来訪を察知して姿を消しているかもしれない。

秀元は、金堂と講堂を素通りして本堂の前に立つ。堅牢な基壇に建つ堂宇に向け、石の階《きざはし》へと進もうとしたそのときだった。粗末な身形の男が身を投げ出すようにして現れ、土下座をして秀元をさえぎった。伏見屋武兵衛であった。

「太守、後生でございます、なにとぞ、なにとぞ、このままお引き取りくだされますよう!」

吠えるような叫びだった。地にへばりつくように平伏する頭髪は、しばらく見ぬうちに綿のように白くなっていた。近習が武兵衛に摑みかかろうとするのを制して、秀元が口を開いた。

「武兵衛……やっぱりおまえが白菊を」

「………」

「いずれにせよ、白菊はここにいるのだな？」

武兵衛が引き据えられたまま首を折った。すぐに顔を持ち上げると、一歩も退かぬという口調で言った。

「太守がおいでになっても、白菊が戻るようなことはございません！　御仏の慈悲にすがり、日々をただただ平穏にすごしております。それでも、いまの姿を太守に見られるのは、白菊が憐れでなりませぬ。どうかこのままお引き取りくださいますよう！」

魂まで吐き出すかのような声だった。秀元は微動だにせず、その姿をじっと見つめていた。二人の視線が交わったまま時が止まった。

秀元は武兵衛の変わりように胸を打たれていた。葭原きっての伊達者が、いまは綻びの目立つ袷《あわせ》を藁縄で結び、くたびれた股引きの下は粗末な藁草履であった。頰がこけて眼窩《がんか》が落ちくぼみ、陽になめされた皺の多い顔つきは、しばし見ぬまに十も老け込んでいた。なぜ、何を思って、こんな道を選んでしまったのか。

秀元は気を取り直して問いかけた。

「もう娑婆《しゃば》には戻らぬと……武兵衛、すまぬが白菊と話をさせてはもらえぬか？」

秀元の声はたどたどしく、哀願するような色を帯びている。

「後生でございます、後生でございます！」

武兵衛がもう一度、頭をすりつけた。

秀元は息を吐いた。本院の住持に掛け合い、白菊を差し出すよう求めることもできようが、それをしたところで、どうなるものでもないだろう。二人は意を決して葭原を去り、覚悟を決めて寺に入った。なぜそんなことをしたのか、いまさら問い糺しても、二人が戻ることはもうない。

眼の前の武兵衛の姿がすべてを語っていた。季節《とき》はすでに過ぎ去ってしまったのだ。静かな諦念が秀元の胸を浸してくる。誰も何も語らぬまま、武兵衛の荒い息だけが時を刻むようだ。

「最後にひと目、遠くからでも白菊を拝ませてもらえぬか。それですぐに立ち去ろう――」

秀元が言い終えぬうちだった。本堂の重い扉が開かれる音が響いた。つられるように顔を上げた秀元の眼に、古びた作務衣に身を包む堂衆の姿が映った。いや、堂衆ではない、白菊だった。

「その大きくて艶のある声……聞き違えるはずもございませんね」

白菊が静かに笑った。石段を二段、三段と降りながら続けた。

「二度とお目にかかることはないと思っていたものを、かようなところまでおいでになるとは」

秀元は息をのんだ。これがあの白菊か。眼の光はまごうことなき葭原の太夫だが、陽にさらされた肌は稲穂色に輝き、濃く伸びやかな眉と、口元から覗く白い歯並みが、生命《いのち》の光を放っていた。短く切った髪を後ろで結わえ、丈の合わぬ作務衣から長い手足が伸び出ていた。全身から女の艶が消え、替わって、野を駆ける童女のような美しさがあった。

傾いた陽が山裾にかかり、光が弾けて秀元の眼を射る。秀元が白菊に近づこうと石段に足を掛けると、それを制するように白菊が言った。

「いまの私には太守がこれほど遠く感じられるとは。われながら、なんとも不思議な思いがいたします」

秋の陽射しのような澄んだ声だった。

「遠いか……いや、私にはお前がどうしても要るのだ。屋敷に招き入れるようすぐにも算段する。戻ってきてはくれぬか」

秀元の哀訴するような声に、白菊の表情が陰った。それもつかの間、柔らかな表情を取り戻して言った。

「いつも、あなたに会いたくて、会いたくて、仕方なかったなぁ」

かつての日々を懐かしむような口ぶりだった。

その声に誘われるように、白菊との逢瀬の情景が秀元に去来する。初会は十六の折、挑みかかるような目が、秀元の胸を射抜いた。その目の光は、いまも変わらない。

「あなたに必要な女になりたくて、日々、そのことだけを願って生きてきた。でも……」

白菊が俯き、次の言葉を迷う。

「でも、あなたは一度だって、私のために生きようとは思ってくれなかった」

「……」

「もう、いまの私にあるのは弥陀の御心への思い、それだけなのです。あなたはいない。亡き父と、やがて御仏のもとに参る武兵衛、二人の菩提を弔うほか、この世に残した勤めもございません」

白菊がまた静かに笑った。

「それで、お前は寂しくはないのか？」

「寂しくなどございません」

迷いのない声だった。そして鈴虫の音のような軽やかな声で続けた。

「私には歌があります」

「歌？」

秀元が問いかけるようにつぶやくと、白菊がこの日一番の晴れやかな顔を見せた。

「この胸の汲んでも汲んでも尽きせぬ哀しみ、それを日々、歌に変えて生きてゆきます。少しも寂しいことなどありませせぬ」


山の端を焼く残光を背に、秀元は仁王門を後にした。

白菊の〝発心〟の理由が果たして己れにあるのか、秀元は判然としなくなっていた。それは単に発端にすぎぬようにも思われるのだった。人それぞれ仔細があって、生きて、死んでゆく。深く求め合った二人とて、長い人生のほんのひと時、袖すり合わせたにすぎぬのかも知れない。

馬に跨るや、秀元は従う久重を振り返ることもなく、早口で言った。

「松屋、帰ったら茶を一服、振舞うてくれ」

一行が足早に去る傍らに、人知れず咲く白い野菊が残された。

（五）

悠然と大坂を遊覧する将軍家光に、江戸からの急報がもたらされたのは閏七月二十七日のことだった。

四日前の二十三日、宵の口に江戸城西の丸の厨《くりや》から出火、豪華な殿舎のことごとくが焼け落ちた。西の丸留守居を任されていた老中酒井忠世は、事態に恐懼《きょうく》して自ら寛永寺に入り、家光の処断を待っているとのことだった。

家光は激怒した。失火をとがめたのではなかった。

「出火は酒井雅樂《うた》の罪にはあらず。ただし、留守居の身でありながら、勝手に城を離れしは言語同断、守将の重責に堪えずと言わざるを得ない。武士として臆するに等しき振る舞いじゃ」

酒井忠世に対して厳しい処置が下された。

秀元は思わぬ事態に困惑した。

前日、白菊に別れを告げられた秀元は、この日の早朝、大和を抜けて大坂に入り、将軍家に合流した。家光は、城外で戦跡をめぐるなどした後、翌日には淀を経由して京に戻ることになっている。淀城での饗宴を終えれば、永井尚政は御用済み、秀元の願いを引き受けて、細川三斎のもとに同行してくれる手筈となっていたのだ。

ところが、西の丸の失火を受け、尚政は急遽、江戸に向かうことになった。家光の指示を伝え、城内の混乱を鎮めるためである。将軍一行の饗宴を終えるや、尚政はその日のうちに淀を発して行った。

秀元は意を決した。尚政がいつ戻るか知れぬまま、このまま待っても仕方がない。

細川屋敷のある洛北の吉田は、三斎の父、細川幽斎が隠棲した地であり、京と近江を結ぶ主要街道に沿っていた。御所からもそう遠くなく、三斎は上洛中、この屋敷を拠点としていた。

大坂から戻った翌二十九日、秀元は事前の断りなく吉田の細川屋敷の門を叩いた。

この日の朝、御三家ほか諸大名は二条城に上り、大坂から戻った家光に拝謁していた。その場に隠居の身の三斎はなく、屋敷にいると踏んだ秀元は、いったん宿所に戻った後、急ぎ、吉田にやってきたのだった。

織部断簡二幅のうち、あえて「あそびをせむとや」一幅のみを持参した。三斎、遠州、光悦、三人それぞれと織部のつながりからして、朝席に三斎が、その後、遠州と光悦が最後の席に招かれたことは間違いないと秀元は考えていた。朝席に秀頼公の書が掛けられていたことも、それを証していると思った。豊臣恩顧の武将にはそれがどれほどの威力をもったか。

しかし、三斎は不在であった。大徳寺高桐院へ、幽斎の墓参に出向いているという。吉田から紫野《むらさきの》の大徳寺まで、駕籠でも半刻ほど、墓参であればそう長くはかかるまい。途中で行き違うことを考えれば、このまま吉田山あたりを見物し、帰りを待つのが上策だった。だが、秀元は急ぎ高桐院へと足を向けた。古織公の墓所のある大徳寺こそ、三斎を問いつめるに相応しい場と思ったからだ。

果たして三斎はまだ、高桐院に留まっていた。

山門前で若い僧に訪《おとな》いを入れる。しばらく待たされた後、案内とおぼしき老僧が現れた。物腰からして、しかるべき立場にあることが窺える。

供の者らを門前に残し、秀元はひとり、老僧に導かれて本堂へと向かう。美しい敷石で整えられた長い参道は、打ち水がなされ、冷んやりした風が渡っていた。青々した苔もまた、清涼の気を醸している。

通された書院に足を踏み入れるなり、秀元はなんともいえず安らぐ思いに誘われた。それもそのはず、利休の聚楽第屋敷にあった書院を、死後、三斎がもらい受けたものだった。寛永に入り、ここ高桐院に移築されていた。

静かに端座した秀元が深い息を吐いた。視線を向けた前庭は、灯籠が一基立つだけの簡素なものので、わずかに色づきはじめた楓に秋の陽が降り注いでいる。奥の竹林との相性も絶妙であった。

やがて、老僧から声《こえ》掛《が》けがあり、いったん外に出て、茶庭の側から数寄屋に向かう。中門で、三斎のいかつい容貌に出迎えられた。

「突然の来訪とは、甲斐守、ちと、無礼がすぎはしまいか？」

戦国の世を想い起こさせる野太い声だった。秀元も丹田に力をこめて応じる。

「無礼は承知のうえ、わが必死の思いを、なにとぞお汲み取りくだされたし！」

三斎が表情を崩すことなく秀元を凝視し、その手に下げられた風呂敷にちらりと目をやった後、背を向けて茶堂口へと向かった。

秀元は、三斎の用意が調うまでの間をとり、露地をゆっくり眺めてから蹲《つくばい》踞に歩み寄った。これも利休遺愛かと思われる見事な姿だった。ふた呼吸ほどこれを眺めてから手水《ちょうず》を使い、躙《にじ》り口《ぐち》から大きな身体をこじ入れた。

音に聞く三斎の茶室はやはり利休好みだった。太閤秀吉が催した北野大茶会に際し、名代の松の根本近く、三斎、ときの忠興が自ら建立したものだ。利休が天下一の茶の湯名人として、その地位を揺るぎないものとした頃である。

二畳台目下座床《しもざどこ》の間取りは、ふたつの連子窓《れんじまど》からやわらかに光が入り込み、室内を明るくしている。手前座の袖壁には「松向軒」と書かれた扁額が掛かっていた。

床に目を向けた秀元は、墨蹟が無慍禅師《むおんぜんじ》であることに気づき、にわかに緊張が高まった。利休によって表具された茶人垂涎の一幅は、三斎にとっても第一等の宝に違いないからだ。あえてこれを掛けたのか、或いは、何か事情でもあるのか。墨跡の前には古銅の柑子口《こうじぐち》の花入が飾られ、白萩が差し入れられている。

軸をしばし眺めて心を整える。室内の肌ざわりがやわらかに感じられるのは、三斎がしばらく前からここにいたものと思われた。

秀元は着座して改めて非礼を詫びた。最前《さいぜん》とうって変わり、茶人の佇まいとなった三斎が応える。

「飛州から再三、貴殿の要望について、せっつかれてはいたのだ。いずれ当方より声掛けせねばと思っていたものの、今日はちと、客を迎えるには具合の悪いこともあってな」

三斎が強面《こわもて》を納めて顔を俯けた。

「いや、幽斎殿の墓参とうかがい、ご迷惑かと思ったのですが」

「父のことはよいのだ、格別の思いがあるでなし……恥を承知で明かせば、妻《さい》のたまの墓に詣でていた次第。前月に、命日を逃してしまったゆえな」

秀元は、はっとした。この武人が亡き正室をどれほど愛していたか、親しい諸侯にはよく知られていた。明智光秀の娘であったガラシャことたまは、天下分け目の関ヶ原に際し、大坂の細川屋敷で命を絶っていた。石田三成方から人質となるよう求められ、これを拒否してのことだった。

「薄茶の方がよかろう」

三斎が問うでもなく口にし、秀元が頷いた。急な来訪に膳の用意も難しいだろう。

三斎が道具の仕込まれた茶碗を手に取った。大ぶりの朝鮮井戸。肩衝の茶入を見て、また目を見張る。三斎自慢の「山の井」茶入に間違いなかった。家老の松井康之から渡ったもので、戦国ならではの逸話をもつ名品だった。秀元の驚きをみて三斎が言った。

「お気づきか。ならばこの蓋については？」

「蓋を作ったのは古田織部助殿。確か、仕覆《しふく》についても……」

三斎が頷いた。この茶入の見立てを織部に求めた三斎は、併せて、蓋と仕覆を整えてくれるよう依頼したのだった。

「貴殿の来訪ゆえではないぞ。たまさか持参していたまでだが、よい機会だった」

それから三斎は、この茶入をめぐるもうひとつの逸話を話し始めた。

織部が所持していた名物、かの「勢高肩衝《せいたかかたつき》」を三斎が所望したことがあった。織部がふっかけた値は金二千枚という法外なものだった。そんな額は耳にしたことがなく、呆れて断りを入れたところ、ならば金一千枚と「山の井」で手を打とう、そう織部が投げ返してきたと、三斎は笑いながら語った。むろん破談になったから、いまここにある。

三斎の茶の湯語りには定評があった。逸話、逸話に、語られる茶人の魅力があふれている。みながが茶の湯に血道をあげた頃の熱気が満々としていた。それをひしひしと感じさせながら、三斎の手が休むことはない。無駄のない流れるような手前は、やはり利休なりだった。いま、この手前に関して、三斎の右に出るものはいない。

大服《おおぶく》の茶の味わいも尖ったところのないなめらかさで、深い香りだけが口中に残された。秀元はようやく気持ちを落ち着けることができた。

機先を制するように三斎が口火を切る。

「儂《わし》が囚われの織部助を訪ねたこと、だれから耳にしたのか？」

しばし迷ったあと、秀元は正直に明かした。

「板倉周防殿、です」

「周防か――」

「父親の伊賀守が、古織公を閉門にしております。密かに書き遺したものが周防殿の手元にあって、そこに御身の名が記されていたとのことでした」

三斎が頷くでもなく釜の柄杓に手をかける。さほどの驚きはなかったようで、動きをとめることもない。板倉に腹を立てた様子も感じられなかった。

秀元は手元の包みを引き寄せて結わいを解く。桐箱から掛け軸を取り出し、半ばまで広げると、膝をにじらせて三斎に手渡した。三斎が軸を手に、書かれた文字を追う。

知らぬ、存ぜぬというようならば、もう、秀元に打つ手はない。敵は幕府もはばかる大物、無理強いしてよい相手ではなかった。

じりじりとした間が続いた。三斎が軸から目を上げた。

「茶杓は〝なみだ〟であったか……床の軸にばかり気をとられて覚えがないとは」

苦笑しつつ、三斎が言った。切腹を命じられた利休が自ら削り出し、最後の茶会に用いた後、織部に与えたとされる逸話付きの名品である。

秀元は胸をなでおろした。「あそびをせむとや」は、確かに三斎忠興が客であったのだ。

三斎から秀元に軸が戻された。再び、無言の間が続いたが、やおら背筋を伸ばした三斎が口を切った。

「承知のことと思うが、大御所は儂が仲裁に動くことを予期していた。いや、織部に会うよう、けしかけたといったほうがよいか」

「けしかけたとは？」

「夏の陣では、儂は大御所の陣地に留めおかれて動きが取れなかった。よほど豊家恩顧の衆が信用できなかったものと見えて、西国衆はみな、厳しい監視のもとに置かれたのだ」

三斎忠興が笑った。豊臣家との付き合いをやめなかった福島正則や黒田長政は、江戸を離れることすら許されなかった。家康という男の疑り深さを、三斎は嘲ったのだろう。そのあたりの事情は秀元も当然、心得ている。毛利もまた家康から警戒され、秀元は江戸に留まるよう幕府からの指示を受けていた。しかし、秀元はこれに激しく抵抗し、最後には家康から国元に帰る許しを得ている。

「城が落ちる前夜だったか、大御所はふたりだけの場でこう言った――織部とやら、曲事《くせごと》を働きおった由、板倉が閉門にしている――」

三斎はむろん、そのことを聞き知っていた。大御所へのとり成しを求める頼みも受けてはいたものの、戦さのさなか、それを大御所に訴えるほど愚かではない。

織部にどんな不埒な動きがあったのか、大御所がはっきり口にした覚えはないと、三斎は言う。

そのうえで、織部との付き合いを問われた三斎は、同じ利休門下であっても、われらは水と油、そう答えたと話す。水と油は大袈裟でも、ふたりの茶の湯がまったく異なることは確かだった。

「儂自身も疑われているとは、正直、感じなかったな。織部をどうしたものか、思いあぐねている、そんな様子だった」

「つまり、大御所は謀反云々を信じてはいなかった――」

三斎が当然といった様子で頷く。

「ならば、誰が、何のために罪など着せたのでありましょう」

「そんなことは儂は知らぬ。ただ、大御所がこう漏らすのを耳にした。――詫びのひとつも言えぬとはのう」

「……」

「詫びを入れたなら許す、そう、大御所が言っているように感じたものよ。ならば、儂に織部と話せ、そう言いたいのではないか、と」

「詫びる……何を詫びよというのか」

「大御所の頭にあったのは、清韓のことであろうな。責めを負わせている坊主をわざわざ慰労することはなかろう。大御所にも、難癖をつけた崇伝にも、愉快なことじゃない。それはさておき――」

三斎は、家康の真意を確かめるためにも、江戸における茶の湯人気、将軍秀忠の傾倒ぶりなど、それとなく話を向けてみた。織部が多くの諸侯に親しんでいることを、大御所自身はほとんど知らない、そう感じてもいたからだった。

そこで得られた感触は、大御所は織部の命まで取るつもりはない、そのことだった。大坂にわずかでも心を寄せるような動きは一切、許さぬ、それを天下に示すための拘束だった。そう三斎は感じたという。

「うーん——」

秀元は内心、深い息を吐く。なら、師はなぜ腹を切ったのか、三斎はなぜ、それを止められなかったのか。

大坂の陣も、終わってみれば、豊家に同調するまともな大名家など一つとしてなかった。とっくの昔に徳川の覇権は成っていた。諸将の胸にあったのはそれにどう順応してゆくか、それだけだったと、秀元はわが身を顧みて思う。家康の上方への不信と恐れ、それを忖度した本多父子や金地院崇伝の画策で、あたら死なずともよい人間たちが多く消えていったのだ。大坂落城を前に、もう寝返りの恐れもなくなった家康は、忠興の顔をみて、織部のことを思い出したのに違いない。

しかし、もう、それは終わってしまったことだ。秀元が知りたいのは他でもない、三斎との席で師がどんなことを口にしたか、そのことだけだ。それを三斎が正直に話してくれるか、否か。

「それで、古織公はどんなご様子だったでしょうか？」

秀元はつとめて気楽な口調で斬り込んだ。

「………」

「大御所に詫びるよう、説得はされたのか」

「もとより。必要あらば手前が同道するが、そうも話した」

「で、その応えは？」

「要らぬお世話である、そう、きっぱりと口にした」

三斎がその時を思い出したかのように、わずかに苦笑した。

秀元は深く息を吐いた。命にいかほどの重みもない、そんな世を生き抜いた男たちのやり取りだと、つくづくと思った。命よりもっと大事なものがあろう、そう織部に言われたように、三斎は感じたに違いない。いまの笑いの底にはかすかな苦さがある。

秀元がさらに問いかけようとすると、ふいに三斎が口を開いた。つぶやくような、それでいて声には確かな芯のある、不思議な語り口だった。


なあ、甲州、茶の湯とは不思議なものよなあ……儂にはなあ、どこか夢の中にあるようで、ふと、目が覚めたような思いになることがあるのよ。眼の前の道具類が、みな、ただの薄汚い雑器にしかみえず、なんとも不安で居心地が悪い。こんなものに一千貫、二千貫出すとは沙汰の限り、明日にもみな、叩き売ってやる！　腹の底からそう思う。

ところがな、一夜明ければ、そのがらくたがいとおしくてたまらなくなる。利休居士の手つきが思いだされて、自分でも撫《な》で摩《さす》りたくてたまらない。われながら、魔物に憑かれたとしか思えぬのだ。甲州なら、わかってくれようかのう。

だがな、あの織部にはそんな迷いなど微塵もなかったな。日がな茶道具を見て飽きず、これという一品にたどりつくや、迷いなくそれに千金をつぎ込んで泰然としている。あの自信たるや、儂には如何にしてもあんな真似はできなかった。魔物が憑くこともあれば、不意に、醒めて正気になりもする。

…………

あの日、織部は儂にこう言ったっけ。

――私《わし》はのう、越中、同朋衆の生まれじゃ。同朋には同朋の戦い方がある――

織部の父親はなあ、美濃の土岐氏に仕えた同朋衆であった。織田に仕え、やがて太閤に仕えて武家に取り立てられたものの、お役目はどこまでいっても、その知恵袋となることだった。主人の側近くあって、もの申すことだったのだ。それを全うして一期を終えた。知っておろうな？　織部の父は太閤の死に殉じて腹を切った。

…………

同朋衆とはそも何か。主人の取り巻きにすぎぬと思うは浅はかぞ、甲州。

同朋の真の役目はな、目利きよ。主人の眼となって人を見抜き、時勢を見抜き、ものの価値を見抜くのが、果たすべきお役目だ。時に、主人の意に反してでも己《おの》が見立てを押し通す、それが同朋衆の誇りなのよ。

その最も得手とするのは、人をその気にさせる才、言の葉の力で、人の心を引っ張ってゆく力よ。わからぬか？　織部の功といえば、摂津（荒木村重）から中川瀬兵衛を離反させ、佐竹を上杉から引き離したことではなかったか？　調略こそが織部がもっとも才を発揮する場であった。太閤にかわいがられた由縁もそこなのだ。

もうわかったであろう。織部は詫びぬと言った、詫びれば、それは己れを曲げることになろう、それは出来ぬと言ったのだ。

儂は笑った。腹の底から笑いが湧いてきた。それは、かの利休居士が最後に口にしたこと、そのままだったからだ。淀の渡しで織部とふたり、死出を見送ったあの時に、利休居士はこう口にしたものよ。

——私は太閤には詫びぬ、詫びれば、私の目利きが間違ったことになる——

わかるか甲州、ふたりとも、己は曲げぬと言った。力に屈して曲げてしまったら、それは己を捨てることになる、そう言ったのだ。それを説得するどんな言葉も、儂にはないではないか。笑うしかないではないか。

…………

織田右府も、太閤も、それぞれ新たな美を世に送り出したものよ。だがな、それは天下人の力あってのことだ。同朋は違うぞ、力や金ではなく、己れの眼、己れの目利きを信ずる、それだけを唯ひとつの得物《えもの》に、世を渡ってゆくのだ。

利休がいつぞや、堺の商人がルソンから持ち帰った壺を珍重したことがあったな？　こぞってこれを高値《こうじき》で求めたから、太閤は、それがけしからぬと利休を罰した。ルソンには、どこにでもある雑器であったからなあ。利休を嫌う輩は、この太閤の裁きに喝采したものよ。

愚かなことよのう。利休にしてみたら、ルソンの壺であろうが、古寺の竹籠であろうが、己れが美しいと感じたものが美しいのじゃ。己が目利きこそが茶事の場の美を生むのであって、それを離れて美などない、そう覚悟していただけのこと。目利きのできぬ者は、ただ、それに従っていたらよい。

そうよ、織部もまた、同じであったな。己が眼を信じ、己れが美しいと思う器を焼かせ、数寄屋を創った。目利きをすることが美しさを創り出すことだった。それがふたりが求めた茶の湯の奥義だった。伝書なるものに書かれたことなぞ、にわか茶人むけの戯言にすぎぬよ。利休と織部、ふたりは師弟でありながら、道具の好みも数寄屋の造りも、あえて言えば手前の姿も、少しも似ていないではないか。違うか？　甲州。

ふ、ふ、ふ

儂にはどうしてもそれが叶わなんだ。利休のように、織部のように、己れの見立てを信ずることができない。どこかに利休の眼があり、利休の言葉があって、それをあてはめてみずには、その美しさが信じきれない。だから、織部のように利休を離れることができない。

利休は知っていたのよ。儂の茶の湯には人を引っ張ってゆく力がない。利休の創った美しさに従う、それだけが儂にかなうことで、だが、それだけでは天下の茶匠とはなれぬ。己れの眼で美しさを産み出してこそ、新たな世の茶の湯名人となる、それが利休居士の考えだったのだ。

それがわかっていて、わかっていながら、儂にはどうしてもできなかった――

儂と織部とを分かつもの、それは何であったろうのう。

秀元は激しく心動かされていた。高桐院からの帰途も、三斎の語った言葉に囚われたまま、心は騒ぎ続けた。述懐の途中、秀元は思い余って問い質した。

『利休居士に従うなら、美は一代限りということになります。主宰者が死んだら、その美はもう、世に生まれ出ないことになる！』

『そうだ』

三斎は迷いなく言った。

そして古織公の死の真相――

三斎の語るところを信ずるなら、豊臣家との付き合いを咎められた師は、大御所に詫びれば許されるはずのところ、それを拒み、従容として死出についた。詫びることは非を認めることであり、それは、己れを信ずる心を捨てることである。そうなったなら、数寄の世界を牽引することはできない、古織公はそう語ったと、三斎は言った。惜しむべきは数寄者としての名であり、命ではない――

織部には憂悶のかけらもなかった、そう、別れ際に三斎はつぶやいた。死出を前にしても茶の手前はいつものように几帳面で、それでいて、まさに織部流の派手な動きに、三斎はつい苦笑したという。利休とは似ても似つかぬ、でも、自信たっぷりな様子は利休そのもの、利休はおそらくこれを愛した、そうはっきりと思い知ったという。三斎の表情はどこか苦し気にも見えたし、昔をなつかしむようにも見えた。

最後にひとつ、秀元は三斎に問うた。

『遊びをせんとや、これはどういうことでしょうか』

三斎はしばらく考える風であったが、どうでもいいと言わんばかりに、口にした。

『さあな、儂にはわからぬことよ』

駕籠の窓から差し込む夕陽が、秀元の顔を赤々と照らし出している。もの思いに耽る老美男《ろうびだん》が、ふと、顔をしかめた。

（六）

家光の大上洛も、間もなく終わりを迎えようとしている。天下の万民は、この国の中心が上方から江戸に移ったことを、まざまざと知らされた。これを期に、京は天下を統べる力を失い、朝廷は祭祀と文化の守護者に甘んじてゆくことになる。神君家康の遺志はここに達成されたといえるかもしれない。

大坂から京に戻った家光は、八月一日、再び威儀を正して宮中に向かい、天皇、及び上皇夫妻との謁見に臨んだ。京を後にする挨拶をかねたものでもあった。この日は、神君の江戸入部を祝う幕府最上位の吉日、あえてこの日を選んだことにも、家光の思いが込められていたといえるかもしれない。

八月四日、新たな知行宛行の締めくくりとして、伊達政宗に家光の判物が下された。奥州六十万石に加え、京での賄い用に近江で五千石が加増され、常陸の領地と併せて六二万石となった。上洛の供奉ひとつとっても、政宗のやることは派手で人目を驚かす。この〝戦さ〟の先陣をつとめた論功行賞ともいえるし、家光の大盤振る舞いとも言えた。

一方で、この日、譜代大名に対して、妻子を江戸に移すよう指示が出されている。外様に対して求めていた人質を、長く仕えてきた譜代衆にも要求したのだ。家光の治世とはどういうものか、諸大名は、否が応でも知らされることになった。

翌朝、京洛すべてが見送りをする中、家光の輿が二条城を出立した。この日は近江膳所に宿泊し、翌六日に水口に入った。

この上洛のために大改築された御殿城《ごてんじろ》が家光一行を待っていた。堀に囲まれた方形の城は、家康が築いた二条城を小ぶりにしたもので、御殿の造りはそのままだった。作事奉行は小堀遠州、京の大工頭中井家が、配下を総動員して建てていた。遠州はこの他にも、仙洞御所と女院御所の庭園、近江の伊庭に設けた御茶屋御殿、さらには二条城本丸の数寄屋など、この上洛のための新たな作事すべてを差配してきた。

到着早々、家光はまず、永井尚政から西の丸焼失の報告を受ける。尚政が江戸に向けて淀を発ったのは閏七月二十八日、わずか八日で調べを終えて戻ったことになる。尚政の緊張ぶりがうかがえた。報告を終え、尚政はただちに淀城に戻っていった。

尚政との面談を済ませるや、家光は随伴衆や遠州など、限られた人数での酒宴を開いた。秀元も、もちろん加えられている。

京にある間、秀元は遠州に会う機会をうかがったものの、果たせないままだった。遠州が多忙を極めたためで、無理強いはできなかった。伏見奉行として、また、京畿内を差配する八人衆の一人として、遠州はそうそう江戸に下ることはなくなるだろう。二人きりになる機会は、今日をおいて他にないと思われた。

上洛を終え、思いの丈を果たした家光は、酒宴が始まるや、立て続けに杯をあおっている。完全に羽目を外していた。

もっと呑め、もっと呑めと、秀元は心中願った。泥酔して眠ってしまえば、おのずと酒宴はお開きとなる。

　家光が大きな笑い声を上げた。すぐ側で酒を酌み交わしていた立花宗茂が、家光に請われて狂言を演じていた。

　宗茂が頭に布巾を巻き、海に潜って漁をする女の仕草を真似ている。どうやら、上洛途上、大磯の浜でみた海女を演じているようだった。家光は、海女たちの腰の張った豊かな肢体を、興味津々の様子で眺めていた。それを思ってのことだろう。

　同じく大酒している様子の堀丹後がこれを囃す。

「飛州よ、色気が足りぬ、色気が。もそっと腰を振られや、腰を」

　家光が再び声を上げげて笑い、一同に笑いが広がってゆく。

　宗茂が家光の前にどかりと腰を落とした。笑顔を消さぬまま、小田原攻城の陣内で披露されたという狂言について、昔を懐かしむような口調で話し出した。太閤と神君ふたりが庶人に扮し、下卑た口調で女人話に興じた、そう前振りしたうえで、宗茂が家光に質した。

「大樹、驚かれますな、お二人は何に扮したと思われまするか？」

　家光が首を傾げた。座の中でこれを知るものは宗茂の他にはいない。

「神君は甜瓜売《まくわうり》り、太閤が漁民ですぞ、お二人とも腰蓑《こしみの》だけの裸姿でした！」

　再び、満座に笑いが巻き起こった。

　秀元は知っていた、宗茂は自分を助けようとしている——

　水口城に入り、酒宴が始まるまでの間、ふたりは控えの間で刻をやり過ごしていた。話題はおのずと三斎に及んだ。宗茂はすでに概ね、中身を聞き知っていた。三斎から直接、知らされたという。秀元は、利休と織部の話に深い感銘を受けたことを話した。黙って聞いていた宗茂が最後に頷き、言った。

『甲州の長い旅も終わりに近づいたな。残るは遠州、ただひとりか』

また、笑いが弾けた。戦国の勇将たちがどんな狂言を演じてみなを笑わせたか、宗茂が次々に名をあげて暴露している。立て続けに酒杯を口にしている宗茂に合わせ、家光も酒を呑み続けていた。

そんな中、ひとり、やや笑いが遅れる男がいた。小堀遠州である。

水口城に到着した際に、先乗りしていた遠州から丁重なる挨拶がなされた。諸将を前に、神君が城造りにどんな思いを込めたかをくどくどと語り、それを踏襲し、この水口城を作事した旨、やや自慢の混じる口ぶりで話を続けた。これまで格別な印象を持つことのなかった相手に、秀元は初めて嫌な感情を抱いた。

みなに酒が回り始める頃から、秀元はそれとなく遠州の様子をうかがった。この日が終われば、遠州も上洛のお役目から解放されるだろう。それを思って、どこか気の緩む様子が見られるかと思ったが、ただ、淡々と宴席の進むに任せている。

酒宴が始まって二刻ほど、ようやく家光がうたた寝を始めた。同席する面々から会話が途絶え、皆、松平信綱に視線を送る。

信綱が間合いをはかる様子を見せる中、遠州が静かに席を立った。厠に向かう、そんなさり気ない風であったが、寝所の支度をどうするか、小姓組衆とで話を詰めるのだろう。

この機を逃すことなく秀元も静かに席を立った。書院を出る敵に背後から呼びかけた。

「遠州殿、お待ちあれ」

遠州が足を止めて振り向いたが、あらかじめ予期していたようなゆっくりした動きであった。秀元に正対しつつ、静かに言った。

「とうとう捕まりましたな。ここでは逃げることもできぬ」

秀元が機会をうかがっていたことを、どこからか耳にしていたのだろう。秀元は軽く低頭した。御用繁多な折にすまぬ、その程度の詫びは必要だろう。

「ぜひにもお尋ねしたいことがある。差支えなくば、今宵どちらかでご面談いただけまいか」

この男には珍しく慇懃な口調で願い出た。遠州が書院の間に視線を向けつつ言った。

「お上が寝所に入られるのを見届けましたら、声をお掛けいたします。それまでご猶予をいただきたく」

くるりと秀元に背を向け、急ぐ様子もなく奥に向けて立ち去った。

遠州から声がかかったのは一刻ほどのち、亥の下刻（午後十時過ぎ）であった。用意された中奥の一室で、秀元はじっと端座したまま、まんじりともしなかった。不思議と眠気を感じることはなく、この探索の途次、さまざまに交わされた言葉が耳の奥を行き来した。永井信濃、英勝院、三斎忠興、みな図らずして人生の機微を吐露した。

その長い旅が今宵、終わる。秀元はふいに深い寂寥を覚えた。本家からの独立を謀って果たせず、人生を語らう友とも思っていた女人を失い、今また、師の自裁の謎を追う旅が終わろうとしている。古織公が最後の最後、弟子と思う二人に何を語ったか、それはもうどうでもよい気がしてきた。三斎は言った。

——織部は同朋、その本性《ほんせい》は武人ではない——

思えば、遠州もまた、武功をもって仕える身ではなく、同朋の衆なのだろう。

用意されていたのは表書院から連なる茶室であった。城内にいくつか設けられた中のひとつで、公用を目的とした一郭に備えられていた。

書院から続く「鎖の間」に足を踏み入れた途端、秀元は遠州の面目を感じさせられた。天下一の茶室の設計者、庭園作事の第一人者である。

秀元が四畳半台目、やや広めの小間に入る。席に着くなり、遠州が口を開いた。

「こんな夜更けに茶でもありませぬが、師を語るなら、やはりここしかござりますまい。伊豆守殿には断りを入れてございます」

遠州が師と呼んだことに、秀元は軽い驚きを覚えた。或いは、秀元の前であえてそうしたものか。淡々とした口ぶりでさらに付け加えた。

「お酒もだいぶ召しておられた様子、濃茶がよろしいでしょうか」

秀元が小さく笑みを浮かべて頷いた。心は水を打ったように静かだった。少しの間を置いて応じた。

「何をお尋ねしたいか、すでにご承知の様子だ。まずはこれを御覧《ごらん》あれ」

持参した軸を手にし、亭主に向けて広げた。

——これにて仕舞い——

遠州がやや身体を傾け、これを凝視した。灯明のあかりでも判読には充分であったはず。だが、遠州はやおら席を立つと、床に掛けられていた定家の歌切《うたぎれ》を外し、手にした織部断簡と掛け替えた。

秀元は内心の深い驚きを隠して言った。

「おわかりであれば、話は早い」

秀元は、床に向けて軽く低頭した後、遠州に視線を合わせて口を開いた。

「古織公がなぜ自ら命を絶ったのか、私はどうしてもその訳を知りたいと願ってきた。この断簡を目にしたとき、この席の客こそ、それを知っている、そう確信した。そうしてたどり着いたのが、貴殿だった」

「……………」

「しかし、最前から貴殿を待っているうちに、なぜだか、もうどうでもよいような気がしてきた」

「どうでもよい？」

遠州がいぶかしげに問い返した。顔に張り付いていた笑みが一瞬、はげ落ちた。

「それが言い過ぎなら、憑き物が落ちた、そんなところかもしれぬ。私の中に棲む魔物が失せたというか」

合点がいった、そんな表情で遠州が頷いた。数寄者には、憑き物のたとえはよくわかるものだ。

それをみて秀元が続けた。

「人がなぜ自死したかなぞ、他人には知りようがないではないか、そう思い定めたら、腹の虫が消えたような心地がした。私なりに、師がどのように意を決したか、その思いに近づけたような気もするが、それとて、あくまで私の見立てにすぎぬ」

遠州がまた、頷いた。秀元がいったん言葉を止めたのを確かめると、逆に問いかけた。

「甲斐守殿のお見立て、差支えなくばお聞かせくださいませぬか」

秀元が口を開きかけた。だが、それを自ら押しとどめるような様子を見せ、やや間をあけてから言った。

「もうよいではないか。師にしかわからぬ確かな理由があって死んだ、それだけのこと……それより、最後に師がどんな話をされたのか、それをお聞かせ願えまいか」

秀元が強引に水を向けた。遠州が秀元から視線を外すことなく、こちらもやや強引に話を戻す。

「三斎殿にお会いになられましたな。して、なんと?」

三斎と会って、まだ十日もたっていなかった。誰が告げたのか不審に思うものの、あえて問うことなく、秀元が応じた。

「大御所に詫びるよう説得を試みたものの、要らぬお世話、そう古織公は返された由」

「さようですか……。要らぬお世話だと」

どんな会話が交わされたかまでは、さすがに知らないようだった。

「何か?」

秀元が問う。

「ご存知でしょうが、師は三斎殿との朝会を終えた後、昼過ぎ、私と光悦殿に茶を振舞うてくだされた」

秀元が頷いた。遠州が床の軸に目をやりつつ、続けた。

「その席で師は至って快活なご様子、はて、疑いが晴れてご放免になるのか、そう感じられたほどでございました」

「快活な様子となや？　死を覚悟したようには見えなかった、そういうことだろうか」

遠州が頷いた。それから一度茶碗に目を落とし、また意を決するように続けた。

「当初は茶の湯のこと、茶庭のこと、さらには、これは主に光悦殿に向けてでしょうが、茶碗のことや軸のことなど、立て続けにお話しになっていた。それこそ、われわれが口を差し挟む隙もないほど。ところが――」

途中から、どこか遺言のようだな、そう遠州は感じるようになったという。われわれに何か語り遺そうとしている、そんな思いを抱いてふと隣に目をやると、光悦が表情を硬くし、目だけを爛々と輝かせて話を聞いていた。光悦も同じように感じている、そう思った途端、遠州は胃の腑が縮み上がるような緊張を覚えたという。

秀元がまた驚きの表情を浮かべた。静かだったはずの心が、地団駄踏むような鼓動を刻み始める。

「遺言のような？　どんな話だったのです！」

夜更けに馴染まぬ高声に、遠州が周囲に目を泳がせた。幸い、みなが寝静まるには早い刻限だった。秀元が大きく息を吐きつつ繰り返した。

「その話、ぜひにもお聞かせ願えぬか」

「ひと言でいえば、自分と同じ道を行くな、それを繰り返し繰り返し、語っておられたように思います。言葉を変え、話を変えつつ、語っておられるのはそのことだけだったかと」

「……」

それは三斎に語った最後の言葉、それを言い換えたに過ぎなかった。利休が織部に語ったように、織部は遠州に語った、そういうことなのだ。茶の湯の宗匠たるものは独自の道を歩まねばならぬ——

秀元が意識をその場に戻すと、遠州が続けて語っているのが耳に届く。

「——美しいと感じる己れを信じること、己れの眼を信じ、己れの見立てを信じること。やがて師匠とは違ったものに美を感じるようになる。それで——」

「美は人にあり、そう、師は言っておられなかったか?!」

秀元が話の腰を折るように言った。遠州が驚きの表情を浮かべる。図星だったに違いない。口をつぐみ、ひとつ、大きく息を吐いた。

遠州が茶碗に仕込んであった布巾と茶筅をようやく手にした。席についてから、かれこれ、四半刻近くたつ。それに気づいたか、小さく微笑み、それをみた秀元が片頬を上げて苦笑した。

きれい寂《さ》び、そう持てはやされる遠州好みの道具類は、織部の愛した姿からはほど遠い。目の前の茶碗も端正な井戸形で、色味からすると志野あたりか、女人が好むようなやさしい肌合いをしていた。

濃く練られた茶の深い色合いが見込みの肌に映える。これは新しい、そう秀元は感嘆する。思えば、この男なりに、師の茶を離れようと葛藤してきたのだろう。古織公の死から、はや、二十年にならんとしている。

さほど酒を過ごしたつもりはなかったが、気を張りつつ流し込んでいるうち、酔いが回っていたのかもしれない。遠州の茶の味わいに、秀元は身体の内から目覚めるような感覚を味わう。知らず深い息が漏れた。

秀元が茶を呑み干すと、そのまま茶碗を受け取り、丁寧に始末をする。さらに、薄茶を振舞うつもりのようだ。飲みたいと、秀元は思った。

「こんな話で、宰相殿の疑念は晴れたのでしょうか」

秀元はこれには答えることなく、笑みを堪えて言った。

「さすが天下の茶匠、茶葉の出来からして違う」

宇治は伏見からも近かった。遠州によって建てられた新たな伏見奉行所は、いくつかの茶室を備えるなど、およそ役所とは思えぬ数寄心に満ちた造りになっていると聞く。そこにはおそらく、古織公仕込みの凝った茶庭も備わっていることだろう。

――遊びをせんとやうまれけん――

古織公の声が聞こえたように秀元は感じた。遠州もまた、師のように遊び心に満ちた茶の湯を楽しんでいるのかもしれない……

だが、秀元の耳にもうひとつの声が聞こえる。

――神君が造ったのは駿府や名古屋のような、遊び心の欠片もない城だった――

これを言ったのは誰だったか……そうだ、比丘尼屋敷の英勝院だった。

秀元の眼に駿府城や名古屋城の天守の姿が浮かぶ。ただただ巨大さを誇示し、見るものを威圧するだけの天守は、大御所家康の指示のもと、目の前の男によって設計されたものではないか。

薄茶が用意されるのを待って、秀元があえて軽い口調で尋ねた。

「ところで遠州、貴殿が作事方を勤めた駿府や名古屋の城、あの天守はいかなる趣向でござろうか」

「駿府や名古屋の城？　その天守が何か……」

「失礼ながら、まことに面白みのない、ただ堅牢なだけの無骨な代物。あれは貴殿の発案かな？」

問いかけの意図を察したらしい遠州が顔色を変えた。それもそのはず、作事奉行小堀遠州の名を高からしめたのが駿府城であり名古屋城であったからだ。沈黙したまま言葉を探している。

「……神君家康公のご指示でもあり、また、岳父よりの教えもあり……」

「神君が望み、かつ、和泉守（高虎）の考えでもあると……貴殿の意図ではないということかな？」

「………」

「いや失敬。神君にとっては、すべては用を為すか為さぬか、役に立たぬものは要らぬというお考えだった、そう話すお方がいらしてな」

「用のないものは要らぬ……」

「城は敵に備えるためのもので、飾りなど無用のこと、そう常々、話しておられたそうです。それがまさに天下普請の城ではないかと思ったまで。茶の湯とはまったく相容れない考えかと、私は思う。いかが思われる？」

遠州は黙ったままであった。父の後を継ぎ、作事方として認められていたとはいえ、当時まだ三十に届いたばかりであった。大御所の意向があり、築城の名人だった義父が目を光らせる中で、思いのままの城を造ることなどできるはずもない。それがわからぬ秀元ではなかったが、この能吏の中に棲む〝訳知り顔〟が気に障った。

　そうだ！　英勝院が話してくれた駿府の茶会、古織公が茶堂を勤めた朝会には、この男はかかわっていなかったのだろうか。遠州は、確かに駿府にいた。古織公を慕うこと余人が遠く及ばぬ頃のことだから、遠州がこの席に関心を抱かぬはずはなかった。恐らくは賄い方あたりか、師の手伝いをしていたはずだ。

　英勝院によれば、その折、自慢の名物には目もくれぬ古織公に、大御所はひどく不機嫌になったという。その様を遠州がつぶさに見ていたとしたら、岳父である藤堂和泉が、古織公と距離をとるよう諫めたとしたら――

　秀元に、それを問い詰めたい思いが湧いた。だが、それがすぐに消えたのは、正直に答えるはずもないと思ったからだ。

　小堀遠州が古田織部から離れるようになったのは、まさにこの頃からである。やがて慶長が終わって元和となると、遠州は新たな茶の湯を掲げて天下の茶匠となっていった。しかし、こと茶庭に限っては、遠州は織部好みを変えることはなかった。天下に名を馳せた築庭家のこの姿勢は、一体、何を語っているのだろうか。

　織部の死を見届けたもうひとりの男、本阿弥光悦は、家康が作った新たな世に背を向けて隠棲する。一族や気脈を通じた町衆、配下の職人たちを率いて、洛北鷹《たかがみね》峯に工房の里を作って移り住んだ。そこから後世を輝かす新しい美が生まれたことは、よく知られたことだろう。

　隅に置かれた行灯のひとつが暗くなった。灯明皿の油が切れたものとみえる。部屋全体が闇に沈んでゆくように感じられる。

遠州は、こちらからもう語ることはない、そんな表情であった。炭を替える様子もなく、風炉に目をやっている。まさに〝これにて仕舞い〟そう秀元が感じた矢先、つぶやくように遠州が口にした。

「それでも、師が最後に点てた茶は、この上なく甘く感じられました」

エピローグ

晩秋の透き通った光が、江戸城西の丸の山里曲輪に注いでいる。朝六つ半、風はまだ硬さを残すものの、空の色合いが爽やかな一日を約束している。この日、将軍家光を迎えての盛大な茶会が、ここ西の丸で催されることになっていた。

毛利秀元は夜明けを待って庭園内を隈なく歩き、茶室を囲む露地を隅々まで検めた。それからひと息つくと、泉水に張り出した東屋《あずまや》に上り、庭全体に視線を投げた。

秋色を濃くする庭園には文句のつけようもなかった。将軍だった秀忠が古田織部に築庭を指示し、大御所時代の寛永六年、小堀遠州に改修を命じたものだった。雄大にして精妙、この茶会を機に手を加えようと試みた秀元は、枝葉を払うことの他、何もできなかった。その必要がなかったからだ。天与の才の二人。秀元が遠州と織部について語ったあの日から、はや十年の歳月が流れた。

間もなく三百を超える諸侯たちで庭園内があふれ、それを待って、数寄屋には将軍家の出座がなされるだろう。永井尚政、柳生宗矩、堀田正盛ら、御相伴衆がこれに続いて入室し、この日の茶事が幕を開ける。別に設けられた茶室に有力諸侯が席を占め、西の丸御殿の大広間には、千人もの幕臣やら陪臣やらが顔を揃え、茶の振舞いが行われる。それぞれの間は、徳川家が誇る名物の数々、さらには秀元が選びぬいた新しい茶道具で飾り立てられていることだろう。茶の後は、豪華な饗宴となるはずだ。徳川の世で確立された新しい「武家式正茶」である。

そのすべてを差配するのが茶会の主催者たる秀元である。四年前の品川御殿における大茶会と同様、家光直々の下命によるものであった。大名茶の湯を率いる第一人者、それがいまの秀元の顔である。

独立を阻まれた後も、秀元は本家との争いをやめなかった。心配した尚政、宗矩らが再三、秀就との仲をとり持とうとしたが、そもそも、秀元にはその気がないのだった。長府毛利家はこの手で打ち立てたもの、本家から与えられたものではなかった。その自負をなくしてしまうのはどうしても嫌なのだ。それでは、己れが己れでなくなる。

陽射しに暖かさが感じられてきた。秀元は東屋を後にし、露地を再び検めてから、ゆっくりと数寄屋に入った。この造作は古織公の手になるままである。

床に置いた「蕪無」には一輪、白菊が挿してあった。じっくりとそれを眺めた後、近習に片づけを命じた。

それから、床に掛けてあった軸をしばし眺め、やおらそれを外すと、別の軸とかけ替えた。仕舞われた軸にあった踊るような文字は、確かにこう読めた。

——あそびをせむとや——

（了）

本書は書き下ろし作品です。

著者略歴

1959年生まれ。群馬県前橋市出身。早稲田大学仏文科卒。1984年文藝春秋に入社し、「オール讀物」編集長、文藝書籍部長、文藝局長など、小説畑を歩む。賞選考会の司会も務めた。2022年文藝春秋退社後、『尚、赫々《かくかく》たれ　立花宗茂残照』（早川書房）にて作家デビュー。多数の新聞、雑誌、情報サイトで高く評価される。同作で第12回日本歴史時代作家協会賞新人賞を受賞。

遊《あそ》びをせんとや　古田織部断簡記《ふるたおりべだんかんき》

二〇二三年十一月二十日　印刷
二〇二三年十一月二十五日　発行

著　者　羽鳥好之《はとりよしゆき》
発行者　早川　浩
発行所　株式会社　早川書房
郵便番号　一〇一 - 〇〇四六
東京都千代田区神田多町二ノ二
電話　〇三 - 三二五二 - 三一一一
振替　〇〇一六〇 - 三 - 四七七九九
https://www.hayakawa-online.co.jp
定価はカバーに表示してあります
©2023 Yoshiyuki Hatori
Printed and bound in Japan

印刷・三松堂株式会社　製本・大口製本印刷株式会社

ISBN978-4-15-210284-3 C0093

乱丁・落丁本は小社制作部宛お送り下さい。
送料小社負担にてお取りかえいたします。

本書のコピー、スキャン、デジタル化等の無断複製
は著作権法上の例外を除き禁じられています。

早川書房の単行本

日経新聞、朝日新聞、読売新聞、週刊新潮等、各紙誌・サイトで紹介！

尚、赫々《かくかく》たれ

立花《たちばな》宗茂《むねしげ》残照《ざんしょう》

羽鳥好之

46判上製

神君家康がいかにして「関ケ原」を勝ち抜いたのか——寛永八年、三代将軍家光にせがまれ、立花宗茂は語り出す。天下を分けた決戦の不可解さ、家康の深謀、西軍敗走の真相。決戦前夜の深い闇が明らかに……辻原登氏、磯田道史氏、林真理子氏推薦の歴史小説。